短篇小说集

谢方儿／著

我看见的
都是
不存在的

WO KAN JIAN DE
DOU SHI BU CUN ZAI DE

中国出版集团
现代出版社

图书在版编目（CIP）数据

我看见的都是不存在的 / 谢方儿著. -- 北京 ： 现代出版社，2018.3（2024.1重印）

ISBN 978-7-5143-6838-3

Ⅰ．①我… Ⅱ．①谢… Ⅲ．①短篇小说－小说集－中国－当代 Ⅳ．①I247.7

中国版本图书馆CIP数据核字(2018)第019809号

我看见的都是不存在的

作　　　者	谢方儿
责任编辑	杨学庆
出版发行	现代出版社
地　　　址	北京市安定门外安华里504号
邮政编码	100011
电　　　话	010-64267325　　010-64245264（兼传真）
网　　　址	www.1980xd.com
电子邮箱	xiandai@vip.sina.com
印　　　刷	成都新千年印制有限公司
开　　　本	710mm×1000mm　　1/16
印　　　张	16
字　　　数	168千
版　　　次	2018年3月第1版　　2024年1月第3次印刷
书　　　号	ISBN 978-7-5143-6838-3
定　　　价	56.00元

目 录 CONTENTS

意不尽

杨志荣的家在一条叫作阎王殿的小巷里，对的，它是一条又破又脏的小巷，像一个站在一堆年轻人中间的沧桑老人。时值夏天，阎王殿一带更显得拥挤凌乱，许多小摊主都在各显神通吆喝生意，几条瘦狗聚在一起闹着玩，空气中充斥着令人叹息的异味。杨志荣在这里居住了三十多年，感觉眼前的世界没有多少变化，当然生活中还是或多或少会发生一些莫名其妙的事。

现在，杨志荣发现有一条黑色的大狗趴在自己的家门口，它应该是一条德国牧羊犬。这条黑狗的神态悠闲慵懒，它看到杨志荣很有礼貌地站起来，轻轻抖动几下皮毛，还翻卷起湿漉漉的舌头，仿佛有话要说。杨志荣漫不经心地看了黑狗几眼，掏出钥匙打开家门，黑狗突然叫了几声，接着，从容不迫地扭头就走。

在接下来的日子里，杨志荣经常能看到这条黑狗很有耐心地趴在家门口，当然，这种有些怪异的事都发生在傍晚的时候。杨志荣怀着好奇观察过这条黑狗，它稍微带点病态，缺少狗的好动和张扬，但不失威猛。

杨志荣问老婆常宝宝，这几天，门口有条大黑狗，你看到了吗？

常宝宝说，这种破地方，什么时候少过野狗、流浪狗了。

杨志荣说，这条狗不是一般的狗，它好像在等我。

常宝宝说，狗在等你？神经病！

最近常宝宝还在和杨志荣没完没了，而且有些变本加厉的味道，搞得杨志荣很被动、很郁闷。当然，这个事确实是杨志荣自己太混账。大约两年前，也有可能再早些时候，那个时候杨志荣的娘还活着。杨志荣把所有私房钱五万，还有杨志荣娘的养老钱五万，共计十万块钱，偷偷借给一个像兄弟一样的好朋友。

杨志荣的这个好朋友叫胡标，是老邻居，也是老同学，杨志荣的娘是看着胡标长大的，还夸奖过他人矮脑子灵。根据约定，胡标半年付给杨志荣一次高利息，杨志荣的娘数着分到手的利息，笑得合不拢嘴了，说，钱比儿子好呀。你看，你一年到头从来没有给我一个子儿，可我的钱半年就给我这么多钱。杨志荣傻笑几声说，我也是这么想的。哥哥在杭州有地位有钱，可他一年才回来一次，我们在他眼里已经无所谓了。

事实上，杨志荣的娘高兴得太早了，因为后来胡标愁眉苦脸地说，真的不好意思，我生意亏大了，利息要欠一欠。又过了半年，胡标在杨志荣面前抹着泪水说，哎呀，兄弟我呀，水深火热了，只剩下贱命一条，不过利息和利息的利息一定会付的。杨志荣承受不住这种揪心的打击，差点就要当场晕倒，从此落下了神经衰弱的后遗症。

问题是，老人更加脆弱，杨志荣的娘很快崩溃了，她一口咬定是杨志荣在搞鬼，是这个不孝之子吃没了她应得的利息。杨志荣的娘开始坐在门口放声痛哭，把杨志荣有五万私房钱的秘密都哭出来了，这件事一度成为阎王殿人气最旺的笑料。常宝宝知道这个天大的秘密后，没日没夜地哭骂杨志荣是禽兽不如的男人，她的咒骂和哭声很有杀伤力，因为杨志荣的娘不久就撒手归西了。

从此，杨志荣几乎每天都在为讨钱而奔波，现在钱没要回来，胡标也失踪了。杨志荣的精神到了崩溃的边缘，整夜失眠或者噩梦缠绵，白天也会长时间发呆，有时还出现精神恍惚的假象。譬如，他突然会看到胡标来了，手里拎着一袋子钱。这个时候，杨志荣的嘴唇就会颤抖，既激动又紧张。不过，杨志荣很快明白这只是一种假象。那么，这条在家门口等待他的黑狗，也会是一种假象吗？

杨志荣对常宝宝说，我发现，这条黑狗确实是一条不一般的狗。

常宝宝说，你知道吗？我已经懒得理你了。

杨志荣说，你静下心来听我说两句，为什么你要对我这么不耐烦，我告诉你，这条黑狗一定有问题。

常宝宝说，我看是你的脑子有问题，我真的受不了啦，天哪，天哪，天哪。

杨志荣说，你为什么总是这么冲动？算我脑子有问题，行了吧。我问你一个脑子有问题的问题，你说这条黑狗会是我娘投胎的吗？它是来向我讨钱的吗？

常宝宝说，你——你——我哭呀，我前世作孽，搭上你这么一个男人！

杨志荣说，听我说完你再哭吧，我还觉得，这条黑狗和胡标也有关系，也就是说，它和欠我们的钱有关系。

常宝宝说，啊，杨志荣，你应该静下心来想想，你老婆做营业员每月才挣一千八百块，多苦多累呀，一年才两万出头，十万块我要做五年哪！我哭——哎呀——我哭呀，你真行，你娘俩真行，私藏那么多钱怎么就——我哭呀——

杨志荣说，你烦，女人真烦，你想把我也哭死呀。

常宝宝说，杨志荣，我警告你，你不把十万块讨回来，我把你当狗看。

杨志荣说，你这是什么话？当狗才好呢，省得为钱呀钱呀钱呀的痛苦。

常宝宝说，我哭——哎呀——我哭，钱呀！

其实，杨志荣心里比常宝宝还忧虑难受，常宝宝可以在他面前哭闹，但他只能自己闹给自己看，这样的人生简直算得上悲伤。

大约一个月前，杨志荣又去胡标家门口蹲守。虽然心里清楚这样做不会有结果，但也算是对自己对常宝宝有一个交代，说穿了就是自己骗骗自己吧。胡标家是一幢别墅，自从胡标失踪后，这幢别墅的园门就没有打开过。那一次，杨志荣突然发现胡标家里的灯亮了。杨志荣欣喜若狂地敲响了别墅的大铁门，结果，他和他的娘一样高兴得太早了。从别墅里走出来的人，杨志荣一个也不认识。

这不是假象，事实是这样的，胡标的别墅已经被法院封存拍卖，这些陌生人是这幢别墅的新主人，照理说杨志荣以后不用再来这里蹲守了。

杨志荣没有把这个不幸的坏消息告诉常宝宝，如果常宝宝知道了，后果一定很严重。

接下来，杨志荣又看到了这条黑狗，黑狗还是老规矩，杨志荣打开家门，它叫了几声后扭头就走。杨志荣似乎恍惚了一下，接着关上门去追赶黑狗。四只脚的大黑狗远比两只脚的杨志荣跑得快，他追到阎王殿路口，黑狗早已跑得无影无踪。杨志荣有些失望，他站在一棵梧桐树下发呆，许多知了在嘹亮地歌唱，把整条阎王殿衬托得更加燥热。这条黑狗一定和胡标有关系，杨志荣甚至想起胡标家里以前确实养过狗，而且养过好几条。难道它是来带自己去找胡标的藏身之地的？

杨志荣想到这里，突然像狗一样奔跑回家。

常宝宝淡定地看着一身臭汗的杨志荣，她的这种眼神，杨志荣觉得很像那条黑狗的眼神。杨志荣兴奋地说，我追黑狗去了。常宝宝没有理睬杨志荣，杨志荣又说，我追到阎王殿路口黑狗不见了。

常宝宝说，那你明天再追吧。

杨志荣说，你也知道了，这条黑狗是来带我去找胡标的。

常宝宝说，胡标也是狗，一条恶狗！

杨志荣说，不管是人是狗，找到胡标就能找到钱。

常宝宝看着汗水淋漓的杨志荣，突然觉得这个男人很愚蠢也很可怜，她坚决定说，杨志荣，我不想在商场打工了。

杨志荣吃惊地盯着常宝宝说，你想干什么？

常宝宝说，我想通了，还是做尼姑省心省事。

杨志荣说，难道你什么都不想要了？

常宝宝哭了，但哭得比以前有节制，也没有一句骂人的话。

杨志荣闭上眼睛想黑狗的事，他想到以前他和胡标是兄弟的时候，确实和胡标家的狗有过交情，杨志荣经常把一些剩菜剩肉带给胡标家的狗吃，他曾经做过厨师，而且是一个有些名气的厨师。自从胡标失踪后，杨志荣经常炒错菜，甚至挨过食客的拳脚，最后他辞职了。现在，他看到油腻腻的菜，胃就难受，有几次差点有呕吐的感觉。因为这个原因，杨志荣放弃手艺找了份远离油腻的工作，在一家事业单位做勤杂工。

天亮时，杨志荣想到自己不应该追赶黑狗，自己应该跟踪黑狗。

经过深思熟虑，杨志荣隐藏在不远处的一棵大树下，他能看到趴在家门口的黑狗，但黑狗肯定没留意到他。不知过了多久，天色开始走向暗淡，热浪还在肆虐，黑狗似乎没有要离开的念头，它粉红的舌头挂在外面，滴着柔软的口水，依然保持着一种执着的姿势。

杨志荣对这条黑狗有了崇敬感，真是一条好狗。常宝宝的电话是这个时候打来的，杨志荣，你去哪里鬼混了？

杨志荣说，黑狗还在咱家门口，我在等它走。

常宝宝说，你——你真傻了呀！

杨志荣说，老子今天一定要等到它自己滚蛋！

常宝宝说，还是我让它滚蛋吧！她手里紧握一支竹棍冲出屋

我看见的都是不存在的

子，嘴里骂骂咧咧的，狗——恶狗——打狗！

不远处的杨志荣惊呆了，他想不到常宝宝居然如此不怕死。万一这条大黑狗翻脸攻击常宝宝，或许她就没机会做人做尼姑了。杨志荣冲上去，惊心动魄地喊一声，常宝宝，别动手！黑狗看到了跑过来的杨志荣，它叫了一声，动作灵敏地跑掉了。杨志荣追上去喊，哎——黑狗，你等等，告诉我，你是谁家的狗？

黑狗又在杨志荣的眼皮底下跑远了。

杨志荣埋怨常宝宝，你不要命了，你胆敢去惹这么大的狼狗。

常宝宝说，住在这种破地方，过着这种倒霉日子，有你这个傻男人，我生不如死呢。

杨志荣说，你说钱重要还是命重要？

常宝宝说，杨志荣，问你自己吧。我哭——我都哭不出来了呀。

杨志荣认为，跟着黑狗走，一定能找到胡标。他依然躲在不远处等黑狗离开，他相信这条黑狗是胡标家的。天色再次慢慢暗了，路灯透出暖烘烘的光。黑狗终于忍不住站起来，它令人望而生畏的身躯在杨志荣的家门口晃荡，还在门上嗅了嗅，接着昂首发呆。其实动物和人一样，忍耐都是有限度的。当然，杨志荣心里也明白，反过来说，人和动物也是一样的，他自己的忍耐就非常有限。

杨志荣半小时之前就坐立不安了，他很担心常宝宝又会冲出来搅局。黑狗是在这个时候突然奔跑起来的，杨志荣没有叫喊，拼力一路狂追，到了阎王殿路口，黑狗突然缓慢下来，好像有意在引导后面的杨志荣。

这是一条通向胡标别墅的路。杨志荣确信黑狗已经跑进了胡

我看见的都是
不存在的

标的别墅，他动手推了推厚实的大铁门，感觉像在推一座小山。杨志荣亮开嗓门喊，喂，喂喂，胡标——快出来，我看到你了。

别墅里面灯光明亮，应该是有人的。杨志荣不怕苦不怕累地喊了几分钟，喊得浑身都湿润起来，别墅里始终没有动静。杨志荣发现自己叫得越响，有一种东西发出的声音仿佛也越响，它就是几只高大的空调外机。杨志荣的愤怒爆发了，他伸手挖起一块硬泥，像扔手榴弹一样朝空调外机扔过去。

这一招果然远比喊破嗓子有效果，很快有一个男人从别墅里跑出来，他只穿了一条短裤，裸露着所有的白肉。男人穿过花坛来到大铁门前，他用傲视的目光逼着杨志荣说，你想干什么？

杨志荣想了想，感觉这个男人很陌生。当然，也有可能上次见过后忘掉了。男人又说，问你呢？神经病！男人拉了拉短裤，可能他拉裤的动作有些冲动，结果惹得他的裤裆处也动了动。

杨志荣不在乎男人的这种无理，他说，胡标呢？

男人还想拉裤子，可能这是他冲动时的一个无意识动作，他确实又拉了拉短裤，说，什么胡标？你滚吧！

杨志荣浑身都在冒汗，他将一把额头上的汗水说，朋友，你别冲动，你看你下面的东西要冲出来了。

男人愣了愣，接着用手背按压了一下说，你——快滚吧！

杨志荣想笑，但笑不出来，头上的汗太多了，他说，你客气点，我看到胡标的黑狗进去了。

男人说，你是狗呀！

杨志荣说，你是男人你就放我进去。

男人居然又拉了拉短裤说，这是我的家，我为什么要让你这种神经病进来。

杨志荣说，你这是人话还是狗话。我不想和你饶舌，你一个大男人应该知道，男人饶舌多么无聊，你让胡标的黑狗出来吧！

一个女人出来了，她面容姣美，身材顺眼，拖一双红拖鞋，穿一条奶黄色的吊带衬裙。总之，这个女人的肉体和肉体上的附属物，在杨志荣眼里都有腥味。女人说，谁呀？

男人说，没你的事，外面热，到里面去吧。

杨志荣看着女人说，我来找胡标，我看到胡标的大黑狗进去了。这个女人太性感了。杨志荣马上产生了一种意淫的幻觉，不过这个过程太短暂。确实，美妙的东西都是瞬间即逝的。

女人轻飘飘地走上前说，你——你上次来过的吧，不是告诉过你，这幢房子我们是拍卖来的。你说的这个胡标，还有胡标的狗，这和我们都没有关系。

杨志荣看到女人的嘴巴很精致，这张嘴巴说出来的话柔声细语。常宝宝的嘴巴和这个女人比较起来，那就是相当的粗糙了。杨志荣很想和这个女人多说两句，这种感觉忍无可忍。他说，我不相信，我怎么会相信你们说的话呢。

男人说，谁要你相信呀，你真是无理取闹。

女人说，算了吧，说不清，还是别理他。

如果他们是一对，那可真不般配，就是鲜花插在牛粪上了。杨志荣想。她为什么不是自己的女人，十万块算个啥？有这样的女人才是他的幸福。

男人不耐烦地挥挥手说，喂，你还不滚呀，别惹得我对你不客气。男人的身材很魁梧，他的一身白肉抖动起来，仿佛在显示

他内在的野蛮。

杨志荣是个害怕打架的男人，但他在这个女人面前还是嘴硬，你想恐吓我，告诉你，我不怕打架肉搏。

男人冷笑几声，拉起女人回屋子去了。杨志荣猛拍几分钟铁门，像专心敲打着两只大鼓。后来他的手疼了，连手背都发麻了，可别墅里的男人和女人就是懒得理他。

杨志荣的性格很固执，如果没搞清黑狗到底是谁家的，他真的寝食难安。

杨志荣又到胡标的别墅门口蹲守，他觉得别墅里的人躲得过初一是躲不过十五的。杨志荣有自己的行为准则，他先敲响大铁门，然后扔两砣硬泥，接下来静坐一小时左右，最后才不得不走人。现在，不管别墅里的人是不是胡标，杨志荣都把他们当成了胡标，因为只有胡标和他的钱有关系。

这一次，杨志荣运气好，别墅里的人忍不住冒出来了，还是那个肉嘟嘟的男人，他拉开别墅的门大声说，我说杨志荣，你不要太过分了，我是不好惹的！别墅和大铁门之间隔着十多米的花园，男人的喊声传到杨志荣的耳朵里变了味，杨志荣听到别墅里的那个男人确实在叫喊，但这种声音和狗叫差不多，他一句也听不清楚。

杨志荣的双手圈成一个小喇叭后，恶狠狠地叫喊，你就像狗叫，我听不清。我不找你，我才不找你呢，我找胡标，找胡标家的狗。喂，你听到我的话了吗？杨志荣大声重复了两遍，他觉得自己的声音应该压倒了空调外机的声音。

出来之前，杨志荣喝了三两五十三度的白酒，现在他有足够的勇气和胆识对抗任何人。杨志荣酒后第一个倒霉的人就是常宝宝，今天傍晚他估计黑狗会来等他的，结果发现家门口连黑狗的影子也没有。杨志荣问常宝宝，你说，今天黑狗怎么没来等我？常宝宝缓缓从杨志荣身边走过说，下午我去城西的天庆寺了，那里比家里好。杨志荣懒得理她，一个人闷闷不乐地喝白酒，很快他的身体内外都有了炽热感，常宝宝看着他喝光三两白酒，但没有说一句话。最近，常宝宝有些反常，她的话越来越少，特别是和杨志荣基本不说话，一个人嘴里嘀嘀咕咕的，还把双手攥放在肚子上，看上去确实像一个尼姑。

杨志荣听不到常宝宝的骂声心里也挺不踏实的，感觉这样的生活不像是他杨志荣过的生活。他用红红的眼睛盯着常宝宝说，你看什么看，我还没死呢。我问你，今天黑狗怎么没来等我？常宝宝一脸平静地说，黑狗被我打跑了，如果它不逃跑，我就打死它。

杨志荣突然冲上去，伸手打了常宝宝一巴掌。这一巴掌下手虽然不重，但还是啪地响了一声。打完，杨志荣惊呆了，他看着被打的常宝宝不知所措，自己居然有勇气打老婆。常宝宝捂着脸说，杨志荣，你打得好，你自己也看到你是一个脑子有问题的浑蛋。杨志荣拉住常宝宝求饶，说，我——我——打老婆，我喝多了，原谅我，原谅我呀。常宝宝，我要放下屠刀，立地成佛！

常宝宝说，呸，呸呸，呸呸呸！

杨志荣的头还在嗡嗡闷响，像坐在一辆颠簸的破车上。他在大铁门外站了一会儿，发现那个男人没有再露面。晚风热烘烘地抚摩着杨志荣的身体，他想象这个男人正在屋子里痛快地骂他，也有可能正在和那个女人做爱。杨志荣突然心急如焚起来，他拍打着大铁门喊，喂——喂喂——这幢房子也有我的份儿，我已经说过，胡标欠我十万块钱。

别墅里的那个男人和那个女人还是没有反应，好像他们只是杨志荣眼前闪现过的假象。不管是真是假，杨志荣真心想进别墅去看看。他开始攀爬别墅的大铁门，大铁门是两个半扇整合起来的，图案是两朵盛开的鲜花。杨志荣伸手抓紧铁门上的铁花，右脚轻松地踏了上去，他惊喜地发现自己的身手真的不一般。

别墅里的女人打开一扇窗户大声尖叫，啊——快看呀，他想爬进来了，他真是一个疯子！男人提着一根木棒跑出来说，你胆敢闯进来，我打断你的腿，我说话算数！男人做好了攻击的准备，杨志荣不想现在逼疯这个男人，这样对自己讨钱没有一点好处，他只想求证黑狗的来龙去脉，还有胡标的去向。

杨志荣像一只壁虎挂在大铁门上，他希望那个女人能出来和自己说话。他说，呵呵，你们都在屋子里，好玩吧。哈哈。

男人得寸进尺地说，你敢再来骚扰我们，我让你进派出所！

杨志荣说，你放心，我才不找你呢，我找胡标，找胡标家的黑狗。

男人说，你滚，你滚，你滚不滚？

杨志荣说，朋友，你不要冲动，你一冲动我也会冲动。胡标欠我钱，我恨死他了，你知道吗？

那个女人终于也走出别墅了，她急促的步伐展现出一个美女的风姿绰约，女人饱满跳动的乳房很有诱惑力。女人走上前说，你说的胡标欠你多少钱？

杨志荣说，整整十万块呀，其中有五万是我娘的。说起这个事我肺都要气炸了，两年来，也有可能是两年多吧，我都记不清有多少日子了，反正胡标失踪后，我过的就不是一个正常人的日子。胡标真是一个坏蛋，天理难容呀！

男人说，你少啰唆，有话快说，有屁快放！这么热的天，老子没兴致陪你玩。

杨志荣一手拉着铁门，一手抹了抹脸上的汗说，你说得好听呀，老子问你，如果别人欠你十万块钱不还，你会怎么样？

男人说，嗛，这点钱算什么呀。

杨志荣说，十万还算少？你有钱你替胡标还我吧。

女人说，你得了吧，你以为你是谁呀！尽管这个女人表现出她生气了，但她生气的样子也是妩媚的。

杨志荣说，我是杨志荣，我想知道胡标在哪里？

男人说，你放屁，我还是座山雕呢。滚，滚，滚吧！他居然拿着木棒上前想把杨志荣赶走。

女人指手画脚地对男人说，你真笨，捅他的下身，把他捅下去。

杨志荣继续往上爬，边爬边大声说，你们知道吗？我做过厨师。

男人用木棒往杨志荣下身捅过去，不知是紧张还是心急，木棒捅了两次都捅在像立体几何一样的铁门上。

女人说，啊，他还想往上爬，你瞄准了再捅呀。

杨志荣说，我做过八年厨师，这是真的，各种刀我都拿过。

女人说，你听，他在说什么？他说他有刀。

男人又捅了杨志荣一下，这次木棒在铁门上弹了弹滑到杨志荣的脚上，杨志荣疼得龇牙咧嘴地喊起来，真敢打老子！

男人说，厨师有什么了不起，今天你就是大师我也要把你打下来。

女人说，你怎么老是捅不到他的要害呢，你看他就要翻越铁门了。

杨志荣满脸遥红地说，我做厨师的时候，我能一个人搞定一头猪。这头猪最后一定肉是肉、骨是骨，我绝对不可能做得拖泥带水。我们的老板多次表扬我，杨志荣，你的刀技真了不起，如果有人撞在你的刀口上，一定也会像猪这个样子。

女人又尖叫起来，啊，他是不是想杀人？

杨志荣发现听这个女人的尖叫也很过瘾，他想象着她叫床的痛快淋漓，直比横比，常宝宝都是无法和这样的女人比的。杨志荣的阳具顶住了铁门，这种感觉很逼真，他想收都收不回来。

男人盯着铁门上的杨志荣说，你在哪个饭店做过厨师？他的身子支撑在木棒上，模样像劳动间隙在休息聊天。

杨志荣说，我在多家饭店干过，"鳄鱼山庄"时间最长，做了五年。

男人拉着女人后退了两步，说，早几年这个山庄里出过新闻，有个厨师打退了几个想白吃的小流氓，当时场面很火爆。你认识那个厨师吗？

杨志荣终于可以自豪地拍拍湿润的胸脯了，他大声说，不用认识，你说的那个厨师正是本人！

男人拉着女人又退了一步说，你就是那个厨师呀，这么说，当时你剁下了人家的一节手指头，这是真的吗？

杨志荣用手轻轻地安慰了一下下身，说，朋友，你的记性真好。那天，我指着那个带头的流氓说，我一刀能剁你一节手指头，绝对不会多也不会少。他以为我在吓唬他们，再说他的手里也有刀，所以他把左手的小指头搁在桌子上，说你有本事你来一刀呀，我眨一眨眼就不是我。当然，如果剁下的不是一节手指头，你死定了！他就是这么说的，你不相信去问"鳄鱼山庄"的老板，这个事他清楚得像自己有几个上过床的女人。结果，所有在场的人都服我了，我是这么说的，也是这么做的。我一个箭步冲上去，手里的刀闪了闪，他还没反应过来，一节小手指头留在了桌子上，还像春蚕一样轻轻地跳了跳。

男人把木棒交给女人说，你回屋里去吧，这里没你的事。

女人的脸涨红了，她说，不，我想听他说这个事，他讲的像武打小说中的情节，挺刺激的。我怎么没听说过？

杨志荣觉得大热天的挂在铁门上不好受，但想到女人对他有兴趣，就有了勇气和力量。他说，这也算刺激吗？刺激的还在后头，不过我想先下来，挂在上面太累，我全身浸在汗水里了。

男人说，杨志荣，没人拦你下来呀。男人悄悄对女人说，我知道他是谁了，听人说起过他的事，他是一个神经病厨师，拿刀砍过人，法律规定他不用负任何责任。后来，老板把他开除了。

女人说，你是说，他想杀谁就能杀谁呀。我不相信。他说的事真的挺刺激，我想听他说下去。

男人生气地说，他是疯子，你也疯了？你给我回屋去。

女人说，不，我要听他说下去。你想回屋你回去吧。

杨志荣说，我剁肉的刀技比《水浒传》里的蒋门神还要精彩，可惜我今天没带刀，本来可以给你们表演表演。

女人兴奋地说，真的呀，我想看你剁肉的刀技。我特别喜欢吃肉丸子，只有剁得好的肉，才能做成又松又软的肉丸子。

男人一把夺过女人手里的木棒说，杨志荣，你下来呀，你要找的胡标真不在这里，胡标的狗也不在这里，你要相信我。你滚吧！

女人冲男人说，你什么意思呀，我好不容易有一件感兴趣的事，你为什么要阻拦我，你在外面花天酒地，我从来没有过问你。你想让我郁闷死呀，我就想听他说说嘛，你真没良心！

杨志荣放弃了翻越铁门的念头，他读书时学到过"欲擒故纵"这个成语，所以他从铁门上跳下来说，今天到此为止，我明天再来！

男人隔着铁门说，杨志荣，你说这个胡标欠你钱，你为什么不去找他本人，要辛辛苦苦找他的狗，你就是一个神经病嘛！

杨志荣看了看女人说，就算我是神经病，可胡标欠我钱是真的。

女人突然说，杨志荣，我明天要去买肉吗，要买几斤？

杨志荣说，我带刀，你备肉，三四斤吧。

男人用木棒在铁门上打了一下，发出嘭的一声响，他愤怒地说，你滚，你再不滚开，我要报警了。

女人冲男人说，你看，你才是神经病呢。

杨志荣说，我走了，你报警吧。

杨志荣走到阎王殿路口，才想起常宝宝挨了一巴掌后走掉了。为一个巴掌，常宝宝还没有回家。杨志荣想，如果真是常宝宝打跑了黑狗，这一巴掌就属于正义的。杨志荣拨打了几次常宝宝的手机，每次都是关机。杨志荣对联系不上常宝宝没有太多的紧张，以前，常宝宝也离家出走过，多则三五天，少则一两天，她想通了自己会回来的。

杨志荣躺下来，却睡不安稳，感觉那个女人就睡在身边，他就出现一连串的臆想。

第二天，杨志荣精神焕发，脸上没有留下任何折腾了一夜的疲倦，一天的劳动也轻松愉快，这种隐形的幸福日子实在太甜心了。

下班回家，杨志荣老远看到黑狗在家门口了，它没有像以前那样以慵懒的姿态趴着，而是心事重重地在徘徊。杨志荣想，今天是他等黑狗呢？还是让黑狗等他？确实，黑狗现在来的频率比以前少了，杨志荣觉得不能放弃每一次机会。问题是他今天要到家里拿刀具，那个女人一定在等他，他们昨天有约。想到那个女人，杨志荣就心花怒放了，他慢慢靠近家门，冲黑狗大声说，喂，黑狗，你趴下别动，等我进去拿点东西吧。

黑狗居然趴下了，还摇着尾巴，它没有像以前那样见到杨志荣转身就跑。杨志荣冲进家里，拎起早上就准备好的一布袋刀具，急匆匆跑出来对黑狗说，走吧，带我去找胡标。黑狗站起来没有快跑，而是从容不迫地走在杨志荣的前面。

黑狗没有甩掉杨志荣，它缓缓行走在夕阳西下的阎王殿。行人纷纷避让这条大黑狗，有人还对杨志荣说，你养狗了？这条狗真威猛！杨志荣的感觉特别好，在阎王殿怕他的人几乎没有，但怕这条黑狗的人却一路都有。

到了胡标的别墅前，黑狗没有钻进去也没有奔跑，它继续不

我看见的都是不存在的

急不躁地往前走。

　　杨志荣在胡标的别墅前停下脚步说，喂喂，黑狗，你等一等。黑狗果然放慢了脚步，它的舌头伸在嘴外，滴滴答答地流着口水。杨志荣贴着别墅的大铁门喊叫，喂——喂，有人吗？我今天带刀了，你的肉买了吗？杨志荣想象着女人优雅的肉体，还有她流光溢彩的眼神。

　　黑狗叫了一声，杨志荣笑了笑，跟着黑狗继续前行。走过几条小巷，前面出现了一座小山包，黑狗突然加速，跳进小山脚旁的房子里不见了。杨志荣急忙追上去，发现黑狗进去的房子呈直线状布局，里面一层一层的很深。这里是位于城西的天庆寺，就是常宝宝说过比家里好的地方。杨志荣想，常宝宝不回家会不会在天庆寺了？

　　杨志荣进去找了一遍，没有发现常宝宝，也没看到黑狗。杨志荣站在一棵银杏树下发呆，他仿佛听到有敲木鱼和诵经的声音，一股清新的香味舒缓地飘过来。这种环境确实陶醉了为讨钱身心疲惫的杨志荣，这里真的是一方净土吗？

　　突然，走来一个中年僧人，杨志荣迎上去说，师父，请问，你看到一条进寺的大黑狗了吗？

　　僧人站住说，阿弥陀佛！

　　杨志荣说，你知道这条黑狗是胡标家的狗吗？

　　僧人说，狗是自由身，它来去自由。

　　杨志荣说，它是一条没有家的流浪狗吗？

　　僧人说，阿弥陀佛！家在心里！

　　杨志荣说，这条黑狗经常在我家门口等我，我怀疑它是来带我去找一个人的，那个人叫胡标，他欠我十万块钱，可是他失踪了。我千辛万苦地找他，到现在还找不到他呀。你说我该怎么办？

僧人说，阿弥陀佛，阿弥陀佛，放下便平稳。

杨志荣觉得心烦了，他拎着刀具袋走出天庆寺。这个时候，杨志荣突然发现大黑狗就在寺门外，它看到杨志荣转身就走。你是在戏弄我吗？畜生！杨志荣恼怒了。黑狗头也不回地朝原路返回，一副爱搭不理的样子。

胡标的别墅门口又到了，杨志荣看到女人在里面张望，他欣喜地朝她挥了挥手说，哎——我在这里！女人像一只蝴蝶飞出来，说，杨志荣，你真守信呀。她打开大铁门让杨志荣进去，穿过花园，别墅的廊沿下放着一张小方桌，上面有一盘肉，边上的几只小碟子上，盛着蒜、生姜、黄酒之类的配料。杨志荣走上前说，可以开始了？女人说，早就可以开始了。

杨志荣觉得自己的体内有激情在成长，他把刀具袋打开，摸出一把一把大小不同的刀。这些刀在夏日的残阳里特别鲜活，刀光都泛着暗红，看上去既血腥又艳丽。这个过程花了好几分钟，似乎在走一种简洁的程序。

女人说，你又在想你说的那个胡标了？

杨志荣说，我说过了，他欠我十万块钱。

女人说，这样吧，你今天剁肉做丸子成功的话，我能帮你找到胡标。

杨志荣看了看女人，女人又说，我说的是真的。

杨志荣说，好吧！他把盘里的肉倒出来，提起一把刀准备剁下去。

我看见的都是／不存在的

汪汪汪，有狗在喊叫。杨志荣说，是你家的狗吗？

女人说，不是，是门口的黑狗在叫，就是和你一起来的那条狗。

杨志荣说，它在等我，它一直在等我。我不知道为什么？他的刀落下去了，剁在肉上啪啪地响。接着，杨志荣的左手也提起一把刀，现在，两把刀交替着剁肉，却看不到刀在上下快速跳动，也没有一丁点肉末溅出来。

汪汪汪，狗又叫了。女人看得出神，她说，这狗真烦。

杨志荣说，别理它！

女人说，我已经闻到肉丸子的香气了。

杨志荣认真地闻了闻，他没有闻到肉丸子的香气，他闻到了女人的肉香。狗还在叫，而且叫得更响更乱了，女人说，我去赶它走。杨志荣说，它会咬你的。女人忸怩了一下，说，不会的，它以前是我家的狗。

杨志荣正在专心剁肉，还在专心想眼前的女人，他没听清女人的话，说，你说什么？

女人正要说话，门口的黑狗突然冲了进来，而且直扑杨志荣和女人，看上去它就是来咬人的。女人非常强烈地尖叫起来，啊，啊啊——它疯了，它又要咬人了，以前它差点咬死一个老人！

杨志荣挺身护住女人，双手同时举起刀来高喊，落你狗头！

呜的一声惨叫，黑狗的头悬空飞了起来，狗血喷了杨志荣一身。

女人惊魂未定地说，天哪，杨志荣，你的刀技真的是天下无双呀！

我看见的都是不存在的

　　我相信喝白开水是抵抗感冒的有效方法，之前的感冒我都是这样扛过来的。当然，这种方法也有难以启齿的缺陷，那就是撒尿太过频繁。

　　凌晨一点多，我再次起床撒尿。撒完尿，我发现对面那幢房子有灯光。我们的小区不算大，有二十多幢五六层的房子，房子与房子的间距很近。我住在三楼，对面有灯光的房子也是三楼。

　　我睁大迷糊的双眼，靠近卫生间的窗口张望。对面亮灯的地方好像是间卧室，我看到有个年轻女人低头侧坐在床边发呆，她乌黑的长发把她的脸孔遮盖起来，像披着一层发亮的黑纱。

　　我的视力还算好，看到她身穿轻薄的奶黄色睡裙，似乎有七八成新的样子。过了一会儿，这个灯光下的女人还没有动，她像雕塑或者说像一具坐着的女尸，总之，她一直没有动弹。任何

021

一个男人，深更半夜碰到这样的事，都会激发起好奇心。况且，我是一个有偷窥欲的男人。当然，如果这个女人长时间不动弹，我不可能长时间偷偷陪她，因为我的房间里有个女人，她是我的女朋友阿了。

说到阿了，我有必要说说这个女人，她和我同岁，也是同一年离婚的。有一天下午，我们莫名其妙在一家小药店相遇，而且买了同一种止泻药"诺氟沙星"。

我说，这种药便宜。

阿了说，是呀，才几块钱一盒。

在药店门口，阿了突然说，你也拉肚子了？

我说，没人烧菜，自己也不想烧，所以经常拉肚子。

阿了说，你也离婚了？

我说，别提它了，三年了。

阿了惊讶起来，天哪，我也离婚三年了。

阿了看上去很有肉感，但不是那种胖得臃肿的女人，她有女人优雅秀丽的气质。我喜欢这种类型的女人，因为我的前妻是骨感型的，抱着她像抱着一捆干柴。

我和阿了第一次上床时，她那堆沉重的肉，像一架锻压机，差点把我压砸得半死。那种感觉确实前所未有，就是有种爽死了就好的味道。当时，我对阿了的唯一遗憾，就是她包装下面的乳房有点瘦小松弛。

大约半年以后，我和阿了兴高采烈地住到了一起，就是通常所说的"同居"。我们没有去办所谓的合法手续，阿了说那个东西没有用，有用的是我们在一起的幸福快乐。不过这种幸福快乐

我看见的都是/不存在的

似乎来得短暂和吝啬，估计不会满一年，我和阿了之间的热情渐渐冷却，主要表现在我们的语言交流更少了。之前，我们虽然经常敞开肉体，但也从来没有敞开过心扉。

房间里的阿了咳了一声，她的咳声非常简洁，也非常响亮。

我准备离开窗口时，突然发现对面的那个女人动了动右手，她的右手好像在轻柔地抹着眼睛，难道她在哭泣？就这样，我的心里又多了一个问号。

第二天早上，我起床先去张望对面的那个房间，那个房间被印花窗帘护得严严实实。难道是一个梦？我对自己的记忆产生了怀疑。自从离婚以后，我的精神会不定期地恍惚。我去过医院，医生说，没事，你是睡眠少的缘故。

阿了走近我说，你昨晚偷偷摸摸在干什么？

说到这个事，我的内心是虚的，就像偷窃被抓了现行。我说，我感冒了。

阿了说，你的意思是，感冒了就可以偷偷摸摸吗？

我辩解说，我没有偷偷摸摸，我在家里为什么要偷偷摸摸呢？

阿了继续追问说，我是说，你撒一泡尿要半个小时吗？

我真的慌张起来，我自己都不知道，但这个女人居然知道我撒泡尿的时间。我虚张声势地说，阿了，你真无聊，难道撒尿还要有时间规定。

阿了随意地摇动了几下长发，她在早晨都是披头散发的。以前，我不会留意她的这个样子，今天她这个样子让我联想到对面的那个女人。

阿了笑了笑说，你千万别把我的话当真，否则你会累死的。

我是八点十五分从家里出来的，对面房间的窗帘还没有拉开，我估计那个女人还在睡觉，或者和一个男人在睡觉。上班后，我很快把昨晚的那个事忘掉了。我在一家科技发展公司工作，主要从事网络游戏的软件开发、软件维护和软件修改等，也就是一个电脑软件程序员。我每天都在和电脑打交道，累死累活地和屏幕键盘纠缠不休。我仿佛不是一个有血有肉的人，而是一台编好程序的冷冰冰的电脑。认识我的人有一个共识，他们都觉得我的脑子像电脑，有时候会"死机"。他们没说错，我自己也是这么认为的。

　　我的喉咙好多了，但我还想多喝开水，目的是为了晚上多撒尿。我算了算，已经有一星期多了，我都能在夜里一点以后醒来撒尿，而且确实看到了对面房间里的那个女人。我看见的她好像每天都没有变化，就是低头侧坐在床边发呆，偶尔会动动右手抹眼睛。当然，那个女人每天也是有变化的，她穿的睡裙每天都换，奶黄色的，粉红色的，淡蓝色的，浅灰色的，叶绿色的。看到她变换的睡裙，我总要浮想联翩到美丽芬芳的花朵。

　　对这样的偷窥，我很想有个结果，但也存在着风险。现实确实如此，有一天凌晨，我被阿了抓了现行。

　　阿了拍了拍我的肩胛说，长矛，你看对面有个美女。

　　阿了说的这个"长矛"当然是我，我姓茅，阿了和我上过床之后，说我的那个东西比她前夫要长，就给我起了这个雄心勃勃的绰号。开始我觉得这个绰号够淫秽的，但我和阿了睡过几次后，我就乐意接受了。

　　我被阿了吓得半死，她怎么能不开灯，偷偷摸摸站在我的背后。我尖叫起来，啊——阿了，你像个鬼吓死我了。

阿了轻声说，你心里有鬼才怕鬼。

我说，我有什么鬼，我在撒尿。

阿了说，你每天这个时候都要撒尿吗？

我说，你知道的，我睡前喝了很多开水。

阿了说，你说她为什么要在后半夜哭泣？

我说，你在说对面房间的那个女人吧。

阿了说，我觉得，她心里有冤屈。

我说，她失眠了。

阿了说，长矛，你怎么会知道她失眠了？阿了又拍了拍我的肩胛说，睡吧睡吧，想看明天夜里再看。我猜不透阿了在想什么，她对我偷窥女人居然没有大发雷霆，或者对我发出严厉警告什么的。

我不好意思再半夜起床偷窥女人，或者说我得给阿了女人的尊严，我们毕竟是一对生活在同一屋檐下、睡在同一张床上、或多或少还有性交关系的男女。当然，我对那个女人依然满怀好奇心，也就是说，我的内心对那种偷窥还在继续。

大约过了三天，我忍不住又启动了偷窥的程序。不过那个女人还是老样子，侧身坐在床上，她好像与生俱来只能动弹她的右手。

我正在浮想联翩地窥视那个女人，突然胳膊被什么东西碰了一下，我的注意力集中在对面的窗口，所以我只用手掸了掸胳膊。一会儿，我的胳膊又被碰了一下，这次比前一次重了，感觉有一些疼痛。我回头竟然看到了阿了，虽然她只是一个黑影，但她确

实贴在我的身旁。我惊恐地张大嘴巴，然后我说不出话。阿了说，长矛，你偷看了好几天，到底偷看到了些什么？

我说，你——阿了——我没看到，她总是老样子。

阿了说，这么说来，她应该是一个精神病患者。

我还没有说过，阿了在精神病院工作，阿了对我说她是精神病院的护士长，阿了对别人也说她是精神病院的护士长。或许这是她生活里唯一可以扬眉吐气的事。但我怀疑她只是精神病院的一名普通护士，有一次我偷看了她的手机，手机里有她和同事的聊天短信。其中，阿了在短信里说到，像我们这样的护士，工作马虎点没事，反正病人都是脑子有病的。偷看到这条短信以后，我认识到阿了其实是一个很不一般的女人，因为她是一个和"脑子有病的人"打交道的女人。

我还要说些有关我和阿了的事。有时候，我和阿了在生活琐事上发生冲突，冲突到达高潮时，阿了就把我看成是一个疑似的精神病患者。她常说的话是，长矛，你要冷静，你再冲动，你就完了。她说的完了，意思就是我快要进他们的精神病院了。说起来不可思议，每次阿了说这样的话，我就感觉到有种力量在揪我的心，然后我会担心自己在精神上会不会真出什么问题。

说句心里话，我反感阿了把那个女人认定为精神病患者。我说，她不可能是一个精神病患者！

阿了说，你说了不算数，我说了才算数。

我说，她这样子就是失眠的样子。

阿了突然拿什么东西碰了一下我的胳膊说，长矛，我给你买了个望远镜。

我看见的都是／不存在的

我说，什么？什么？你给我买了望远镜？阿了，我不要。

其实，我心里很想要一架望远镜，问题是我不敢去买，即使买来了也不敢拿出来用。现在好了，阿了主动给我买了望远镜，这是什么情况？

阿了在黑暗中嘿嘿笑了几声，笑得我毛骨悚然。她说，你没有望远镜这样偷看，多累呀，拿着吧。阿了递给我一团黑溜溜的东西，我接在手里沉甸甸的，它确实是一架望远镜，天亮时我才看清这是一架苏联的军用望远镜。阿了简要说了几句望远镜的使用方法，接着说，长矛，你给我偷偷摸摸盯着她，记住了吗？我相信，那个女人最后也会是我们医院里的病人。

我有些莫名其妙，说，阿了，你的意思是，让我拿着这个望远镜去偷看对面的那个女人？

阿了说，当然呀，你不是已经偷看好多天了吗？现在，你要给我偷看她的一举一动，还有她的面部表情，我觉得她是一个很有医学价值的病例。

我心烦意乱地说，阿了，你得了吧，你又不是医生，更不是治疗精神病的专家教授，你充其量只是一个护士长，病例对你有屁用。

阿了说，你错了，长矛，我是一个喜欢钻研业务的人，我热爱我的职业。我告诉你，迄今为止，我已经发表过四五篇专业论文。所以，你照我说的去做吧。

我搞不清楚阿了这话的真实性，我把望远镜放到眼前最佳的位置，说，阿了，你真损，你什么事都做得出来呀你。

阿了说，长矛，我就是这样的一个女人。

接下来，我惊讶地发现，有了阿了给我的望远镜，眼前的细节更清晰了，我就像走进了那个女人的卧室。我发现她的乳房丰满挺拔，在睡裙里面若隐若现。她的卧室简洁干净，床上有两个漂亮的绣花枕头和一条大红真丝薄秋被。我感兴趣的是，落地衣架上挂着一件男人的睡袍。可是，我找遍卧室找不到男人，之前，我也没有看到过男人的影子。

我像发现新大陆一样地招呼阿了，我说，阿了，阿了，你来看，她的卧室里挂着男人的睡袍呢，可我找不到这个男人。阿了没有回答我，过了一会儿，我又说，阿了，我没说错吧，她失眠了，一定和感情纠葛有关。

我听到了阿了的鼾声，她是一个嗜睡的女人，可以这样说，自从我和她睡在一张床上后，晚上先入梦的几乎都是她，所以我已经熟悉透了她的鼾声。现在，我可以名正言顺地偷窥那个女人了。

我举起望远镜继续偷窥，靠窗的床头柜上有一只金灿灿的女表，表面朝墙壁看不到牌子，我估计是一只名表。一只钻戒躺在手表边上，还有一沓凌乱的百元钞，感觉这些东西都是被人随手扔在上面的。

床那边的一只床头柜，躲在卧室的里边。可以肯定，如果没有望远镜，靠肉眼根本看不到上面的东西。现在，我把望远镜轻轻移了移，眼前就一览无余了。我以为这只床头柜上也会有钱和贵重的物品，但我看到的是一盒面纸，出人意料的还有四五本书。我再次看了看，眼前确实是一盒面纸和一摞书。我看清了上面这本书的封面，书名是《安娜·卡列尼娜》。

一面是物质的，一面是精神的，这个女人睡在其中。我闭上眼睛思绪万千，我甚至想到要找机会上门探个究竟。突然，黑暗中嘎吱嘎吱响了几声，我睁开眼发现对面卧室的印花窗帘拉上了，很快灯也灭了。我打开手机看了看，时间是凌晨两点整。

第二天早晨，我感觉脑袋有点晕乎乎，这是因为缺少睡眠。阿了先起床，似乎脸对脸地看了看我，其实我已经醒了，正闭着眼睛在想夜里的事。阿了低下头来看我，我的眼前好像暗了一下，难道她在观察我的睡姿？

为了争取主动，起床后，我向阿了陈述了夜里看到的情况，阿了只顾做自己的事，也没有说话。说到后来，我兴味索然了，我感觉我像一条跟来跟去的狗，而阿了就是我的主人。最后，阿了终于说话了，她说，长矛，你把看到的细节都记下来，我有用。我说，每天都要记吗？阿了不再理睬我，然后出门去精神病院上班了。

晚上，我想早点睡，我说，阿了，我昨晚睡得少，先睡了。阿了说，还早呢，我们说说话吧。阿了说这样的话我感到很意外，我已经说过，我们从来没有敞开过心扉。

我说，你想说什么？

阿了说，长矛，你好像不愿意和我说话，我想起来了，你从来没有好好陪我说过话。

我说，阿了，你想说什么就说吧。

阿了说，长矛，我要听你先说。

我想了想说，阿了，你为什么要买望远镜给我？

阿了说，我不是说了吗，她是一个有医学价值的病例。

我看见的都是不存在的

我说，一个女人怎么可能让自己的男人去偷看另一个女人呢？

阿了吃惊地看着我说，长矛，你真是这样想的吗？她挨到我的身边又说，说真的，我还真另有原因呢。

我的睡意飞走了，我说，阿了，我们敞开内心谈谈吧。

阿了说，其实这个原因很简单，就是男人都是一样的。你想，因为这个事我离开了你，我的下一个男人还会这样。换句话说，我如果换了另一个男人，他也会偷看女人。所以，你想看就看吧。

我说，你的意思是男人都是坏人？

阿了说，你只说对了一半，我的另一层意思是，女人也是坏人。再说下去没意思了，长矛，我们说说对面那个女人吧。

我被来了个脑筋急转弯，这个时候的阿了真像一个精神病。我说，我们怎么说对面那个女人。

阿了突然坐到我的大腿上，说，长矛，我们打个赌吧。就是我们猜猜那个女人是做什么的？

我的大腿疼痛得哆嗦起来，我说，好吧，好吧——好吧——你坐疼我了。

阿了命令我说，你抱住我，我还没用力呢，你就喊疼了。

我想站起来，然而身上像压着块大石头，我咬紧牙关抱住阿了的腰，想把她丰满的身体提上来。我说，抱住了，好了吧。

阿了说，你先说，那个女人是做什么的？

我想快点摆脱阿了的压迫，她的肉体实在太有分量了。我说，她是一个小三。

阿了说，这是你说的，一言为定。我说她是一个妓女。

我用力推开阿了说，好吧，我们都有选择了，看看谁能赢。

我看见的都是／不存在的

阿了说，这样吧，如果你赢了，我和你去办证；如果我赢了，你给我五万块钱。阿了说完脸孔红彤彤的，好像很陶醉的样子。

我窥视女人的事发生之前，提出过去办证的要求，阿了说，等等，不急。我为什么要提出和阿了去办证，因为我们住的房子是阿了的，再说我也想透彻了，所有夫妻的生活都是一个样的。我没有想到的是，阿了居然把办证这个严肃的事弄成了她的赌注，这不是儿戏吗？当然，还有一个挺秘密的事，大约四五年前，我做过电脑生意，那个时候我技术好胆识过人，几年下来赚了二十多万，这些钱一直牢牢攥在我的手心里。我担心，这个秘密阿了可能已经知道了。

我搞不清打这个赌需要多少代价，而且我说那个女人是小三也是随口说说，仅有的依据就是昨晚看到的那些事。我说，阿了，你和我办证是必须的。

阿了说，你这种男人真没劲。

算我没劲吧，我躺在床上睡着了，不知过了多久，我被阿了摇醒，她在黑暗中说，长矛，你醒醒，时间到了。

我睁开眼睛，感觉还在睡梦里，我说，你——我——什么事？

阿了翻转身没有理睬我，一会儿响起了轻微的鼾声，仿佛她刚才说的是梦话。

我起床先撒尿，然后找到望远镜，这一次，对面这幢楼有好几个窗口亮着灯，那个女人的卧室居然漆黑一团。我举着望远镜偷看了几分钟，正当我的脑袋里浮现起N个为什么时，那个女人的卧室突然亮了。我终于看见了卧室里有个男人，他和那个女人抱在一起。

我看见的都是
不存在的

我举着望远镜的手在抖动，不知是紧张还是兴奋，我自己也不知道。

我说，阿了——阿了——我看见男人了。

男人和女人纠缠在一起，他们像疯狗一样舔着对方的脸。

我又说，阿了，你醒醒，好戏就要开场了。

阿了用鼾声回答了我，她似乎正在甜蜜蜜的梦境里。我看了看手机，马上就到十二点整了。突然，那个男人推开女人就走。这是一个四十多岁的男人，看上去是个有职务的领导，可能是处长，也有可能是局长，当然市长书记之类的也不是没有可能。

接下来，那个女人侧坐在床边，这个过程一直持续到凌晨两点结束。我想，在开灯之前，他们一定疯狂过了，我所看见的只是一个尾声而已。

那个女人拉上窗帘灭灯后，我也悄悄回到了床上。我开始梳理那个女人的事，我是这样猜测的，首先那个女人肯定是小三，也就是说是刚才那个男人的情妇。男人和女人偷情后，十二点之前必须回去，然后女人独自伤感，这种伤感的代价是每天夜里发呆流泪两个小时。

如果真是这样，我和阿了的打赌就赢定了。

早上，我还恍惚在现实和想象之中。我坐等阿了起床，然后迫不及待地把昨晚看见的事告诉她。阿了晚上睡得踏实，脸色红润发亮。她披散着长发坐在马桶上撒尿，我站在她边上说，阿了，我昨晚看见那个男人了。

阿了没有抬头，我听到下细雨一样的撒尿声。我又说，那个女人肯定是小三，我说的是对的。

阿了仿佛患上了健忘症，她像什么事都没发生过地看着我。我又跟在她的身后陈述昨晚我看到的一切，而且把我的猜测原封不动地复述出来。最后，我忍无可忍地说，阿了，你在听我说话吗？

阿了说，你所见的，你确认吗？

我怒气冲冲地说，去你的确认吧，阿了，我看你的脑子有问题了。

阿了提起她的宝贝包包，踩着漂亮的高跟鞋走到门口说，长矛，你要冷静，你再冲动，你就完了。

我上班也在想那个女人的事，这对我的工作来说是危险的，可以这样说，我的思维程序被打乱了。许多年以来，工作日的中午我都是不回家的，今天我想要回家去做一件事，去确认我夜里看见过的那个女人是不是真的存在。

中午，初秋的阳光干净利落，给人以秋高气爽的明媚。我没有回家，走进小区，直接去找那个女人。我对这个小区的印象有些模糊，仿佛走进了一个陌生的地方。经过几次辨别和反复上下楼，我终于锁定了那个女人的住房。手敲在铁门上的声音特别清脆，整条楼梯都惊醒了。

我敲了多次，这扇门没有反应。我站在门口发呆，脑袋里开始浮现夜里偷窥到的画面。这个时候，门缓缓打开了，一个女人说，你找谁呀？她的头发盘在脑后，应该也是披肩的长发，她穿着一条V形的奶白色裙子，一条乳沟很深很白。还有更刺激的，我也想说出来，这个女人居然没有穿内裤，或者是穿了一条透明的内裤。

眼前的这个女人和这个小区一样有点陌生，但她的大胆和性感远远超出了我的想象。我甚至于立即有了妄想，如果她是我的情妇就好了。

女人警惕地把门掩上一半又说，喂，问你呢？

我说，不好意思，我是对楼的，是你的邻居。我赶紧掏出一张名片说，这是我的名片，我是电脑软件程序员。

女人接过名片看了看，脸色柔和起来了，她说，你是黑客吗？

我说，我不是黑客，我的工作是和电脑软件打交道的，混饭吃。

女人说，这么说你是电脑高手，以后电脑坏了能找你吗？

我说，当然可以，我们是邻居，名片上有联系电话，需要我打电话。

女人说，对了，你找我有事吗？

我想不起敲门的理由了，我的脑袋像电脑在高速运转，遗憾的是有些程序总是无法打开。我结结巴巴地说，你——我——我想借个手电筒。

女人笑了，她笑起来的样子很像一个妖精，热情放荡。她说，哈哈，你看你，又没有黑灯瞎火，外面有大太阳呀。

隔壁出来一位老太太，她用敌视的眼光盯着我，我突然发现眼前的防盗铁门是关着的，我朝左右看了看，惊讶地说，真奇怪，她刚才在的，现在她不在了。

老太太懒得和我说话，她谨慎地把我从头到脚看了遍，然后一声不响地下楼了。我像是做了一个梦，还出了一身冷汗。眼前的防盗铁门确实关得严严实实，门上贴着零碎的纸片，都是关于催讨欠费的，电费、水费、煤气费、有线电视费。还有一张书本大小的黄纸，已经变色了，用透明胶布贴着，上面歪歪扭扭写着一些字，看什么看，变态呀！我的脸一下子红了，好像是刚才的那个女人在骂我。

我似乎受到了深度打击，感觉自己身上哪里出了一点问题。

晚饭后，我懒在沙发上看电视，阿了走过来坐到我身边，她的屁股很大很结实，把沙发压出了一个深坑。阿了说，长矛，你昨晚偷看到了什么？

这个女人越来越诡异了，早上我跟她说了那么多，她都无动于衷，现在主动来问我这个事了。

我说，你想听吗？

阿了饶有兴趣地说，想听，当然想听呀。

我懒洋洋地说，我告诉你，我看见的都是不存在的。

阿了说，你说什么？你再说一遍。

我说，我不骗你，我看见的都是不存在的。

阿了说，这不可能，如果真是这样，你的脑子一定出了问题。阿了直接爬到我的身上来，这次我没有反感她的淫荡，反而有了激烈的反应。我们在沙发上短兵相接，很快达到了从未有过的高潮。

事情做得非常完美，我们的内心似乎都打开了。阿了说，长矛，你把我看成了她吧？

我说，我把她看成了你，所以我看见的都不存在了。

阿了说，我们说说我们的事吧。

我说，阿了，我们去办证吧。

阿了说，你又没赢我，连你看见的都不存在了，我想你还能看见什么？

我说，算我输了吧，我给你五万块钱，明天去办证。

阿了说，我听你的，不过要等这个病例做好后去办。阿了又爬到了我的身上，这一次我力不从心了。她在我身上转动了几圈，把我当成了柔软的玩具。最后，阿了自己翻倒在沙发上，赤身裸体地展示她自己的肉体。

阿了说，长矛，我想知道你离婚的原因。这确实是一个我们相处以来没有涉及过的问题。阿了坐起来套上内裤又说，你说完，我也会说的。这些烂事烂在心里不舒服，长矛，你说呢？

阿了的屁股很有女人味，浑圆肉感，容易激发男人的性欲。我情不自禁抱住阿了的屁股，说，我离婚的原因其实很简单，只是为了一件小事，想不到最后闹到离婚。起因当然是我，说出来也不怕你笑话，反正你现在也知道我是一个什么样的人了。一次，不，有好多次吧，我偷窥女人，后来被我前妻发现了。她一口咬定我和那个女人有不正当的关系。我当然打死也不承认，结果你都知道的。其实，我也不是说对偷窥女人有癖好，因为我的工作真的太累太刻板，想找点刺激。阿了，我说完了。

阿了说，你前妻真是一个傻帽，傻到可以进我们精神病院了。现在，该说说我离婚的原因了。我离婚完全是我的过错，你听了不要崩溃，因为我有情人了。长矛，你不要用这种眼光看我，我说的是真的。你应该知道，在情爱上，女人如果陷进去，比男人更死心塌地。这样的结果可想而知，既然说了，我想把我和那个男人的一些事都说出来。我们每次幽会，说得通俗明白点就是上床，那个男人都要吃一颗"伟哥"，后来发展到要我喂他。

我忍无可忍地说，恶心！

阿了说，确实恶心。还想听下去吗？后来，我换成感冒药给他吃，他照样坚挺。你一定不会知道，他是个老头子，五十一岁了。你惊呆了吧，他确实有这么老了，不过他看上去很年轻。真的。

我说，真恶心，阿了，你想逼疯我吗？

阿了迅速穿戴完整后，说，长矛，如果你真想疯，我给你吃"伟哥"，这东西我有。

我大声说，我又不是五十一岁的老头，我才三十一岁。

阿了扭着大屁股出门去了，我躺在沙发上回顾一天发生的事，思维真有点飘忽，一上一下，像浮在水面上。过了很久，我突然从熟睡中惊醒，居然是早晨了。我说，阿了，我怎么睡在沙发上。

阿了在卫生间化妆，她说，问你自己吧，死猪。

因为做了一夜的死猪，我的精神状态好多了，还想起了许多的问题。我把我想到的问题一个一个提出来，阿了一直都没搭理我，好像我们是陌生人。我最后的一个问题是，阿了，那个女人的家门口贴着一张小黄纸，上面写的是这样几句话：看什么看，变态呀！你说这话是什么意思？

阿了说话了，估计是忍无可忍才说的，她说，长矛，你脑子真有病呀，这说明偷窥那个女人的男人不止你一个。

我惊讶地看着阿了，然后说，哎呀，我的妈，要是真这样，这个世界上脑子有病的人真是太多了。

我可以肯定，那个男人是隔天夜里来找那个女人的，而那个女人不管男人是来还是不来，夜里十二点到两点都要侧坐在床边伤感。还有那个女人似乎在精神上也有些毛病，她喜欢一个人不拉上窗帘开灯坐在床边。这些我都记录下来了，如果阿了真的在搞病例，那么她一定会搞出一个新鲜的结果。

我觉得，夜里偷窥那个女人的基本情况应该就是这些了。

至于阿了要我记录下来的内容，我每天都记了。

男人来的时候，我是这样记录的：今天男人来，偷情交欢的细节看不见，因为室内灭灯了，有望远镜也看不见。灯亮后，事情已经做好做完，只看见一个尾声，他们抱了又抱，吻了又吻，看多了觉得恶心。十二点前，男人急着跑回家抱老婆去了（这是我的猜测，或者他还要去搞另外的女人）。十二点后，那个女人就像我第一次看见的那样，在灯光下侧坐床边两个小时，开始猜测她在哭泣，因为头发长看不清脸孔。后来，有了望远镜就看清楚了，她确实在哭泣。到两点整，她拉上窗帘睡觉。她为什么要过这样的生活呢？我估计，她的脑子或许真有病了。

男人不来的时候，我的记录要简洁得多：今天男人不来，或许他去别的女人那里了？这是有地位有金钱的男人必需的。十二点后，内容和前一天雷同，没有变化。

就在我接近记满一个月时（阿了要求我记满一个月），发生了一件谁也想不到的事，包括我自己也想不到的。

那天夜里，或许是凌晨一点左右，我开始哈欠不断，说真的，偷看那个女人也有些厌倦了，因为男人想看的精彩部分看不见。然而，我突然看见一幕比看不见的还要刺激的内容，那个女人不在床边，她在床上，而且还是裸体，下体正面对着我。

我的思维能力急剧下降，而欲望却在迅速膨胀。想不到的是，我看见有个男人把床头柜上的钱物装进了一只袋子，难道是有人在抢劫？那个女人的手枕在后脑勺上，也可以理解成她被捆绑了。

我看见的都是
／不存在的

眼前的灯光是一下子熄灭的，我没有听到那个女人的呼救，或者是她根本喊不出声来。所以，这个夜晚很安静。

　　我放下望远镜，到厨房拿了一把菜刀，蹑手蹑脚出门去了。我跑步直奔对面的三楼，发现那个女人的家门半掩着，这更加让我确信那个女人被抢劫了。我按了几下楼道灯，但灯没有亮起来。我心急如火地举起菜刀，满脑子都是英雄救美的快感。卧室里有一缕柔和的灯光，我站着愣了愣，看见有个女人躺在床上，她确实是裸体的，但我没有看见那个男人。

　　我把菜刀放在地上，慢慢走近那个女人。

　　这个时候，我完全把她看成了阿了，她丰满的裸体极尽诱惑。我的脑袋终于像电脑的系统一样崩溃了。在我扑向那个裸体女人时，我的耳边又响起阿了经常说的话，长矛，你要冷静，你再冲动，你就完了。

少年白

放学后，许李文一直在自己的房间里没有出来。

桌子上的饭菜热气腾腾，飘散着一阵阵香气，这是李黛玉每天为儿子做的"功课"。李黛玉推门进去，看到许李文手里捏着一面圆镜子站在窗口发呆。许李文的房间属于紧凑型，小巧精致，除了床还有一张写字台和一只书柜，他是一个喜爱读书和善于思考的孩子。

窗外已经暮色朦胧，白云懒洋洋地飘向远方。李黛玉说，文文，妈今天给你做了红烧排骨。许李文今年十五岁，是个初中生，正是长身体强体质的年龄。许李文面对窗口说，妈妈，我有白头发了。他的语气沉闷干涩，但字字清晰。李黛玉笑了一声，说，不可能吧。

许李文固执地说，是真的，我已经找到了。李黛玉的思维还有些模糊，她不相信儿子的话是真的。许李文点亮了顶灯，灯光下，李黛玉居然发现他的脸色暗淡无光。许李文走到李黛玉眼前，把身体弯曲下来说，你看，我的头顶上有两根白头发。许李文的身高超越了他妈妈。李黛玉在儿子的头上摸了摸，感觉摸到了青春的气息，她的心里流过一阵欣喜，说，真没有，你爸爸都没有白头发，你一个小伙子怎么可能会有。

许李文直起腰说，我的后脑勺上也有白头发，也是两根，这是赵小勇看到的，他已经替我拔下来了。赵小勇是坐在许李文后排的同学，他每天都能看到许李文的后脑勺，有一天他惊讶地告诉许李文，你有白头发了。许李文以为赵小勇开玩笑，说，给我拔下来看看。结果赵小勇按住他的头真拔下了两根白发，许李文回家又发现自己的头顶上还有两根白发。

许李文拉开书包，从里面抽出一本书，放到桌子上慢慢打开。这是一本语文课本，里面夹着一张折叠好的黄纸。

许李文小心翼翼地展开来，说，这两根白发就是从我后脑勺上拔下来的。李黛玉只看到桌子上的一张黄纸，看不清躺在黄纸上的两根白发。许李文似乎看出了他妈妈的怀疑，他把黄纸放到自己的手掌上，然后平稳地举起来说，你看，就是这两根。这张黄纸在李黛玉的眼前了，她看到上面确实有两根油亮短小的白发，似乎还残留着一丝许李文的青春气息。李黛玉说，哦，真有两根。没什么大不了的，现在像你这种年龄的孩子长几根白发的很多。

许李文看了看李黛玉没有说话，他走到客厅，在饭桌前坐下说，爸爸呢？李黛玉说，他上夜班去了。许李文的爸爸许银虎以前是钢铁厂的炼钢工，后来钢铁厂倒闭下了岗，现在是博物馆的一名保安，他的工作是白天晚上轮班制。

我看见的都是 / 不存在的

许李文埋头吃完了晚饭，然后又回到自己的房间里。吃饭时，李黛玉说过几句话，但许李文都像没听到。过了一会儿，李黛玉发现，许李文在房间里举着镜子照头皮，他的这些反常言行让李黛玉心烦意乱起来。临睡前，李黛玉看到许李文还在照镜子，她觉得儿子真的有心事了，难道他要为几根白头发想不开？

　　许李文的话少了很多，他每天说的话基本都围绕着他的白头发。许李文一脸疑惑地说，我的后脑勺又长出白发了，而且一天比一天多，这是赵小勇说的。李黛玉吃惊地摸住许李文的头说，我看看，说不定赵小勇在骗你。

　　李黛玉看得很仔细，她的手像柔软的犁慢慢在许李文的头上翻来覆去，她没有发现一根白发。李黛玉松了一口气说，儿子，我没看到你有白头发。许李文捋了捋被李黛玉弄乱的头发，说，后脑勺上的赵小勇替我拔了，看得到的我自己都拔了。

　　李黛玉再次看到了那个黄纸包，里面的白发已经有一小撮，它们胆战心惊地抱在一起互相取暖。李黛玉吃惊地说，有这么多了，都是你的？许李文用手指拨了拨这些白发说，是的，都是我和赵小勇拔下来的。李黛玉愣了一下，说，有几十根了吧，以后我给你拔吧。许李文细心地包好白发，夹在课本中，再放回书包里，好像这包白发也是他的学习用品。许李文说，爸爸读书时有过白头发吗？李黛玉没想到许李文会提这么一个问题，而且她确实也回答不了，她说，这个——这个我不知道。许李文用怀疑的眼光看着李黛玉说，妈妈，你在骗我。

　　李黛玉是二十九岁和许银虎结婚的，那个时候许银虎三十五岁，是个刚刚离婚的男人，也是一个响当当的钢铁工人。有人把

我看见的都是／不存在的

李黛玉介绍给许银虎，他一看就喜欢上了她，谈了几个月恋爱，他们就急不可待地喜结良缘。结婚前，李黛玉的父母提出一个要求，就是我家李黛玉是黄花闺女，她一定要嫁给你我们也没办法，但以后孩子出生了名字中必须要带一个"李"字。许银虎爽快地说，行！他以一个字的代价，换回了黄花闺女李黛玉。

周六傍晚，许银虎踏着一丝余晖走进家门，他进门的第一件事，就是去看冰箱边上有没有啤酒。许银虎是一个爱喝酒的男人，这和他以前是个炼钢工有关。那个时候，许银虎工资高待遇好，但炼钢工比较辛苦，而且没有一个炼钢工是不喝酒的。现在他做了保安，别的都改变了，只有喝酒这个传统完整地继承下来。

李黛玉早两天从超市搬回来两箱啤酒，许银虎已经看到过的，现在他又看了看，看到啤酒，许银虎似乎心里踏实了。他说，黛玉，明天博物馆组织我们一日游，哈，今年馆长换了，就是不一样。李黛玉说，一日游，谁稀罕。

许银虎把两瓶啤酒立到桌子上说，知足者常乐嘛。他打开一瓶啤酒又说，文文呢？李黛玉说，在自己房间里发呆，最近他都这样，你没看出来吗？许银虎喊一声，文文，吃饭了。许李文慢腾腾地走出来坐到饭桌前，他拿起一双筷子，然后看许银虎的脑袋，他已经看了好几天，发现这个脑袋上的头发乌黑锃亮，看不到一根白发。

许李文想，爸爸五十岁了，依然有一头好发，他年轻时一定不会有白发。许银虎发现了许李文看他的异样，说，我头上有什么东西吗？

许李文认真地说，爸爸，你读书时有过白头发吗？许银虎惊讶地张了张嘴，几滴啤酒顺着嘴角流出来，他赶紧咽了一下说，扯淡，年纪轻轻的怎么会有白发。许李文说，我不是扯淡，我有白头发了。

这一次，许银虎也看到了许李文手里的黄纸包，一小撮白发静静地躺在上面。许银虎看看许李文，然后又看看李黛玉说，这是你的白头发？李黛玉说，文文说是赵小勇和他自己拔下来的，我没看到文文头上有白头发。

许银虎拉过许李文说，我看看，你怎么可能会有白头发。许银虎在许李文的头上找了找说，哪里有白头发，真是扯淡！许李文说，爸爸，这是真的，我不骗你！许银虎斩钉截铁地说，不可能。李黛玉说，文文，你爸爸和我都没看到过你头上的白发，只看到过黄纸包里的白发。许银虎说，对呀，你让它们长出来看看呀。许李文突然哽咽起来，说，我头上都是白发，你让我怎么去学校。

许李文跑进房间把门关上了。李黛玉走过去听了听，里面一点声音也没有。许银虎说，这个事你知道的？李黛玉点点头，许银虎说，有多长时间了？李黛玉想了想说，有二十多天了吧。许银虎说，扯淡，你怎么不告诉我呢？李黛玉说，又不是什么大事，再说有几根白头发有什么大不了的。许银虎生气了，拍着桌子说，一切为了孩子，他这个样子还能读好书吗！

之前，李黛玉确实没把许李文说的事当一回事，以为过几天也就没事了，现在发现这个事变得越来越复杂了。李黛玉说，你想想，你读书时有没有白头发？许银虎将着自己的头发，冥思苦想了一会儿说，这么多年了，我真想不起来，不过我相信我不会有的，你看，我到现在还只有几根白发呢。李黛玉说，下次文文

我看见的都是不存在的

问你了，你就说想起来了，以前读书时你有过白头发，而且一直有的，现在的黑发是染出来的。许银虎说，真是扯淡嘛。李黛玉说，没办法，一切为了孩子。

许李文的家在一条只有二三百米长的小巷里，小巷的两边都是老房子，去年政府出资给这些老房子进行"包装"，就是把外墙粉饰一新，这样看上去像新造的一样了。坐在许李文后面的赵小勇也住在这条小巷里，他的家在小巷的尽头。

这天放学，许李文和赵小勇一起骑车回家，以前他们都是这样的，早上赵小勇啃着早点来叫许李文，许李文有时吃过了早饭，有时也啃着早点。学校不是太远，穿过两条大街三四条小巷就到了，最多不过二十分钟的路程。两个孩子能结伴而行，家长们都感觉挺省心省事。

现在，许李文骑自行车比平常要快，赵小勇跟在后面说话，两个人一路上都在争论要不要继续拔白头发这个事。许李文的意见是，从今天起他不想拔白发了，因为他要给爸爸妈妈看看，他有白头发是真的；赵小勇认为，还是要拔白发，如果不每天拔掉很快会被同学发现，万一被张洁好发现就糟糕了。张洁好是许李文和赵小勇的女同学，是他们班里称得上漂亮的女生之一，赵小勇知道许李文对张洁好有好感，而且这种好感已经被张洁好认可了。

快到家时，许李文回头说，如果白头发每天有，那我的头发不是要被拔光了？赵小勇赶上来说，不可能，拔得差不多了，你们也能结婚了。哈哈。赵小勇把车骑出一个半圆圈子，留下一阵笑声走了。

许李文把自行车停好，又一声不响直奔自己的小房间。李黛玉赶紧出门追赶赵小勇，她一路小跑追上去喊，赵小勇——喂——赵小勇，你等等。赵小勇停了下来，他就停在离家不远的地方，望过去那几间粉墙黛瓦古色古香的房子就是赵小勇的家，看上去像一个小型的名人纪念馆。

赵小勇坐在自行车上，停在原地不动也不说话，他的一只脚在踏板上，另一只脚踏在地上。赵小勇和许李文同岁，月份也差不多，但看上去比许李文要成熟。

李黛玉说，赵小勇，我有事要问你。赵小勇说，你问吧。李黛玉早想问问赵小勇，她觉得赵小勇一定知道许李文的事。李黛玉说，你要说实话。赵小勇笑了笑，她又说，你在替许李文拔白头发。赵小勇说，是呀。李黛玉说，你拔下来的头发都是白的吗？赵小勇说，当然呀。李黛玉想了想说，明天开始你不要给许李文拔了，这样拔下去他的头发要拔光了。赵小勇笑着说，是他自己要我拔的呀。李黛玉严肃地说，我是他妈，我说不拔了就不准拔，听见了吗？赵小勇听了心里想，你是他妈，又不是我妈，我为什么要听你的？赵小勇用力一脚踏下去，自行车就飞了出去，他不忘扭头说，不好意思，你听，我妈在叫我了呢。

有一天，许银虎问李黛玉，儿子最近心情怎么样？李黛玉正在看电视连续剧，她慢腾腾地抬起头来说，什么怎么样？许银虎说，看你心不在焉的，这种垃圾电视剧有什么好看的，我在问你儿子的事呢？李黛玉听清楚了，她盯住许银虎醉醺醺的脸说，怎么样要问你呢，你是爹。许银虎生气了，说，扯淡，文文有白发的事一直是你在关心。李黛玉说，文文的学习你关心过了吗？许银虎坐不住了，他站起来喊，文文，爸爸在叫你呢。小房间里一点反应也没有，李黛玉装出若无其事地继续看电视。

许银虎觉得自己很没面子了，他推开小房间的门，看到许李文坐在写字台前发呆。许银虎生气地说，你——你就这样子？许李文说，什么这样子？你们除了关心我的学习和分数，你们关心过我的内心吗？许银虎说，扯淡，做父母的不关心你，你说谁关心你？

许银虎没想到儿子越来越不像话，现在这种没心没肺的话也敢说了。他一屁股坐到床上，准备要好好教育教育许李文。李黛玉说，文文，你心里有话说出来，爸爸妈妈听你说。许李文玩弄着手里的一支笔，笔在他的手指间像小丑一样跳舞。李黛玉又说，你还在为白头发的事忧愁吧。她想用手摸许李文的头发，手刚刚触摸到他的头发，许李文按住了这只手，然后走过去按下了顶灯的开关。小房间一下子明亮了，连房间顶部的那些不规则的细密纹路都清晰可见。

许李文坐下来说，我的头上有许多白头发了。李黛玉吃惊地看了看许银虎，许银虎没有说话，而是懒洋洋地从床上站起来。李黛玉贴近许李文的头看了看，确实看到儿子后脑勺上有零零星星的白发，她说，真有几根呢。许银虎凑近也看了看，说，不算多，才几根，没什么大不了。许李文说，还不算多，每天都在多呢，有一天我的头发全白了怎么办？李黛玉说，不会的，就算是少年白，也不会全白的。来，我给你拔掉。许李文坚决地说，不。许银虎说，我给你拔掉吧。许银虎也想动手拔，许李文躲开后说，这是你们想看到的，你们不是希望它长出来看看吗？

我看见的都是不存在的

许银虎和李黛玉听了面面相觑，许李文又说，爸爸，你告诉我真话，你读书时有过白头发吗？许银虎的脑筋来了个急转弯，他说，有的，不过不是太多。许李文说，既然你这么早有白发了，现在怎么没有了？李黛玉急了，忙说，你爸有白头发的，早几天我还给他拔了许多。许银虎继续脑子急转弯，他说，你妈拔的是少数，告诉你，我在染头发，要不早就一头白发了。

许银虎坐下来拉过儿子的手说，你看看，爸爸有很多白头发了吧。李黛玉用手捋动许银虎的头发，她真发现了几根白发，她说，真有不少白头发呢，你看。

许李文看到许银虎的头上确实有白发，几根而已，它们基本上潜伏在黑发的下面。许李文说，我也要染头发。许银虎大吃一惊，他没想到许李文会提这样的要求，但话已经说出口又不好当场推翻，只好说，再说吧，我半年才染一次头发。许李文说，半年就半年，我跟你一起去染头发。

在许银虎承认读书时有白发和现在染过发之前，许李文和赵小勇争论过，少年白是不是因为遗传的原因。后来他们还上网查过，证实遗传确实是原因之一。问题是，那时许银虎的说法刚好相反，这让许李文感到很痛苦，他甚至怀疑许银虎不是自己的亲爹。现在，他可以理直气壮地对赵小勇说，我的白头发是遗传的。

赵小勇听了许李文的最新消息后说，其实遗传不遗传对你来说不重要，重要的是对你越来越多的白头发怎么办？许李文说，到时我和我爸一起去染头发。赵小勇惊讶地说，你也去染头发？笑话。许李文说，我已经和我爸说定了。赵小勇笑着说，你有白头发你爸你妈都认可了，要不要拔了？许李文说，什么意思，你不是早就不愿意给我拔了吗？赵小勇说，我到现在也搞不清楚，到底是你妈不想你拔白头发，还是你自己不想拔白头发？许李文想了想，觉得这确实是一个稀里糊涂的问题，他摸着后脑勺说，哦——哈——反正后脑勺上的白头发我也看不到。

许李文的白发像春天的杂草，正在悄然无声地蔓延开来。他在自己看得见的地方拔下了许多白头发，每天晚上，他在做作业前都会认真地拔，仿佛这也是一门功课。许李文把拔下来的白发包进黄纸包，然后想象着自己染头发后的新形象。

有一天放学，许李文在停车场拿自行车，听到有个女生柔柔地叫了他一声，回头一看是张洁好，他来不及激动，张洁好吃惊地说，许李文，你后脑勺上有白头发了？许李文吞吞吐吐地说，我——白发——我是遗传的，我爸也这样。张洁好说，怎么都长在后脑勺上？许李文不好意思地说，我看得见的都拔掉了，后脑勺上看不见。张洁好笑了笑说，为什么要拔掉呢？许李文哼哧了半天才说，白发多了，郁闷。张洁好说，拔掉的多吗？许李文想给张洁好看书包里的黄纸包，但又没有勇气和胆量，他说，也不算太多吧。

赵小勇等在校门口，几次声嘶力竭地呼喊，喂，许李文——喂喂——文文！张洁好说，你听，赵小勇喊你喊得急呢。许李文说，我们顺路。

路上，赵小勇一直在怪笑，他看到许李文和张洁好在说话，而且猜测出他们的谈话是关于白发的。许李文说，赵小勇，你有什么好笑的，我问你，我后脑勺上的白发多吗？赵小勇说，不多不少吧。许李文说，多也好少也好，明天开始，你都给我拔光。

赵小勇说，不不，我不想拔。许李文说，我叫你拔你就拔。赵小勇哈哈笑了，说，你口气这么大呀，我不拔你想怎么样？许李文说，你不拔，我们就一刀两断。赵小勇听得呆若木鸡了，过了一会儿才说，这是你要我拔的。

赵小勇拔了一个星期，没能拔光许李文后脑勺上的白头发。赵小勇气馁了，说，许李文呀许李文，你成了名副其实的"少年白"，我没办法拔了。许李文说，赵小勇，你闲话少说，是不是真不想拔了？赵小勇说，你看，拔掉的还没长出来的多，你说我还怎么拔。

许李文提出要去染头发，他说，爸爸，我的白头发越来越多了。许银虎好像有心事，他站在客厅发呆。许李文走近他又说，我要去染头发。许银虎惊醒似的说，我正在想这个事，啊，你要去染头发？许李文说，是的，你说过要带我一起去染发的。许银虎沉默一会说，我染过还没到半年呢。许李文说，爸爸，已经七个多月了。许银虎说，啊，我忘了，不过，我又染过了。

许李文觉得许银虎在欺骗他，他说，我自己去染吧。许李文的意思是给他钱，他自己会去找染发的地方。许银虎不想弄巧成拙，所以他不说话了。李黛玉接过话头说，染发对身体不好，我带你先去医院看看，看看有什么药能治"少年白"。许银虎觉得去医院是个最佳选择，他怎么会没想到呢，他说，如果吃药没效果，我下次一定带你去染发。

李黛玉带着许李文跑了几家医院，结果都说"少年白"治不了，医生说只要营养跟上、放松精神、消除忧郁，能控制少年白发的增加。

接下来的日子里，按照医生的建议，许李文和父母密切配合，

我看见的都是/不存在的

天天期待有欣喜的结果出现。然后，许李文头上的白发还在茁壮成长，一家人的心情更加沉重了。许银虎也有了压力，他对李黛玉说，儿子这个样子中考肯定考不好，将来高考更没指望。李黛玉说，他怎么会不像你，哪里来的"少年白"？许银虎听得别扭，别人说这样的话他可以不在乎，李黛玉这么说意思就不一样。他说，真扯淡，不像我，要问你了，你说像谁？

　　李黛玉话说出口，马上意识到自己这话不伦不类，她说，许银虎，你不要歪曲我说的话，我的意思是，文文像你就好了，你看你的头发到现在还乌黑发亮。

　　许银虎觉得李黛玉真是一个大笨蛋，越说许李文好像越不是他许银虎亲生的。李黛玉又意识到自己的表达不够到位，她不等许银虎有反应，又说，如果文文的白发再多起来，我看真要染发了，小伙子要漂亮的。许银虎气呼呼地说，扯淡，染发有什么好处？你看到过有学生染发的吗？

　　李黛玉接到许李文班主任电话的时候，正在给许李文蒸黄鳝。班主任打这个电话的目的是要家长配合学校抓学习，因为不到一个月就要中考了。最后班主任提醒李黛玉，许李文的成绩下滑了。

　　李黛玉接完电话，心情一下子就雪上加霜了，她想许李文的成绩下滑一定和白发有关。回想起来，自从那天许李文说有白头发之后，他经常在小房间发呆或者拔白发。之前的许李文不是这样的，之前他会在晚饭后听一会儿音乐，放松一下心情，然后认真做作业复习功课，考试成绩都会名列前茅。现在，许李文只对长在自己头上的白发感兴趣，而且与这些白发们越来越纠缠不休。

　　临近中考前，许李文居然又提出要去染头发，他说，我要去

我看见的都是不存在的

染头发。许银虎又气又恼，但关键时刻不好发作，他忍气吞声地说，你马上要中考了，能不能先集中精力准备考试，考完了爸爸带你去染头发，我说话算数。李黛玉也说，考进重点高中，一只脚就迈进了大学，你再忍一忍吧。许李文说，你们想的和我想的不一样。

许李文已经想好了，在考进高中前一定要去染一染头发，他不能让高中的新同学们看到自己是一个"少年白"。

其实，许李文也是想忍一忍的，他更不想和父母公开闹翻，但他确实没有复习迎考的心思。许李文对赵小勇说，你给我拔白发吧。赵小勇疑惑地说，你还要我拔白头发？你的白头发太多了，拔不完呢。许李文说，你不想给我拔了？赵小勇说，你爸不是说要带你去染头发，去染一下吧。许李文恶狠狠地说，我染不染发关你屁事，我问你，你到底拔不拔？

赵小勇看到许李文的表情很痛苦，也充斥着绝望，他咬咬牙说，拔，拔，拔！赵小勇说到做到，他每天都给许李文拔白头发，许李文包白发的黄纸包在不断充实，但头上的白发却依然层出不穷。

中考结束了，许李文和赵小勇都考砸了，他们的分数只能上一般的中学，而且要交三万元的赞助费。许银虎肺都要气炸了，李黛玉说，你别激动，你儿子能读高中已经不错了，你想想，他考成这个样子，你做爹的也有责任。许银虎说，你扯淡，难道要我替他去中考吗？李黛玉说，文文思想负担那么重，你为他做过什么？许银虎恶狠狠地说，我骗他了，我骗他半年染一次头发。

李黛玉想哭，眼睛情不自禁地红了，她实在心疼三万块赞助费。李黛玉说，你除了喝酒骂人还能做什么？许银虎一口气塞上来，顿时哑口无言了。

许银虎和李黛玉的"冷战"打了三天还没结果，许李文的内心很复杂，因为面对的现实令人沮丧。这几天，许李文吃完晚饭都会一个人出去闲逛。他没有和同学们一起出去放松，譬如看电影、去KTV或者串门聊天，他觉得一个"少年白"考砸了中考，走到哪里都是一件不光彩的事。

这天晚上，许李文突然想到要去了解染发的情况，只有掌握了染发的情况，在这个事上他才有更大的发言权。他后悔迟走了这一步，否则他的中考绝不会是这个结果。他的目标是附近的几家美发屋，先问询一下诸如染发的价格、时间、副作用什么的基本情况，然后决定染不染发或者什么时候染发。

就在这个时候，赵小勇和他的父母进来了，坐在客厅一声不吭看电视的许银虎和李黛玉没反应过来，以为赵小勇一家走错了家门。赵小勇的妈妈进门就说，许李文呢？许银虎和李黛玉都觉得很奇怪，赵小勇和许李文考得半斤八两，难道还有什么经验可以交流？李黛玉说，他在自己的房间玩电脑。赵小勇的妈妈说，这样就好，我们两家人都在，有些事大家说说清楚。

赵小勇一家三口的三张脸都是阴沉的，就差没掉眼泪了，看上去像是专程来奔丧的。赵小勇的爸爸抽着烟吐着粗气，似乎胸中正在燃烧。许银虎心里也不舒服，所以虎着脸说，扯淡，我们有什么好说清楚的。赵小勇的妈妈说，你这是什么话，难道我们是来寻开心的。许李文呢，他怎么还不出来，我有事问他。李黛玉说，你们先坐下来，有话好好说。

赵小勇的爸爸妈妈都坐了下来，赵小勇低着头站着，仿佛就是来挨批挨骂的。李黛玉把许李文叫了出来，说，赵小勇的妈妈有事要问你？许银虎说，问什么问？有事问我！赵小勇的爸爸忍不住说，老许，你这是什么态度，啊，我们是来解决问题的。你儿子考了个垃圾高中，我儿子也考了个垃圾高中，你找过原因吗？啊，我们找到原因了，想核实一下，这对你们也有好处的呀。

赵小勇的爸爸是副镇长，他眼里的人都成了他管辖镇里的村民和问题。李黛玉说，赵镇长，你们有事就问吧。赵小勇的妈妈说，许李文，我问你，你的头上是不是有白头发？啊，真有这么多了。

许李文听到赵小勇的妈妈这么说话，感觉有点恶心，他没看她，把眼光落在挂历上的一个美女身上，说，我有白头发怎么啦。许银虎说，真是扯淡，我儿子有白头发关你们屁事。赵小勇的爸爸跳起来大声说，老许，你这是什么素质，我告诉你，你们许李文的白头发与我儿子的中考有关系，而且有必然的关系。赵小勇的妈妈瞪一眼他男人，说，你少说两句，要说，等我说完你再说。

赵小勇的妈妈说，许李文，中考前，赵小勇说他每天都在给你拔白头发，有这个事吗？许李文说，是的，这有错吗？赵小勇的妈妈惊叹一声说，啊，你看果然有这个事。赵小勇的爸爸又忍不住跳了起来说，有错，是大错特错，正是因为这种错，我儿子的中考才考得一塌糊涂。你们都听到了吗，许李文的白头发就是罪魁祸首。

这一次许银虎跳起来了，他说，这是什么话，扯淡，还罪魁祸首。来，我问你，赵小勇，你中考考砸了是由于给许李文拔白发的缘故吗？你说，你要老老实实说。所有人的目光都落在了赵

我看见的都是不存在的

小勇的身上，他从来没有被这么多目光照亮过，想逃避是不可能了。他结结巴巴地说，我——我拔过——考不好不一定是这个——原因。赵小勇还想解释些什么，他爸爸突然冲上来给了他一记响亮的耳光，不好好学习，不想为学校争光，我叫你拔——拔——拔！赵小勇没有做好吃耳光的准备，他被打得原地转了一圈，然后才响起嘹亮的哭声。

许银虎没想到赵镇长居然会在他家里动手打人，这简直就是上门寻开衅嘛。他说，哎哟，你看你，什么素质？还是镇长呢，要打自己的孩子回家去打。赵小勇的妈妈说，我们走，不过，我家赵小勇的三万赞助费要你们负责。李黛玉说，恶人先告状呀，我们要你们赔，许李文的白头发就是让赵小勇越拔越多的，所以我家许李文的三万赞助费理应你们负责。赵小勇的爸爸一把拉过痛哭流涕的赵小勇说，我们走，大不了和你们这种人家一刀两断！

最后，许李文和赵小勇又在一起了，他们上的是同一所高中，而且被分到同一班，赵小勇还是坐在许李文的后面。也就是说，他每天依然能看到许李文的后脑勺。

有一次，赵小勇主动对许李文说，我不会再给你拔白头发了，给你拔白头发我付出了代价。你应该知道的。许李文说，可以理解，但我没想到像你爸爸这种人还能当镇长。赵小勇说，你不要轻视我爸爸，我爸爸天生是当官的料。信不信由你！赵小勇自从上次挨了他爸爸一记响亮耳光后，越来越像他爸爸了。许李文笑笑说，爸爸总是自己的好。

许李文上高中后，学习明显紧张了，他每天都有做不完的作业。许银虎觉得自己有必要和儿子谈谈心，儿子长这么大，已经是一个大小伙子了，可他没有和儿子坐下来说过心里话，从来都把他看成是一个不懂事的孩子。许银虎生出了一丝内疚和后悔。

每天晚上，许李文做作业一般做到十点钟，然后休息一下，吃李黛玉为他做好的夜宵。接着预习明天要上的课，十一点半之前睡觉。许李文出来吃夜宵的时候，发现许银虎和李黛玉并排坐在沙发上看电视，电视的音量小到基本没声音。以前，这个时间许银虎和李黛玉都在房间了，客厅里静悄悄的，只亮着两只六瓦的节能灯。许李文说，你们还没睡呀？他的语气说明今天他的心情还算不错。许银虎说，你坐过来，我们聊几句。

许李文端着一碗冷热适中的饺子坐了过来。许银虎说，时间过得真快呀，一眨眼你是个高中生了，再一眨眼，你就要上大学了。许李文说，你想说什么就说吧。许银虎说，我以前确实不够关心你，从今天起爸如果不上夜班就和你妈陪你做作业。只要你好好学习，将来考上重点大学，你有什么要求爸都答应你。许银虎说话低着头，模样像在做检讨，一脸的诚心诚意。

李黛玉解释说，你爸的意思是，我们要多关心你，给你做夜宵，陪你做作业，让你心情舒畅，头脑清醒灵活。许银虎连忙说，我就是这个意思，我表达的都是我的内心。许李文说，你们放心吧，我会努力的。不过，晚上你们不用陪我的，你们还是早点睡。

许银虎每天都在客厅的沙发上陪许李文做作业，而且到十点吃夜宵的时候，许银虎都会和儿子聊几句。有一次，许李文出来吃夜宵，许银虎笑眯眯地说，你看我给你弄来了什么？许李文说，是什么好吃的吧。自从许李文上高中后，许银虎和李黛玉很重视他的营养，尽量保证他能吃好睡好。许银虎从沙发边上拎起一只玻璃瓶，说，我好不容易给你弄了一瓶"何首乌"酒，听说它是专治白发的，每天睡前一小匙，效果很不错。李黛玉说，你爸为了你白发的事，费尽心机呀，他东奔西走弄来了这瓶酒。

许李文疑惑地说，真有效果？许银虎说，当然有，等一会睡前你就吃吧。我知道你一直想染头发，可是染头发有副作用，化学染发剂呀，谁染谁倒霉。许李文说，你不是也在染头发吗？李黛玉说，你爸老了，他的抵抗力比你强。

许银虎觉得不能再骗儿子了，儿子是高中生，他有自己的思想和理解能力，有些事他应该知道了。许银虎说，我扯淡，我从来没有染过头发，以前这么说是骗你的，不过我现在白发真的多起来了。

许李文听许银虎的话，吃了两年的"何首乌"酒。有一天，坐在他后面的赵小勇像发现新大陆似的说，喂喂——许李文，你后脑勺上的白头发呢，谁给你拔得这么干净？许李文说，没人拔。赵小勇说，嗬，难道你的"少年白"治好了。

许李文也有一种百感交集的感觉，这么多年来，他和父母乃至于赵小勇都曾经为自己的白头发付出了代价，现在一切都即将过去。他说，赵小勇，你无聊呀，我不想和你说这个事，我们还是认真复习，准备考上好大学吧。赵小勇说，好吧好吧，和什么样的人在一起，就会有什么样的人生。跟着苍蝇，找到厕所；跟着蜜蜂，找到花朵。

高考结束后，许银虎和李黛玉没有催问许李文考得怎么样，而是安排去北京旅游，他们一家三口都没去过北京。出发前，许

057

李文突然发现，许银虎仿佛一夜白了头，看上去像个白发老人。许银虎看到儿子盯着他的脑袋发呆，说，我有白头发是正常的，老了。许李文把那个包着白头发的黄纸包从窗口扔出去，只见白头发在空中像雪花一样飘散开来，然后落花流水般地消失了。

走进新时代

经过三个多月的勤学苦练，我终于学会了吹小号，确切地说，我能用小号吹《走进新时代》《迎宾曲》《掀起你的盖头来》《婚礼进行曲》这样四支曲子了。

我没有想到的是，学会吹小号后，我的生活发生了翻天覆地的变化。

这天傍晚，也有可能是个下午吧，刚刚学会吹小号的我回家嘴痒痒了，有种口渴了很久的感觉。我老早就想在家里吹响小号，我想用小号找回自我。

看看家里没人，我左手持号，右手按键，昂首挺胸地吸一口气后吹了起来。我吹的是《走进新时代》，这首歌曲仿佛是我的最爱。我师傅阿九也说，这是我学得最好也是吹得最专业的一首歌曲。

这里我得提提这个阿九。三个月前的某一天晚上，我和阿九在喝酒，我心里有了不舒服就经常找阿九喝酒。阿九对我说，我看你活得这样闹心，干脆学吹小号吧？我说，学吹小号还不如吹口哨，谁稀罕呀。

阿九红光满脸地看着我，嘴里吧嗒吧嗒地啃着一根骨头，很像一条饿透了的老狗。他说，你学会了吹小号，可以赚钱也可以消遣。阿九小号吹了多年，经常有偿参加婚礼上的乐队，也就是说，赚外快的机会很多。

我有点被他诱惑了，我说，你吹小号能赚钱，我学会了到哪里去赚钱？

阿九拍拍胸脯说，只要你想学，我全包。就这样，我跟阿九学吹小号了，他名正言顺地成了我的师傅。

我牢记师傅阿九的教导，依靠嘴唇、呼吸、舌头和手指的巧妙配合，把小号吹得响彻云霄，那种感觉就是我"一鸣惊人"了。当我吹到忘我的境界时，我老婆和我岳母回来了。她们非常惊讶地看着我，仿佛看到了一个外星人。

我看到她们，当即回到了现实中，我说，我——我在吹！

老婆说，老张，没想到，你能吹小喇叭了，你真能吹呀。

我说，这不是小喇叭，这是小号。如果你想听，我继续吹，我还想吹呢。

老婆说，你什么意思你，闲得慌了吧，想和我玩高雅。我老婆在一家公司做会计，业余还兼职几家公司做会计；我在一家广告公司搞设计，业务少得和老板一起心酸。已经说得够明白了吧，我的意思是说，我在家里是一个软弱者。如果说得直白下流一点，

我看见的都是不存在的

我就是一个"软蛋"。

我说，不是——这个意思，我没意思，就是嘴痒痒的想吹吹。我觉得，老婆在我们的生活中越来越强势，当然，这种强势也是理所当然的。

老婆说，你去外面吹吧，以后别在家里吹，我妈需要安静。

岳母只看我不说话，这让我的心里凉丝丝的。说出来也很没面子，我是一个怕岳母的人。不知是我先怕老婆然后再怕岳母，还是同时怕老婆也怕岳母，我自己也搞不清楚。

岳母是我老婆三年前请进我家的。当时岳母身体不好，原来有高血压、冠心病，后来又查出糖尿病。老婆一听这个消息，像得到了噩耗，哭着赶回娘家，把她的娘从她哥哥家里请到我家来。

岳母在我家住了两个月后，发现她女儿说话能算数，而她的儿子在家里说话从来不算数。就这样，岳母不想回去了。她说，我住在女儿家和住在儿子家是一样的。

岳母新来我家的时候，我们还是有话说的，当然都是我先说。后来话越来越少了，现在我们基本上不说话，她甚至能一整天不说话。如果经常和一个不说话的人生活在一起，生活会多么的可怕和恐怖。

有一次，我忍不住在老婆面前说，你妈怎么老是不理我呀？

老婆轻描淡写地说，她耳背了。

现在，我主动对岳母说，妈，我不吹了。

我以为岳母会像以前一样不理睬我，没想到她大声说，天哪，你会吹号了？

我说，是的。妈，这是小号！

岳母说，你吹的是《走进新时代》吧。

我说，是呀，你也听出来了。

岳母说，阿弥陀佛，真是太好了。

我说，妈，这有什么好的？

岳母说，太好了，太好了，太好了！

老婆反对这是硬道理。我以为岳母会支持我吹小号，因为她连说了三个"太好了"，结果她又不说话了，搞得我连续几天都垂头丧气的。

师傅阿九要求我，必须天天吹，否则嘴巴会丧失想吹的感觉。我吃完晚饭、洗好碗跑到外面去吹，主要去离家不远的公园里吹，这里虽然地大树多，但跳广场舞的中老年女性也很多，各种舞曲歌声交织在一起。我挺立在一棵大树下，举起小号使劲地吹呀吹，结果马上有人来干涉了，喂，你吹什么吹，吹得这样刺耳，不想让我们活了呀。

我正要据理力争，师傅阿九的电话来了，他说，喂，张兄呀，我介绍你参加乐队了，而且星期五晚上就有业务，这个星期五真是个好日子呀。

我喜出望外地说，师傅，你的意思是我能出场赚钱了，这样我不是抢了你的饭碗吗？

师傅阿九哈哈大笑，说，饭碗在我手里，我怕谁呀。

我说，师傅，你这话才像男人！

师傅阿九在电话里给我介绍了我即将参加的乐队的情况，然后关照我第一次出场要记得给他这个师傅争光。接完电话，我心花怒放了，我对等着想赶走我的老女人说，阿姨，我这就走了，明天我再来。你看，我的家就在眼前，对的，我家就在那幢旧楼的四楼。

这个女人大声说，明天你换个地方吹吧，我家也在公园边。

岳母看到我提着小号回家，说，老张，你去外面吹号了？岳母这样直截了当地和我说话我居然有些适应不了，我甚至想不出贴切的语言和她进行交流。

我说，是你女儿要我去外面吹的。

岳母说，我女儿？啊——哦，别听她的，你吹，你在家里吹。

我说，妈，你心脏不好，需要安静。

岳母生气了，她大声说，谁说我心脏不好，我的心脏很好——很好——很好。

我笑着说，妈，我吹，我马上吹。

其实，我心里很不愿意在岳母面前吹，这主要是我讨厌她这样的德行。我没有把这种内心的讨厌表露出来，我不会和一个我认为性格孤僻的老人计较。我举起小号就吹，很快声音塞满了客厅，然后从门窗里溢出去。这个时候，我把老婆的警告也吹走了，这就是所谓的忘我状态吧。

当我吹得很投入的时候，我突然发现岳母不见了，开始时她坐在我对面的椅子上，看上去听得很认真，一直陶醉地看着我在吹。我差点要对岳母刮目相看了，结果她走掉了。

我停止了吹奏，感觉嘴巴像泄了气的皮球。岳母从房间里走出来说，老张，吹得好好的，怎么不吹了？

我说，你还想听？

岳母说，吹吧，你吹吧，我一直都在听的。

她好像在表扬我，我的骨头又轻飘飘起来，我再次吹响了小号，还是这支《走进新时代》。反复吹了几遍后，我发现岳母坐在椅子上睡着了，而且嘴角流出了黏稠的涎水，这张老脸变得更加的丑陋肮脏。

我要继续吹，就算是练练吧，星期五我就要第一次出场，出场意味着有钱赚了。想到这里，我吹得更加用心用功了：总想对你表白，我的心情是多么豪迈；总想对你倾诉，我对生活是多么热爱。勤劳勇敢的中国人，意气风发走进新时代——

老婆突然冲进来说，老张，你疯了，对着我妈吹得这么刺耳。

我吹得忘乎所以了，耳朵里都是我吹出来的小号声，听起来很像是热烈的掌声。老婆一把夺下我手里的小号说，吹，吹，吹，你还要吹！

我说，你——是你妈要听我吹的。

老婆说，我妈要听你吹她会这样吗？她扑在她的娘身上说，妈，妈呀，你醒醒。我想笑出声来，我觉得老婆把她娘当成了死人。岳母睁大眼睛看看我，然后再看看她的女儿，接着打了一个哈欠，一句话也不说就走进自己的房间里。

老婆说，老张，听我说，我们商量个事。

老婆用这种口气和我说话，我的心里反而慌张。我说，你——你和我商量事？

老婆说，当然和你呀，你看看，现在就你我两个人。老张，下次你真的不要在家里吹了，我妈身上毛病多，她需要安静。我不反对你吹这个东西，但你得到外面去吹。行吗？

我说，你和我商量的就是这个事？

我看见的都是/不存在的

老婆说，是呀。

我说，你妈要我吹怎么办？

老婆说，什么怎么办，你听我的就是了。

我说，我星期五要去婚礼上吹了，师傅阿九给我介绍的。

老婆说，你一个人去吹吗？

说到这个事，我就莫名其妙地兴奋起来。我说，当然不是我一个人去吹，有一个乐队参加吹奏，阿长敲大鼓，阿二敲小鼓，大胖吹长号，冬瓜吹圆号，阿彩吹萨克斯，我吹小号。关于这个乐队的这些内容，都是师傅阿九在电话里说过的，现在我原封不动地说给老婆听。

老婆说，哦，这个阿彩肯定是个女的。

我想了想说，我不知道。

老婆说，你还想骗我，都这么熟了，还说不知道。

我说，我真不知道，不过听起来阿彩确实是个女的。

老婆说，老张，你要是敢乱来，我就让你滚出这个家。

我说，你放心吧。

为了维护家庭的安定团结，我不想惹是生非，也不敢挑起事端。我每天坚持跑到外面去吹小号，为的是第一次出场要给师傅阿九争光。

星期五晚上的婚礼热热闹闹的，我们六个人第一次合作出场，给人的感觉却非常的团结默契。我们精神饱满地反复吹打《走进新时代》《迎宾曲》《掀起你的盖头来》《婚礼进行曲》这四支曲子，把迎宾的气氛推向了高潮。

说真的，以前师傅阿九说要介绍我参加乐队，我心里很虚弱，说，师傅呀，我只学会吹四支曲，怎么能参加乐队。师傅阿九是这样说的，你放心吧，会吹四支曲足够了，你师傅能吹完整的，也是这四支。以后有兴趣，你再自学一两支备用吧。

现在想想，我感觉师傅阿九说的话确实是肺腑之言，他是我的好师傅。第一次出场要说有不足之处，当然也是有的，就是我多看了美丽的新娘几眼。她长得太美了，或者说长得太性感，明眸皓齿，双乳挺拔，体形婀娜。总之，我的眼光忍不住要往新娘身上跑。这样的结果是，有几次我都吹跑了调，好在小号的声音在乐队里只占到六分之一。

按照惯例，新人迎宾结束后，我们乐队就退场走人。这时我才知道，大胖是我们的队长，他招呼我们到大酒店的停车场，当场扯给我们一人两百块，接着说，下周五，还是我们这几个人，还是这里，继续吹的吹打的打。

我给师傅阿九打了个电话，我兴奋地说，师傅呀，我要请你喝酒！

回家路上我一直在想，参加乐队真是美差，既赚钱又欣赏新娘，我要大张旗鼓地吹小号。我一手提着小号，一手拎着乐队自制的大盖帽，兴冲冲地走进家里。老婆看到我这身打扮估计心凉了半截，她说，老张，你——你穿着这身衣服吹？

我说，这是我们乐队的制服。我刚吹完，太好了，太好了，真是太好了。我边走边举起小号吹了几声，吹出来的都是发自我内心的喜悦。

老婆大声阻止我，老张，再吹，你再吹，你敢再吹一声！

我没有理睬老婆，现在我有一点自信可以不去理睬她，因为

我看见的都是／不存在的

我能吹小号赚钱了。我把小号和大盖帽扔到沙发上，然后脱下这身不伦不类的制服。我的嘴巴里还在情不自禁地哼着《走进新时代》，想到下周五又能到手两百块，感觉好得像和一个心爱的女人刚刚上过床。

老婆的权威明显受到了我的挑战，她当然不甘心改变这个家庭现状。她走近我说，老张，你说，你是不是想和我斗个高低了？

我说，没有呀，我怎么敢和我夫人斗呢。

老婆说，好，那你就把这支小号扔出去，马上从窗口扔出去。

我说，你疯了，这支小号——买支小号一千多块呢。其实，这支小号是旧的，是师傅阿九送给我的，他说这支小号新的要一千多块。

老婆说，你不扔我来扔。她真的去拿躺在沙发上的小号，她又说，一千块算什么，扔掉了我给你钱。

我抢先抓住小号说，你真有那么恨这支小号吗？它又没得罪你。

老婆的脸通红了，我想她是真的痛恨这支小号。她说，我当然恨它，它搅乱了我们平静的生活。

我意识到问题的严重性，开始为刚刚崭露头角的小号担忧。这个时候，一直没有说话的岳母说话了。她说，老张，你今天去婚礼上吹号子了？

我喜出望外地说，是呀，妈，我刚刚从婚礼上吹完回来，你是怎么知道的？

岳母说，你上次不是自己说的吗。你说是师傅阿九介绍你去的，你还说阿长敲大鼓，阿二敲小鼓，大胖吹长号，冬瓜吹圆号，阿彩吹萨克斯，我吹小号。我没说错吧？

我差点要去握紧岳母的手了，说，妈，对的、对的、对的，你的记性真好。

岳母说，你吹给我听听，你把婚礼上吹的吹给我听听。

老婆说，妈，你这是——

岳母说，老张，你吹吧，放心大胆地吹吧。

老婆的表情有些痛苦，也有些无可奈何。

我挂着灿烂的笑举起小号吹起来，吹了几分钟，岳母和老婆都不说话，仿佛屋子里只有我一个吹号的人。我不再把她们母女俩放在眼里，我眼里都是新娘细皮嫩肉的身影，甚至还有更黄色下流的念头。岳母突然打断我说，你吹的是什么歌？我很耳熟呀。

老婆说，妈，这说明你已经听腻了，听腻了就会觉得很烦。

岳母说，我没问你，老张，你说你吹的是什么？

我说，你知道的呀，我吹的是《走进新时代》，婚礼上迎宾也吹这支歌曲。

岳母说，我想起来了，上次你在家里也吹过，你经常吹《走进新时代》。你吹，你继续吹，大家开心开心吧。

老婆看看我，似乎在暗示我闭上我的臭嘴。我才不想理睬她，此时此刻我只想吹个痛快率性。我吹了三四遍《走进新时代》，岳母居然还没叫停。她精神饱满地看着我吹，而且脸色也红润起来了，我仿佛把她老人家的精气神都吹了出来。我换成《掀起你的盖头来》继续吹，吹了三遍，岳母还没有说话，她真的到了陶醉的境界？

不知吹了多久，我感觉到嘴累了，舌头痛了，嗓子发烧了。

我从吹小号以来，没有连续吹这么久过。这个时候，岳母终于说，新娘漂亮吗？

我吐出小号喘一口气说，当然漂亮，太漂亮了。

岳母说，你说说，这个新娘到底有多漂亮？

我看了看老婆，发现她很僵硬地靠在沙发上，闭着眼睛在假寐。我犹豫了一下说，大眼睛，瓜子脸，是一个美女。

岳母说，还有呢？新娘当然是美女。说吧，说得详细一点。

我又犹豫了一下，老婆还闭着眼睛，我说，还有身材高挑，胸脯——饱满。

岳母说，还有呢？说下去，把你看到的全都说出来。

我的脸微红起来了，仿佛岳母已经洞察到我心里的那些肮脏念头。我吞吞吐吐地说，我看到——还有新娘——还有她屁股大，性感。

老婆像一只受到惊吓的青蛙，从沙发上跳起来大声说，流氓，不要脸！

岳母平静地说，我们在说话，你发什么火，莫名其妙。她又对我说，老张，你这就对了，男人无非就这么点爱好，眼馋女人的胸脯和屁股。我要告诉你，这个新娘还不如我年轻时漂亮。我说的是真的。

我没想到岳母这么能说话，还隐藏着那么一点冷幽默。我说，我相信你。

岳母说，我知道你心里是讨厌我的，不过，谁讨厌我都不在乎。知道为什么吗？因为我也讨厌自己。她看着我笑了笑，然后去自己的房间了。

我看见的都是不存在的

老婆的脸色当然是冷色调了，她笑起来也是冷冷的，说，你看，你惹得我妈说了这么多乱七八糟的话，现在你满意了吧。没想到，你这种话也说得出口，你真不要脸。

我有点惊慌，也有点迷茫，像做了一个梦。

我请师傅阿九喝酒的时候，把我学会吹小号以后的事都同他说了，说到我岳母的事，我说，我真的怕她，她是一个言行诡异的老太太。

师傅阿九说，你的小号把你岳母吹醒了吧，她醒了肯定和以前不一样。

我说，师傅，你不要说得这么有玄机呀，你要开导开导我，否则我要得忧郁症了。

师傅阿九喝了一口酒说，你岳母肯定有老年痴呆，你老婆没告诉过你。

我说，不会吧，她有高血压、冠心病和糖尿病，没听说过她有老年痴呆。

师傅阿九说，喝酒，喝酒，喝酒吧，你别管你的岳母了，你管好自己吹好小号就行。

我期待岳母经常说，老张，我要听你吹小号。几天过去了，岳母都不说话，更不要说理睬我了，她像一个人生活在我们家里。岳母没说要我吹，我只好跑到外面去吹，而且在公园里边走边吹，像个流浪的艺人。其实，我这样跑到外面去吹挺好的，至少可以尽情地吹呀吹。

我再一次参加婚礼迎宾时，心里已经沉稳多了，也就是说，心理素质提高了。迎宾的程序基本都一样，但每次参加的感觉似

我看见的都是不存在的

乎不一样。我们乐队站在大堂门口吹打，吹打一阵歇息一阵，然后再吹打一阵再歇息一阵。六个人分两列，站成面对面的两排，我对面站的是吹长号的大胖，他吹起来的样子像一只痛苦挣扎的螳螂。我如果看着他吹就要发笑，一笑我就吹不好小号了。

所以，我侧着身边吹边想岳母说的话，想到岳母说的话，我偷看新娘的次数上升了。可能对面的大胖发现了我的贼眉鼠眼，也有可能他听出了我的心猿意马，歇息时，他冲到我面前说，老张，你不想干的话尽管自便。

我一脸心虚地说，大胖，你这话是什么意思？

接下来，我们都不说话，我们都在努力吹打。迎宾结束后，大胖招呼我们到停车场分钱，还是一人两百块，他最后一个给我钱，别人拿了钱都兴高采烈地走了。大胖说，老张，不好意思，刚才我说你的话，其实也是在说我自己。

我说，大胖，你这话又是什么意思？

大胖拍拍我的肩膀，然后露出一脸坏笑来说，老张，我们虽然老了点，但我们依然是男人。今天的新娘太妖了，对吧？

我说，妖？对对对，妖透了。

大胖背上长号说，哈哈，下面有反应了吧。听到大胖说到一个"妖"字，我确实有同感，而且真有那么一点不切实际的反应。

许多时候我回家时，岳母都是没有反应的，或许她把我当成一阵可有可无的风。这一次，在看电视的岳母看到我进门，竟然露出笑来说，老张，你又参加婚礼去了？

我说，是的。你是怎么知道的？

岳母站起来说，我看你穿着军装呀。

我看见的都是/不存在的

我说，妈，这不是军装，是我们乐队的制服。

岳母说，你穿着挺精神的，我喜欢。

我说，你是不是又想听我吹小号了？

岳母说，老张，你太了解我了，你吹一吹吧。把大盖帽戴到头上去，我要看你在婚礼上吹的样子。

我把扔在沙发上的帽子扣到头上，又整了整制服说，妈，是这样子吹吧？

岳母说，太好了，吹吧吹吧！

老婆不知从哪里冒出来，她继续反对我吹，说，不要吹，吹得邻居都在怨恨我们了。

岳母说，楼上夜里经常拖椅子，楼下关门砰砰响，隔墙半夜电视里还在打仗扔炸弹。我什么时候去说过他们了。吹，就吹。

老婆说，妈，你不知道，老张的小号一吹，整幢楼都会受不了。

岳母说，我有病，我都受得了。吹吧，老张。

我说，我吹了。

我吹了三遍《走进新时代》，正想换支歌曲，岳母说，停，好了，你不要再吹了。我问你，今天的新娘漂亮吗？

我揩了揩额头上的汗，我已经估计到岳母可能还会提这个问题，我说，实在太漂亮了。

岳母说，真有那么漂亮吗？你说说，她漂亮在哪里？

我把大胖对我说的话扔了出来，今天的新娘太妖了。

岳母说，难道是狐仙吗？你说下去。

我看到老婆又满脸不高兴了，我说，就是太妖呀，是一个忍不住想多看几眼的女人。

我看见的都是／不存在的

岳母说，怎么个妖法？我叫你说你大胆说，反正是家里说的闲话，不犯法！

我说，新娘穿得露，薄如蝉翼——不说了吧——好吧，我都说出来，反正是说闲话。新娘的胸罩和三角裤都能看得清楚，哈哈，妖，太妖了。

老婆说，老张，你真不要脸。

我说，你怎么能这样说话，我们在说闲话，是妈要我说的，谁不要脸了？

岳母说，这有什么不要脸的。女人一生就这么一次做新娘的机会，现在不露以后没机会露了。我做新娘那时，婚纱什么的还没有，我穿的是大红棉袄棉裤，也是时尚。不过，我也露了露，就是里面没穿短裤，因为迎亲队伍来了，我还没有找到我的红短裤。

老婆脸红耳赤地说，妈——你说什么呀？

岳母说，都过去了，我不说了。老张，你吹吧，你想吹就吹。

我捂着嘴笑了笑，说，我累了。

接下来的几天中，我们三个都不说话。现在，我觉得岳母这个人其实是很有意思的。譬如，如果你不去惹她，她绝对不会把你放在眼里；再譬如，如果你惹了她，结果会发现她也是很好玩的。

有一天，我回家发现老婆和岳母又不在，这是我吹小号的好机会，这不是说我一定想在家里吹，而是一种生活的条件反射。我的嘴巴马上有了反应，仿佛有一股气在咽喉和舌头之间跳跃，弄得我心里很难受。我从电视柜下取出小号，迫不及待地吹了起来。刚刚吹完《走进新时代》，我的意识里出现了一个洁白的新娘，她美丽性感，而且还散发出妖艳。我陶醉了，嘴巴也到了疯癫的程度，小号像发情的雄狮在吼叫，那么的雄壮、高昂和激荡。

这个意识里的新娘似乎真实起来，她的身影也渐渐清晰了，是岳母站在一边看着我吹小号，现在她说，老张，你吹得太绝了，绝顶的好。

我惊慌地说，妈呀，你在家？

岳母说，我当然在家，你让我这个七老八十的老人去哪里？我不舒服躺在床上，是你的号吹醒了我。吹吧，我要继续听你吹。

我想起了师傅阿九说过的话，"你的小号把你岳母吹醒了吧？"神奇呀，难道我师傅是一个有先知先觉的大师。

岳母又说，老张，你发什么呆，吹呀，你吹起来我的脑子就清醒了。

我的手有点哆嗦，嘴巴也漏气了，吹了几次居然都失败，仿佛一夜之间，我又成了一个小号的初学者。岳母很有耐心地听着，我好几次吹了几句又重吹，折腾了一阵子后，岳母突然说，老张，你停停，我想到了一件重要的事，我想和你商量商量。

我小心翼翼地说，你有什么事吗？

我第一次看到岳母脸上露出了腼腆，她说，你的——小号放在电视柜下面吧。

我说，是的，我一直放在这个地方。

岳母说，不怕你笑话，我想跟你学吹小号，反正我在家里也闲着。学会了我以后回老家可以吹，吹吹号散散心，生活不会孤单了。

我非常吃惊地看着岳母说，妈，吹小号费神费力，你吃不消的。我说的是真话，我开始跟师傅阿九学吹小号时，腮帮子胀疼了两个星期，而且舌头也不那么灵活了，说话像在吐细小的鱼骨头。

岳母说，我不怕吃苦，以后你晚上教我吹，白天我自己在家练，这样也不影响你工作，多好呀！

我说，你先胡乱吹一吹我听听。

岳母真的拿起小号吹了起来，她吹出来的声音是单调的呜呜声，但像岳母这样有病的老年人能吹出清晰的长声相当难得。岳母像模像样地吹了几次后，一脸认真地说，老张，我吹得怎么样？

我想了想说，第一次能吹出声音就算合格了。

岳母激动地说，天哪，想不到我还真能吹出号响。老张，我要先学《走进新时代》，这首歌曲知道的人多，而且我老家的老人们都喜欢这首歌曲。

我说，老人们为什么喜欢这首歌曲？是不是生活在这个新时代太幸福了。

岳母说，错了，你说错了。老人们喜欢这支曲，是因为死后才算真正走进新时代。我也是，所以，我喜欢听你吹这支曲，我也想自己吹吹这支曲。

最后，我和岳母达成了一个口头协议，只要晚上我有空，就带她去外面学吹小号，时间控制在一小时内。当然，这个协议是瞒着我老婆的。

我以为岳母是闹着玩的，说不定明天她就不想学吹小号了。

第二天晚饭后，我拿起小号说，我出去吹小号了。我这样说既是在对老婆说，也是在提醒岳母。我跑到外面去吹小号，这正

075

是老婆要求我做的，我估计岳母会有点麻烦，她以前很少一个人出去，就是出去也有她女儿陪着。

岳母坐在电视机前专心看服装模特走秀，她懒得抬头看我一眼，似乎把学小号的事忘得一干二净了。我来到公园后不久，岳母竟然轻而易举地找到了我。她兴奋地说，老张，我走进公园就听到了，你的小号吹得这么嘹亮，太伟大了。

我说，妈，吹小号算得上什么，还不如吹牛的厉害呢。

岳母说，这里真的太好了，我天天要来这里吹！

岳母学吹小号的积极性高涨，我专门找师傅阿九去借了一支旧小号，我知道他有几支换下来的旧小号。我说，师傅，借我一支旧小号。

师傅阿九说，不是送过你一支了，不至于吹破了吧。

我说，是这样的，师傅，我岳母也想学吹小号了。

师傅阿九乐了，他抖动着脸上的肥肉说，哦，什么情况？你那个神经兮兮的丈母娘要学吹小号了？老张，你是不是想再骗我一支小号？

我说，师傅，我不骗你，这是真的，她一定要我教她学，我没办法。

师傅阿九说，你都没办法，我有什么办法。旧小号没有了，自己去买吧。

我说，师傅，我知道你有旧小号，借我一支吧。自己买太不合算，说不定她学几天就不想学了。

师傅阿九说，得了得了，碰到你我没办法，再送你一支吧，算是我师太公送的礼物。

我笑着说，师傅，我不怕你，我怕我岳母。

岳母在吹小号上还真有点天赋，学了四五天后，她能吹一段含糊的《走进新时代》了。这天晚上，岳母认真地说，老张，有机会让我也去婚礼上吹吹吧。我在心里嘲笑岳母，就你这年纪这水平，还想出场吹小号？岳母又说，我想去看看新娘，我觉得，每个新娘都是漂亮的。

我说，妈，你学吹小号的目的是散散心，自娱自乐，这就够了。再说在我们这种乐队里，是不收老年人的。

岳母一脸迷惘地说，唉，老了，让人讨厌了。老张，你说，难道人老了就只能等死吗？我不学吹小号了，既然让我等死，学什么都没意思了。

我惊讶地说，我不是这个意思，我的意思是你学会了吹小号，心情也会舒畅，就有了健康长寿的希望。这样不是挺好的吗。

岳母说，好个屁，我不想长寿，我从来没有想过我要活得长寿。

岳母真的不想学了，而且又像以前那样不说话了，我庆幸没有为她买一支新的小号。这天晚上，我和老婆都坐在床上看电视，老婆的腿还搁在我的腿上，感觉接下来会有那么一点意思了。我在调整自己的状态，想努力做一个床上的好男人。老婆突然说，老张，我妈也在吹小号了吗？

我说，没有呀，你妈怎么会吹小号呢。

老婆说，你别骗我，我早就知道了，我妈自己也说过，她在跟你学吹小号，这事你怎么能瞒着我。

老婆的情绪是一下子跌入低谷的，我惊慌地说，她是闹着玩的，玩了几天就不想玩了。你一天到晚那么忙碌，所以，我也没把这个事告诉你。

老婆突然就哭了起来，她抹着眼泪说，我知道你一直讨厌她住在我们家里，其实我也是讨厌她的，她这种性格就是脑子有毛病，可她是我妈，我有什么办法呢？

我安慰老婆说，我没讨厌她，她想住多久就住多久。你别哭了，有话好好说。

老婆哭得更伤心了，她从来没有在我面前这样悲伤过，我感到手足无措了。她说，今天既然话说到这个份上，我告诉你吧，我妈不是我的亲妈，她是我的养母，我哥才是她的亲儿子。你没想到吧。

我惊讶地说，你别骗我，我又不是小孩子。

老婆说，上次就是因为我哥哥嫂嫂讨厌我妈了，特别是我嫂嫂她很蛮横，在农村老家这种女人现在还很多。当然，我妈自己性格也有问题。所以，我把她接到我们家里来住。既然接她来了，我想总要待她好一点，就是让她能安度晚年，你说是吧？老婆开始抽泣着，眼泪鼻涕流了一大堆。

这个现实来得太突然了，这个现实告诉我，岳母是要在我家里走完余生的。

我说，对的，对的，你说的是对的，我们应该待她好一点。明天开始，我在家不吹小号了，妈想让我吹也不吹了。其实，我在家已经不吹小号。我之所以这样说，是因为考虑到在一个家庭里，当一方显示刚强时，另一方要甘愿表达软弱；而当刚强的一方显示软弱时，软弱的一方则要撑起刚强。

老婆揩干净泪水说，我妈年轻时是一个越剧演员，她内心肯定喜欢音乐，早年她演过林黛玉、祝英台、崔莺莺，还有好多角色。她年轻漂亮，也多愁善感。后来，她在工作和婚姻上受到一些挫折，这个我就不多说了，都是过去的旧事，说起来没意思。

我想听老婆说说岳母的过去，听起来她应该是个传奇的女人。每个人都有好奇心，特别是我对岳母本来就存在一种好奇。我说，想说就说出来吧，反正都是过去的事。

老婆看了看我，眼神中闪过一丝警惕，她躺下去说，都说出来了，心里就轻松了。老张，时候不早了，睡吧。

我一夜睡不安稳，眼睛闭上似乎岳母就来了，她不说话就站在边上看我，感觉很像是一个缠着我的影子。接下来的日子，我坚持跑到外面去吹小号，现在我开始学吹新歌了，学的是《回娘家》。大约学了一个多星期，就把这首歌曲吹熟了。

这天中午，我请师傅阿九喝酒。在一家小饭店门口，我在点菜，中午的阳光照在我的脸上，给了我温暖和灿烂。师傅阿九看到我说，哟，老张，气色像一张树皮，心里是不痛快还是太痛快？

我说，师傅你别取笑我了，也就那么一点儿事，我说给你听听。我和师傅阿九坐下来，然后我们边喝酒边说我家里的事，当然主要说我岳母和我老婆娘家的事。最后我说，师傅，你说我该怎么办？

师傅阿九喝了一大口酒说，什么怎么办？你给我喝酒，就这么办。

我也喝了一大口酒说，光喝酒不解决问题呀，你说我和不说话的岳母住在一起什么时候会疯掉？

师傅阿九大声说，难道你还想杀了她？

我说，你瞎说，我不是这个意思——不说了，不想说了，喝酒喝酒。

　　喝完酒，我们都有些醉了，我下午也没什么事，师傅阿九下岗多年，也找不到舒心的工作，全靠吹小号谋生，也算是一个自由人。我们在小饭店说了一下午的酒话，刚刚清醒起来，又到了喝酒的时候。我和师傅阿九继续在这里喝酒，我不再说我家里的事了，师傅阿九从来不谈他家里的事，因为他离婚多年了。我们开始谈女人，对男人来说，酒和女人是可以陶醉的。

　　我和师傅阿九都喝多了，站在小酒店门口，我们握着手一直在道别，但我们感觉还有话要说。小酒店关门了，我们终于想到要回家，我说，师傅，我学会吹《回娘家》了，什么时候我吹给你听，你给我指点指点。

　　师傅阿九说，老张，你会吹的比我多一支了，所以你是我师傅，师傅——师傅——哈哈哈。

　　我望着师傅阿九的背影大喊，师傅——师傅——你是我师傅，你不教我学吹小号，我会有那么多麻烦事吗？

　　感觉回家的路有些复杂漫长，我似乎在黑暗中迷失了方向。不知过了多久，我终于荣幸地打开了家门，这种时候的感觉，就像打开了一个陌生美女的房门。老婆早就睡了，我直接脱光爬上床，老婆突然从被子下伸出美腿，一脚把我蹬下床来，说，酒鬼——臭烘烘的，洗澡去。

　　我从地上爬起来直接抱住老婆说，老子今天把你当新娘，你得感谢我。

　　老婆说，去你的，你以为你是谁呀，滚开！

我灰溜溜地去洗了澡，回到床上，老婆的肉体舒展着，看上去像一个荡妇。我的性欲退潮了，因为我的酒醒了。可能已经是后半夜，或者天就要亮了，我坐在床上发呆。

　　这个时候，我非常想拿起小号吹《走进新时代》，而且这种冲动越来越强烈。

　　突然，我听到外面有小号声，吹的就是《走进新时代》。夜深人静，这种声音特别清晰刺耳。我以为自己在做梦，屏住呼吸听了听，这是真实的小号声，估计有人在那个公园里尽情地吹。

　　老婆跳起来说，你听，有人在吹小号，是《走进新时代》。

　　我又听了听说，是你妈在吹。

　　老婆说，你疯了吧？这不可能，绝对不可能。

　　我说，我没疯，也许是你妈疯了。

　　老婆跑到岳母房间去看，一会儿，她尖叫起来，天哪，老张，我妈真的不在房间里，你说怎么办呀？

　　我说，什么怎么办？你妈晚年应该有个爱好，这样挺好的，有利于健康长寿。老婆惊讶地看着我，仿佛在重新认识我。

　　我又说，你听，你妈吹《走进新时代》，吹得比我还要流畅呢。

我看见的都是／不存在的

红烧河豚

午后，来了两个食客。对我来说，这是很头痛的事。

我们这里是一家小饭店，两层木结构的老房子，楼上有两个大包间，每间可以坐十到十二个人。还有一个小包间，可以坐三四个人，也可以坐两个人，适宜请异性朋友喝酒吃饭。楼下大门对面是收银台和木制楼梯，右边是所谓的大厅，放着几张大小不一的桌子，给人的感觉是想怎么坐就怎么坐，是挺随意的一个饭店。左边是陈列菜的地方，有鱼虾，有肉食，有蔬菜，有点心。再往里走就是厨房。

我们这家小饭店的名称很大气，叫作"大食堂"。大食堂坐落在一条闹中取静的小巷里，这条温润柔软的小巷有一个刚性的名字——铁甲营。酒香不怕巷子深，我们的小饭店生意还算不错。

我这样说，好像我就是"大食堂"的老板，其实我只是大食堂的一个厨师，也就是说，我是打工的。

接着说进来的那两个食客，他们都是男的，估计三十左右，一个长得黑胖，一个长得瘦小。当时，我站在门口抽烟，上半身全是汗，感觉像从河里爬上来似的。

这两个食客在店里说话，瓮声瓮气的，大约说了五六分钟，也没有要吃饭的动静。我祈祷他们是进来坐坐的，接着就会立刻滚蛋。

喂，给老子弄五六个菜，两瓶酒，越快越好。如果这是两个酒鬼，我今天又要倒霉了。我把手里的烟扔在地上，塑料拖鞋的鞋底踏住烟火，一股焦臭味艰难地弥漫开来。

阿京，有客人了，快炒菜。一个脆软的女声传出来。这是店里的女服务生在催我，这个女服务生是外地妹，老家可能是山东那边的，也有可能是河南那边的，具体我也说不准确，只记住她叫阿翠。

阿翠长得圆鼓鼓的，脸蛋圆圆的，胸脯圆圆的，屁股也圆圆的，挺有肉感的一个女人。平时，阿翠喜欢跟我开玩笑，她说把我看成是她的哥哥。她说过，在老家，她还有两个哥哥，一个右手有些残疾，一个有些智障，都没有成家。阿翠还说，她出来打工就是为了赚钱，因为家里太需要钱了。

阿翠说这话的时候，我在抽烟，一边抽烟一边哈哈笑，像没听见一样。我是这样想的，你阿翠家的这些事关我屁事，再说谁不需要钱呀。有一次，我嬉皮笑脸地说，阿翠，你几岁了？阿翠说，二十一岁。我扔掉烟头说，刚好做我老婆。阿翠啐了我一口说，臭流氓。

我们这个大食堂一共有六个人。炒菜的厨师当然非我莫属。管理具体事务的人，也就是管店、收钱和买菜的，是我们老板的一个亲戚，叫冯阿姨。还有一个五十左右的女洗菜员，当然，碗筷之类的她也要洗，我猜她也是老板的远亲。另外就是三个二十到三十岁之间的女服务生，我比较喜欢其中的阿翠。

我实在不想开炉炒菜，油锅一开，这个油腻腻脏兮兮的厨房就是一个蒸笼，不出半小时能把我折腾得半死不活。

阿京，你快点嘛。阿翠又在催促我，仿佛她是我们的老板娘。

我走进厨房，抓起菜单看了看。阿翠跟过来，她悄悄说，喂，来盘红烧那个哦。你听到了吗？

这里我要说明一下我们的大食堂为什么食客比较多，这是因为我给老板开发了一道特色菜——红烧河豚。红烧河豚，鲜美异常，嫩滑无比，食得一口河豚肉，从此不闻天下鱼嘛。当然，我们大食堂的河豚不是野生河豚，我们的红烧河豚是"小巴鱼"做的。所谓小巴鱼，就是人工养殖的河豚。

老板和我有个约定，客人想吃这道红烧河豚，必须提前向他预订。

现在，老板没来通知我要上红烧河豚，阿翠却暗示我来盘红烧那个。我怀疑阿翠真的成了老板娘，或者至少是个老板二娘了。我故意问阿翠，给谁吃的？

阿翠笑嘻嘻地说，给刚刚来的那两个客人吃。

我往外面望了望，又看了看阿翠，今天的阿翠更圆更可爱了。我说，阿翠，老板没有说过，你知道这是我们的店规，不能上。要上，除非你是老板娘。

阿翠说，阿京，你得了吧，什么狗屁店规，这是老板做生意的阴谋诡计。她一把挽住我的胳膊又说，又不是白吃的，我知道，你想给谁吃就能给谁吃。

阿翠这话没说错，也没冤枉我，我确实有过这样的所作所为。

有一次，我的几个好兄弟来找我，其实就是慕名而来吃红烧河豚的。我把他们安排到楼上的小包间，然后明目张胆地给他们连上三道相同的红烧河豚，吃得这几个人不敢相信这是真的。吃到后来，他们垂头丧气了，心里都在担心这次一定要被我屠宰了。结果我当场宣布，这是我请兄弟们的。

我说，阿翠，你为什么要给这两个人上红烧河豚？

陈翠说，他们是我的朋友。

我说，是你的男朋友吧。

阿翠的脸仿佛红了一下说，你放屁，不是的，是我的老乡。

我感觉阿翠在撒谎，这两个人怎么可能会是她的老乡，他们进来也没说要找老乡阿翠。当然，阿翠也没必要为这两个人撒谎，其中必定有说不清道不明的原因。我还是不想违反店规，或者说欺骗我们老板。我说，真是你老乡，他们哪里来的？

阿翠说，重庆来的。你快点嘛。阿翠是一个见眼动眉毛的聪明女人，她又悄悄对我说，阿京，昨天在铁甲营路口我看到你老婆了，她没看到我。其实，我看到的是两个人，一个是你老婆，还有一个是……

我急忙追问阿翠，还有一个是谁？

阿翠说，我说出来你也认识的，还有一个人是我们老板。

我大吃一惊，还很没面子地颤抖了几下。我盯着这个圆鼓鼓的阿翠说，你是说我老婆和老板在一起？

阿翠说，有空再说吧，阿京，快上那盘红烧那个吧。她说。

其实，我和我老婆只是同居关系，我们没有领过证，没有办过婚礼，也没有生孩子。造成这种合情不合法的现状，原因都在我老婆身上。我老婆多次说过，每次都是在我想和她做爱前，她就会说，阿京，我可以和你做爱，但我不可以和你结婚生孩子。因为我不想做一个杀人犯的妻子，你的红烧河豚总有一天要毒死人的。

我不知道这个女人是什么时候开始有这种错乱的想法。大约一年多之前，当大食堂推出红烧河豚特色菜时，"拼死吃河豚"的食客差点挤爆了狭窄的铁甲营。我天天累得像春耕的老黄牛。生意好，老板心情也好，他居然给我每月加薪八百块。当时，我老婆开心得在我脸上又舔又咬，还字正腔圆地说，王京，我准备正式嫁给你了。后来，我老婆说过就忘了。

我把一盘红烧河豚端到阿翠的老乡面前，阿翠说，哇，你们看到了吗？这是我们大食堂的厨师长，他亲自给你们上特色菜。

黑胖老乡说，厨师长——兄弟，你有事尽管找我。我从小学拳击，五岁进少林寺学武，十岁练散打，十五岁参加拳击比赛，二十岁就能以一抵十，二十三岁坐牢三年，现在死都不怕了。

阿翠说，阿京，他叫黑哥，我老乡，也是你兄弟。

我抱拳向这个黑哥拱了拱手说，兄弟，黑哥，怠慢你了。我边说边把阿翠拉到大门外。我说，阿翠，你刚才说的是真话？

阿翠说，真的呀，这有什么大惊小怪。

我还想说什么，那个黑哥跑出来拉住我说，兄弟，你有事直说，

我看见的都是不存在的

不用吞吞吐吐和阿翠说，兄弟我一定替你摆平。

阿翠说，黑哥，喝你的酒去，找你的时候利索些就是了。

看来阿翠和这两个人确实认识，她没有骗我，她骗我的一定是说我老婆和老板在一起的事。

我晚上九点多回家，我每天都是这个时候回家，有时候会更晚一些，这是我的职业特点。我老婆坐在沙发上看电视剧，看到我进门，她说，阿京，你过来，我有话对你说。我老婆脱掉鞋子双脚搁在茶几上，她说这话时没有看我，眼睛盯着电视机。

我说，什么事？

我老婆抬头看了看我说，你说，我们这种日子什么时候是个头呀。

我坐到我老婆身边，既然她又说这个事了，我也想问她阿翠说的那个事。我已经说过，我老婆是反对我在大食堂做厨师的，她既然反对，为什么要和我老板在一起。

我说，我现在辛苦点，赚了钱我们自己开家小饭店，然后生个孩子，我们做爸爸妈妈，每天享受生活的乐趣。

我这个人的性格比较固执，就是想到的想好的事，一定会挂在心坎上。这就像天上的月亮，每天晚上都会爬上来，即使云层遮住了，还是会挂在云层里面的。我觉得，开一家小饭店是一件很好玩的事，除了可以钻研烧菜，闻闻各种菜的气味也是挺享受的。

我老婆在我的屁股上踢了一脚，说，我听腻了你的鬼话，已经听过几十遍上百遍了。你要钱没钱，要房没房，要车没车，还想搞大我的肚子做爸爸，你做梦去吧。

我听了心里很不痛快，但我继续摆事实讲道理。我说，老婆，你话不能这样说，人的一生能做成一两件大事是相当了不起的，开自己的小饭店就是我人生的大事。你再等几年，要什么有什么了。

我老婆说，你等得起，我等不起。

我挪动一下被踢过的屁股说，我起早贪黑地干活，就是为了实现自己的目标。如果我现在不干厨师，你想让我去干什么？

我老婆说，我是为你好，你天天累死累活的，还冒着杀人的危险，你说我心里能踏实吗。

我说，我没杀人，我杀的是鱼。

我又说，我问你一个事，昨天你去铁甲营了？

我老婆抬起腿又在我的屁股上踢了一脚，这一脚比前一脚更有力量。她说，铁甲营这个臭地方，谁稀罕呀。我要睡了！

想起来，我老婆和老板只见过两次。一次是老板把我从别的饭店挖过去后，请我和我老婆一起在大食堂吃了饭。还有一次也是在大食堂吃的饭，那一次是我领了老板的工资后，我和我老婆一起请老板的。

我看一眼刺眼的灯光，说，睡吧。

第二天上班，我接到了老板的电话，老板谈笑风生地说，阿京，你说说，在这个大食堂，我是老板？还是你阿京是老板？自从我到大食堂做厨师后，我觉得，老板对我又爱又恨。爱的是我的厨艺，恨的是我经常客串老板的角色。

我说，当然你是老板，不过，我确实也想做老板。平时我是不会这么说的，今天我想到我老婆和老板在一起，心里就有一股无名之火。

老板说，你想做老板是好事，不过阿京你听清楚了，在你滚出大食堂之前，不管你在做什么，你都得听我的。

接完老板的电话，我的心情一落千丈，眼前总是晃动着我老婆和老板在一起的身影。中午，我拉住阿翠说，阿翠，我给了你面子，你却在打我的小报告。

阿翠一脸迷茫地说，你——莫名其妙。

我拉着阿翠不放，说，阿翠，老板打我电话了，责问我违反店规的事。

阿翠哼了一声说，又不是白吃的，不过是打了个对折而已，一定是那个老太婆打的小报告。她嘴里的老太婆，就是老板的亲戚冯阿姨。我想了想，觉得阿翠说得也有可能。

我说，不说这个事了，大不了我阿京再换个地方。

阿翠说，我每月两千干得心满意足，你每月五千还想换地方呀。这世道，穷人没法活下去了。

我说，我走，你来接我班，或许老板会给你每月六千。

阿翠说，我也这么想的。她在我胳膊上掐了一把，又说，喂，你拉着我干吗？我又不是你老婆。

我放开阿翠的手说，阿翠，我问过我老婆了，她说，铁甲营这个臭地方，谁稀罕呀。

阿翠笑了起来，还用手捂住嘴巴笑。这个时候，我一点也不觉得这个圆鼓鼓的阿翠可爱，我恨不得拍她两个耳光。我说，你笑什么笑，你敢骗我？

阿翠收住笑说，我骗你我有好处？还是大食堂有好处？我都告诉你吧，你老婆和老板在铁甲营路口还说了话，说了好长时间呢，给我的感觉像难舍难分那个样子。

阿翠说完扭着腰肢走开了，她的背影是幸灾乐祸的。我突然想起炉子上还在烧一个菜，于是，我像女人一样地尖叫起来。啊——啊——我冲进厨房一把关掉煤气，拎起半桶洗过碗筷的脏水，把一团气势汹汹的火球冲了个稀巴烂。

其实，我心里真有烧了大食堂的恶念。之前，我疑惑老板为什么这样通情达理地讨我好，譬如承诺我的年收入，比原来高百分之十到百分之二十；譬如我擅自做主上了红烧河豚，他只说了我几句；譬如我不把老板的亲戚冯阿姨放在眼里，也没惹上什么麻烦。现在，我终于想明白，原来他和我老婆之间有隐情。

晚上，我非常严肃地找我老婆谈话了。我说，红桃，我再问你一次，你去过铁甲营了？你要说真话，没关系的。

我老婆看着我，她的神色不像是惊慌，我感觉透过她的这种神色，看到的是她内心的喜悦。她说，阿京，你这是什么意思？

我说，红桃，我不会逼你说，我逼你说我就不是王京。不过，你还是早点说清楚，这样对你我都有好处。

我老婆穿着拖鞋在家里走来走去，好像在找什么东西，又好像在躲避我。我跟在她的身后说话，所以我看不清她的表情。

我老婆说，阿京，你越来越无聊猥琐了，我怎么会找你这样一个男人。

我拦住走来走去的老婆，说，红桃，你别啰唆，到底说不说？

我老婆吃惊地看着我，我估计当时我的脸色一定不像活人的脸色。我老婆咬牙切齿地说，王——京——你以为你是谁，我和

我看见的都是／不存在的

谁在一起，和你没有一点关系，我想怎么样就怎么样，你管不着——管不着。

我说，你——红桃，你今天必须说。

我老婆的声音低下来了，她说，我告诉你，你想知道的事，有结果了我一定会告诉你。好了吧，饶我了吧。

我听了老婆的话，声音陡然提升了，我说，你想要什么结果？等你有结果前，我会先结果你们。

我老婆轻轻哼了一声，说，我要睡了。

第二天下午，我接到了老板的电话。接到老板的电话之前，我正在和阿翠说昨晚上发生在我家的事。阿翠说，阿京，你脑子出问题了吧，为什么要纠结这个事呢？

我说，如果你是我老婆，你和老板在一起，我也一样纠结。

阿翠肯定在骂我，我没听清楚，因为老板的电话来了。

老板说，阿京，晚上要增加两桌菜，有二十个人喝酒吃饭，你抓紧落实，特色菜是必需的。

我急得像热锅上的蚂蚁，说，老板，都快四点了，这是要死的节奏呀。

老板大声说，我们急，客人更急。

我忍气吞声地忙碌起来，脸拉得像一张驴脸。阿翠说，阿京，你这是每月五千的节奏，我每月两千也跟着忙，太不公平了。

我说，阿翠，你手脚快点好不好。

阿翠没有生气，反而走过来笑着说，你好好干吧，说不定，什么时候大食堂就是你王京的了。

我说，什么我的了？乱七八糟的。

这个晚上，我一点想法都没有，睡得像一个死人。

阿翠好几天不理睬我了，也有可能是我不理睬她，这几天我们没有说过闲话。这一次，阿翠把我叫住了说，阿京，我有话和你说。你想听吗？

我说，你不会又说我老婆和老板在一起的事吧。

阿翠说，我想说的正是这个事。早几天下午，老太婆让我去买油盐酱醋，在铁甲营路口，就是上次的老地方，又看到了你老婆和老板在说话。我不是故意想看到，可他们站在路口，那棵大樟树下，想不看到也难呀。

我说，阿翠，如果你在这个事上敢说谎，我就掐死你。

阿翠不怕我，她嬉皮笑脸地说，你敢掐我？掐我的手你还没长呢，你长在身上的手，是掐你老婆的手。

晚上，我板着脸孔不说话，我在考虑怎么样才能让我老婆说出真话实话。我老婆靠近我说，王京，你在想什么？她看着我，目光深邃，她这种目光曾经深深地打动了我。我说的是实话，我和红桃认识是缘分，或者说是巧合。当时，我在一家大酒店做厨师，那天晚上有个朋友要订一个大包间，可我们大酒店的大包间少订的人多，最后是我帮他去搞定的。后来，我朋友要请我吃饭，那天是我休息天，我精心打理了一遍油腻腻的身体，然后像模像样地吃饭去了。就是那天晚上，我和红桃认识了，而且她就是用这种目光看我的。

现在，我觉得她这种目光是做作，是故意的，是心虚的一种表现。我说，红桃，我问你，你在想什么？

我老婆的目光很快暗淡了，她说，我确实在想一件事，已经想了好长时间。

我猜测是我老婆想说她和老板的事了，自从我知道她和老板在一起的事后，几乎天天晚上给她脸色看，或者一句话也不说。我熟悉我老婆的性格脾气，她是一个嘴巴闲不住的女人，或许她已经受不了这种冰冷的生活。

我说，说吧，什么事？

我老婆说，王京，我问你，你们大食堂的红烧河豚是真的吗？

我惊讶地看着我老婆说，你这是什么意思？

我老婆认真地说，我的意思是说，红烧河豚如果是真的话，吃了真要死人的。

我说，你傻呀，谁不知道河豚身上有毒，不处理干净河豚身上的毒，谁吃了谁死。你问这个干什么？

我老婆说，我想亲眼看看你是怎么处理干净河豚身上的毒的。

我摸不透我老婆心里到底在想什么，我说，你——这是——

我老婆说，我想了好长时间的事就是这个，你也不要问我为什么，我还想知道你是怎么做红烧河豚的。说到底，我对这些感兴趣。

我说，红桃，你真无聊，你无聊到在想这种事。大食堂的事你管不着，我也管不着，那是老板的事。我故意把"老板"两个字提高音调，目的是想刺激我老婆的内心世界。

我老婆固执地说，我想知道，你是怎么处理干净河豚身上的毒的，还有红烧河豚是怎么做的。

我说，就不告诉你！

我老婆说，你以前不是这样的，自从进了这个大食堂，特别是做成红烧河豚后，你变了，现在你已经变态了。

我直截了当地说，红桃，你别演戏了，阿翠说，她看到你和老板在一起。她说过两次了，每次都说得有根有据，你还好意思抵赖。

我老婆的脸色没有变化，但她的语气明显变了。她说，阿翠？你们大食堂的那个阿翠，她是婊子！

我老婆骂阿翠是不应该的，特别不应该的是，一个女人骂另一个女人是婊子。我说，红桃，你怎么能骂阿翠，你骂阿翠说明阿翠说的话是事实。

我老婆和阿翠是认识的，算不上熟悉，平时也没有交往。我想起来了，好像今年春天的时候，我老婆和我比较深入地谈论过大食堂，当时我们说到了阿翠，我老婆说，阿翠是一个不简单的女人，你看她两只会说话的眼睛，就是狐狸精。我说，女人眼里没有好女人。我老婆狠狠地踢了我一脚，仿佛她的前世是一只喜欢踢人的驴。

谁都知道，一心不能两用。我烧菜不再像以前那样专注了，特别是这道红烧河豚，做得要么淡而无味，要么咸得要死。食客们的意见也多了，有人公开指责我烧的菜难吃，以后再也不来大食堂消费了。

这天中午，我把红烧河豚做成了西湖醋鱼，味道大变，结果被食客骂得狗血喷头。我只好含笑当面道歉，接着另做一道红烧河豚补上。

傍晚，我正在一边发呆一边炒菜，这种感觉和一边开车一边看手机差不多。老板的电话来了，铃声响到快断气时，我才如梦初醒。我想，老板一定要痛痛快快臭骂我了。结果老板对我把红烧河豚做成西湖醋鱼的事只字未提，他笑说，阿京，最近你辛苦了，我想请你和红桃吃饭，我们聚一聚。

我的目光滑向前方，发现阿翠站在不远处看我，感觉她在偷偷地笑，这真是莫名其妙的事。我说，老板，算了吧，我老婆最近心情不太好。我这么说，是因为我自己心情不大好，老板这个时候请我和我老婆吃饭，估计是黄鼠狼给鸡拜年的花招。

老板热情地说，啊，啊呀，阿京，你欺负红桃了？

我说，是的，她背叛我了，和别的男人在一起。

老板吃惊地说，这是真的？阿京，你别急，千万不能影响烧菜，这个事我找红桃谈谈，做做她的工作。

我说，老板，做个屁，做你自己的工作去吧。

老板没有发火，也没有掐电话，而是语重心长地说，你老婆心情不好可以理解，你心情不好也可以理解，人生在世，谁没有心情不好的时候呢。不过，无论发生什么事，都要心平气和地去处理。

我说，知道了。

老板的笑声里很有成就感，他说，回家你和红桃商量一下，什么时候有空，我们一起吃饭。

我发现锅里的菜烧烂了，真是祸不单行，我骂骂咧咧地把菜倒在一只大碗里。阿翠还在看着我，眼光比我烧菜要专注多了。我向阿翠招招手，她走过来了，我说，阿翠，你在偷听我打电话。

阿翠说，嘁，你的那些烂事鬼都不想听。又烧焦菜了，身在曹营心在汉吧。阿翠扭头就走，我跟着她说，我有事想请你帮忙。

阿翠说，什么事？

我说，我要找那个黑哥。

阿翠说，什么事，你说呀。她的口气自信满满，好像那个黑哥是由她做主的。

我说，我想让黑哥帮我去整一个人。

阿翠笑了，笑了几声后说，阿京，你要想清楚，这是有偿服务哦。

我咬咬牙说，你开价吧。

阿翠像江湖上的女人一样了，她把一只脚搁到凳子上，咧开大嘴说，要脑袋的三十万，两条腿的二十万，要两只手的也一样价。一只脚指头两万，一只手指头也一样价。这些你都不可能干的，我说了也白说，你想让黑哥干的活，我猜最狠也就是打几下给他一个教训，是这样的吧？

我说，啊哈，是的。阿翠你太懂我心了，我喜欢上你了。

阿翠说，无聊，你没诚心算了。

我拉住阿翠说，你给个优惠价。

阿翠说，两万。

我说，一只脚指头两万，一只手指头也两万，给个教训也要两万。

阿翠说，不想干拉倒吧。

我说，好，成交。

阿翠说，阿京，你想整谁呀，这是犯法的事。

我说，整谁你就不用管了，你把黑哥给我约出来，我和他谈具体的。阿翠看着我，嘴巴里吧嗒吧嗒地响，好像在嚼一颗口香糖。

我又说，我说的你听到了吗？

阿翠说，喂，阿京，我有个事想请你帮忙，你一定要答应哦。

我说，你说吧。

阿翠突然靠近我，脸凑近了我的脸，她悄悄说，这个事我想了好长时间，就是红烧河豚是怎么做的，你能教我做这道菜吗？

我说，阿翠，你想学做红烧河豚？

阿翠说，嗯。

我说，我老婆也问我，红烧河豚怎么做。

陈翠说，我又不是你老婆。

我有点糊涂了，感觉阿翠和我老婆是同一个人。我说，这个——这个红烧河豚是商业秘密，我不能随便泄露出去。我说的是实话，我和老板有协议，如果在合同期内，我泄露红烧河豚的制作技术，就得赔偿老板十万元。

阿翠说，什么商业秘密，这是骗人的。

我笑着说，阿翠，你学会红烧河豚也想开饭店吧。

阿翠说，我真有这样的想法，不过我想回到家乡去开。阿京，你要支持我。

我说，我当然支持你。

阿翠说，男人说话要算数。你的支持是，教我学做红烧河豚，借我两万块开办费，怎么样？

这两个条件，对我来说，每一个都是难做到的。如果一定要我选择，我宁可教她做红烧河豚。我说，这个事再说，先说说你约黑哥的事，我心里着急呀。

阿翠呸的一声吐掉嘴巴里的东西，这是一颗口香糖的残骸。

我看见的都是不存在的

阿翠冷冷地说，算了吧，阿京，我是骗你的，黑哥怎么可能是这种人。

我说，阿翠，黑哥上次拍着胸脯说过，现在他死都不怕。

阿翠说，瞎说，黑哥就喜欢吹牛，他只是一个杀猪的屠夫。

我一脸惊讶地说，阿翠，不可能吧。

阿翠说，他就是一个屠夫。现在，该说说你支持我的事了。

我说，啊，啊哦，阿翠，我们慢慢商量吧。

其实，做红烧河豚是很简单的事，进货的河豚已经去掉了毒，做之前再认真检查一遍就行，从生河豚到红烧河豚，整个过程也就半个多小时的事。

我回家发现我老婆在哭，哭得挺伤心的。我不知道她在哭什么，她哭泣的模样确实让男人怜惜。我说，红桃，你哭够了吧。

我老婆马上停止了抹眼泪的动作，她说，王京，其实我也没什么好哭的，只是想到了，触动了我的心情，就忍不住哭起来。

我说，你在哭我吧，可是我还没死呢。

我老婆居然笑了，她踢了我一脚说，我哭的正是你。我老婆跑到卫生间，先是撒尿，接着洗脸，再后来就是往脸上抹东西，总之，她很长时间在卫生间做她的事。我躺在沙发上，开始的时候，我在想我老婆为什么会哭，她在哭我？哭她自己？还是在哭大食堂和红烧河豚？

后来，我睡着了。我听到我老婆在号啕大哭，我抱头蹲在一旁，边上躺着两个人，估计已经死了。我老婆边哭边说，王京，王京呀，你不听我的话，你看河豚毒死人了吧，而且一死就死掉两个。啊啊，王京呀，你叫我怎么做人。

我的屁股上挨了我老婆一重脚，我睁开眼睛，发现我老婆站在我身边，我睡在沙发上做了一个梦。我老婆说，王京，你不要再做红烧河豚这道菜了，我支持你自己开小饭店，但我反对你做红烧河豚。

我说，合同期不到走人是要赔钱的。

我老婆把头靠到我的肩头说，我和你老板谈妥了，他说会考虑你提前走的。

我跳起来说，红桃，你说的是真的？

我老婆说，你坐下来，先听我说，为你这个事，我前后找你老板三次了，他都要约我到茶室或者宾馆去谈，我拒绝了。你知道我把他约到哪里谈？约到铁甲营路口的大樟树下，这是一个大庭广众的地方。

我说，红桃，这是你要的结果吧。

我老婆说，王京，我再说一遍，即使你自己开小饭店，我也坚决反对你做红烧河豚。

我说，既然你反对我做红烧河豚，为什么你要学做红烧河豚这道菜。

我老婆说，我想好了，你执意要做，那我也一起做，我们一起做这道危险的特色菜。如果真杀人了，也不是你一个人的罪。

我说，你真是一个好傻逼呀。

阿翠两天没来上班了，我问另外两个服务生，她们都说不知道。我问冯阿姨，她也说不知道。我又问洗菜的大姐，她摇摇头懒得回答我。大食堂里的这些人该干什么还在干什么，好像阿翠这个人与我们没有关系。我拨打阿翠的手机，无人应答。

我打老板的电话，老板，阿翠呢，她两天没来上班了。

老板说，别管她，这个臭女人借了我的钱和野男人私奔了。

我说，啊，老板，真的呀，她什么时候借你钱了？

老板说，阿京，你是我兄弟，我正有事找你。当时我把你高价挖进来，把厨房交给你，我给你大幅涨工资，这些我不多说了。现在，我有事需要你帮忙。其实，这个事也简单，而且对你也有好处。

我说，什么事？

老板在那头咳嗽几声，说，我想把大食堂低价转让给你，我想了几天，觉得你是接手大食堂最合适的人选。

我的心狂跳起来，这不会是一个梦吧。老板知道我也想当老板，但不至于让我当大食堂的老板。我敲敲自己的脑袋，这个脑袋咚咚地脆响，痛得我深信这是现实。我说，老板，你——你不会是在考验我吧？

老板说，阿京，少啰唆，你要还是不要？

我说，要！

老板说，成交！

就这样，我从一个厨师成了大食堂的老板。

我把大食堂原来的人都换了。我是这么想的，人多是非多，特别是女人多是非更多，所以，我用三个服务生的工资招了两个能干活的服务生，一男一女。洗菜工也换成了男的，还请了一位西湖醋鱼做得很棒的厨师。我老婆接管了冯阿姨的事务，成了名副其实的老板娘。

我对我老婆说，我们的特色菜是红烧河豚还是西湖醋鱼？

我老婆平静地说，当然是红烧河豚。

我说，你不是反对我做红烧河豚吗？

我老婆说，现在我们自己做生意了，再说我也会做这道特色菜，这样不是挺好的吗？

这一天，我邀请一批亲朋好友和老客户吃饭，算是给我的大食堂聚聚人气。楼上楼下都坐满了人，我和我老婆像结婚一样给每一位客人敬酒。我很快喝醉了，在卫生间吐了个精光，刚刚走出来，有一个人拉住我说，好呀，小子，学会趁火打劫了，还要落井下石，你狠呀你！

我想甩掉这只手，甩了几次好像还是没甩掉，我说，你——你谁呀，想吃就坐下吃呗，我做老板了，我不在乎你的一张臭嘴。

这个人捏紧我的胳膊说，你醒醒，喝醉了吧。听我说，你老板被抓了，他贪污受贿，还玩弄女性，是一个腐败分子呢。

我的酒醒了一半，发现眼前的这个人很眼熟。我说，你是？

这个人哈哈大笑起来，说，你真喝多了，我是你黑哥呀。

我终于想起来了，这个人就是早些日子我想找的黑哥。我说，黑哥，走，我们喝酒去，我请你吃红烧河豚，今天我开心。

黑哥好像一点也不开心，他盯着我说，阿翠呢？

我感觉黑哥在我眼前晃动，像随时都要倒下来似的，我说，她早就跑了，借了前老板的钱和男人私奔了。

黑哥恶狠狠地说，王京，你胆敢骗我，我就一把火烧了你的大食堂。

我喝醉了酒，一般来说，喝醉酒的人是鬼都不怕的，难道还会怕黑哥这个人。我大声说，你敢，你敢，你给我滚出走。

我看见的都是不存在的

我老婆找到在卫生间门口的我，说，王京，你在发酒疯呀，快走吧，我做的红烧河豚很成功，客人们都说我做得比你好。

我前后左右看了看说，黑哥呢？

我老婆说，哪个黑哥，你见鬼了吧。

我含含糊糊地说，我尝尝，啊，你做的红烧河豚真香。我边说边倒在地上，嘴巴里还啧啧地响着，好像我正在品尝我老婆做的红烧河豚。

玩死仇人

一个闷热的下午，有个人不知什么时候靠近了我。当时有一只长脚花蚊子，正在把它尖细的嘴非常温柔地刺入我的肉里。就是在这个时候我发现了眼前的这个人，他太像我认识的一个人了，可我认识的那个人已经死掉了。

我有些心慌意乱，用手抚着被蚊子亲密接触过的地方说，你有事吗？这个人又靠近了我一步神秘兮兮地说，你知道吗，我已经找了你很久很久，你原来就在这里呀。

我惊慌失措起来，难道这个人真是那个死鬼。我说，怎么会有这种事，我也觉得认识你，可你……？这个人的脸上有了笑容，可我一点也感觉不到这是一个活人的笑。这个人露出了大功告成的自信，说，你姓谢？这么多年过去了，你没有多少变化，就像风雨中的一块岩石。

我说，我确实姓谢，那你是不是姓张？那个人注视着我，点了点头。这简直是不可思议的事，我进一步确认他的身份，你以前做过生意？他又点点头说，你叫谢锋，"文化大革命"时住在马家弄里。我说，我在马家弄住过20年，但已经搬走许多年了。我也不叫谢锋，谢锋不是我，我叫谢越人。

他说，这不可能，你一定叫谢锋。或许你以前叫谢锋。我觉得我父亲为我取的这个名字很有意义，我这一生没有必要再改名字了。我说，我从出生以来一直都叫谢越人，你可能认错人了。

我想这个人一定不是那个死了的熟人，这是一个与那个死人毫无关系的人，人死了不可能复活。这个人冷笑几声说，无论你叫什么，无论你说什么，我觉得我是对的，因为我忘不了你和你们一家。我的记忆模糊了，这个人到底是个什么人？我觉得很有必要把我的感受告诉他。我说，既然你这么说了，那我也告诉你。你很像我的一个朋友，他叫张天亮，可这个人早几年就死掉了。

这个人摇着头说，我不叫张天亮，我叫张夫亮。以前我确实差点要死了，这些事你应该清楚的。难道这个张夫亮会是我认识的那个张天亮？或者说我认识的那个张天亮原来就叫张夫亮。我说，你叫张夫亮？我真不认识你，我也不知道你的事呀。张夫亮的眼神中流露出顽强的自信，他在努力拯救我的记忆，说，不要急，谢锋，你再想想过去的人和事。

我真的又想了想，但除此之外真没有与这个人有关的记忆了。我说，请你记住，我叫谢越人。张夫亮又及时给了我一个惊人的提示，你不要心急，这样吧，我再启发启发你。你父亲是不是教师，"文化大革命"时做过好事也做过坏事，后来跳井自杀了。

我看见的都是／不存在的

张夫亮说的居然与事实基本符合，唯一不同的是我父亲不是自杀。听我母亲说是失足落井而死。我说，我觉得你应该是张天亮，如果你是张夫亮，那不可能知道我的过去。

张夫亮用眼光翻弄着我的记忆说，谢越人，我叫什么还有你叫什么，这其实都不重要，重要的是我们是不是有共同的回忆。我说，我们有共同的回忆？张夫亮笑着说，有些事想起来复杂，说起来更复杂，所以你得好好回忆回忆。这样吧，过几天我给你讲个动人的故事。

我说，你给我讲故事？好呀，到时我也讲个动人的故事给你听。张夫亮嘿嘿笑几声说，你想起来了，你终于想起过去来了，你应该想起我张夫亮是什么人了吧。我和张夫亮交换了电话号码，他朝我挥了挥手，一摇一摆地走了。我望着他的背影，觉得这个人的走相竟和那个死鬼如出一辙。

我现在急需证实两件事：一是关于我家在"文化大革命"中经历的一些细节，特别是对于父亲的死。那时我是个十岁左右的顽童，对父亲的死，是后来断断续续听母亲回忆的。现在只要母亲流着泪提到父亲的死，我的感觉都像是我再一次失去了敬爱的父亲大人；另外要证实的一件事是，张天亮有没有死。在这个张夫亮出现之前，我对那个张天亮已经死了的事实，确信无疑。关于这件事，就不得不涉及我大哥。因为那个已经死了的张天亮，是我大哥的同学。那时张天亮经常到我家的小园子里玩，毕业后张天亮无影无踪了。

某一天，我大哥突然通知我，小弟呀，听说张天亮昨天夜里命归西天了。事情似乎并不复杂，可问题在于这个人曾经通过我

我
看
见
的
都
是
／
不
存
在
的

105

大哥，向我借了一万块钱。那时候的一万块绝不是一个小数目，这钱是我们马家弄旧宅的拆迁费，也是祖上传到我们兄弟三个手上的家产。当我获悉张天亮死了的消息以后，我以为那一万块与那个死鬼一起埋葬了。

现在，当我母亲听我说起，有个像张天亮的张夫亮来找过我时，她的眼光亮了亮说，啊，我想起来了，以前老家邻居中确有一户姓张的，四个小子中也有一个叫什么"亮"的。我对母亲的话抱有怀疑，觉得她的记忆多少出了一些问题。因为最近几年来，我母亲的言行经常颠三倒四。

我说，妈，您再想想，以前我们真的与姓张的邻居过吗？在我的记忆中，那时的左邻右舍是姓李和姓黄的。母亲闭上眼想了想，最后肯定地说，是有一户姓张的，不会错了。冬天你爹为扒屋子上的积雪，经常和姓张的一家闹矛盾。母亲又说，你想起来了吗？我摇了摇头，觉得这个事有些不可思议。

我母亲露出了失望说，想不起来就算了。我说，您说的"矛盾"仅仅是为扒雪的事吗？母亲点点头又摇摇头说，不完全是。我提示我母亲说，我碰到的那个张夫亮说，我爹在"文化大革命"中是投井自杀的。母亲的脸色立即风起云涌，她激动地说，这是谁说的，你爹为什么要自杀？你爹不是这种人。

我去找我大哥，我大哥说，越人，你有事找我？我说，大哥，我是来看看您的。我大哥当然明察秋毫，他说，你有事，你一定有事找我。我没有理由不原形毕露了，我说，大哥，我还真有事找您呢。我从小和大哥的感情比较一般，没有多少共同语言和深入的亲情交往。我大哥说，那你说说，是什么事？我说，早几天

我看见的都是／不存在的

我碰到一个人，这个人能说出许多我们以前的事。我觉得有些事没有印象了，刚才我去问了妈，可是妈的记忆也比较模糊，说得不够具体。

我大哥打断了我的话，用责备的口气说，这有什么大不了的，你何必去打扰妈呢。你想想，你说的这个人，或许只是我们以前的一个熟人，你没有必要这么认真去关心。我大哥的话让我失望，我耐心解释说，大哥，不是我要关心这个人，我觉得这个人的出现很突然。而且这个人很像张天亮，他说他叫张夫亮。

我大哥的表情复杂起来，我继续说，就是因为这个原因，我想把这个事说给您听听，那个张天亮真死了吗？我大哥说，你看你想到哪里去了，张天亮死了，这已经是几年前的事了。碰到一个像一点的人，你怎么就疑神疑鬼起来，这个世界上相像的人多着呢。

我说，大哥，我没有疑神疑鬼，那个人太像张天亮了，只有他才这么了解我们的过去。我大哥觉得我这个人太固执了，他拍拍我的肩头说，你呀你呀，你想想，死了的人难道还会活吗？我知道你心疼那一万块钱，可这也是没有办法的事，人都死了，又能把他怎么样，想开些吧。

我想我大哥曲解了我的意思，我说，大哥，您的分析有说服力，相像绝对不是相同，所以那个张夫亮或许是个骗子呢。我大哥纠正我说，我们不说他是骗子，我们不认识这个人。我大哥留我吃了晚饭，我酒足饭饱后告别了我大哥！您原谅小弟，我是随便说说的呀。

我不再对张夫亮疑神疑鬼了，可张夫亮非要对我疑神疑鬼。

我说，张夫亮，你找我，到底有什么事？张夫亮说，我没事，老邻居，见了亲切，想随便聊聊。我说，你不可能是我的老邻居，我对你一点没有记忆。

张夫亮说，你不要说得那么坚决，有些事是因为不愿意多想，所以有意让自己的记忆绕道走了。我摇头说，这是不可能的。张夫亮又说，以前我家也在马家弄，屋子后面有一个小园子，可以种菜，可以种向日葵，可以种花。只要自己愿意，喜欢什么就种什么，总之这是一个难忘的小园子。我听得生出了亲切感，记忆也清晰起来了，像一幅幅洗出来的老照片。

张夫亮笑了笑说，我家的这个小园子，与邻居谢老师家是相通的，他们也有一个小园子。谢老师年纪不大，头发已经秃了一大半，露出一个油亮亮的脑袋。我父亲和谢老师的交情很深，经常在小园子里喝酒。两个人喝得脸红耳赤，就争论一些鸡毛蒜皮的小事，引得许多人站在破围墙外围观。

张夫亮说的这个谢老师很像我父亲，而且我家也有这么一个小园子，也与邻居家的小园子相通，也可以种菜种向日葵种花，也可以喜欢什么就种什么。我想我不能把这些事说出来，我明知故问地说，张夫亮，这么说，你以前真在马家弄住过？

张夫亮说，我父亲是一个正直善良的人，他是一个外科医生，1949年以前是国民党军队的军医。他最大的缺点是心直口快，在特殊的时候，这种缺点简直就是致命的。听到这里，不知为什么我突然冒出一句，在"文化大革命"的时候，你父亲被人出卖了。这话我是脱口而出，念头一闪话就出口了。张夫亮很认真地瞪着我说，是的，你是不是想到什么了，或者说你觉得想说些什么了。

我看见的都是不存在的

我说，这是我的一种推测，那个时代，这种事太多了，我父亲也是其中的一个。张夫亮说，你说什么？谢越人，你父亲是被人出卖过还是出卖过别人？我觉得张夫亮在侮辱我父亲，张夫亮，你这话是什么意思？我父亲怎么会出卖人，我父亲一生都是光明磊落的。张夫亮像一头默默赶路的老牛，他喘着粗气吐出一句，我终于找到我要找的人了。我开始从惊讶滑向害怕，我说，张夫亮，你为什么要找我？

　　张夫亮说，那一天，我父亲去上班，他夜里刚为一个病人动了手术。我父亲本来可以休息半天，可他没有这么做。他知道医院人手紧张，这些日子被打伤的人特别多。我父亲刚走到医院门前，做梦都想不到，一块写着"打倒历史反革命张林荫"的牌子已经在等他了。我父亲反复说着一句话，这是怎么回事？

　　我父亲是被人出卖的，有人揭发了他。后来，我父亲的罪行又迅速升级，从"历史反革命"变成了"现行反革命"。两个月后，我父亲被以"现行反革命"罪判了二十年。我告诉你，那个出卖者，就是邻居谢老师。张夫亮用手背揩了揩眼睛，眼光变得很迷茫了。我同情张夫亮，这种滋味我也尝到过。

　　我说，张夫亮，当时这是"觉悟"高的表现。张夫亮盯着我说，这么说，你认为那个谢老师是对的，而我父亲是活该。张夫亮显然是"强奸"了我的意思，我说，我不是这个意思，那个时代发生什么事都是正常的。张夫亮恶狠狠地说，我不知道别人有什么体会，我的体会是刻骨铭心，因为我父亲在入狱前选择了自杀，我父亲死得很惨。张夫亮忍不住哭了起来，我没有劝阻他，我觉得这是他纪念父亲最朴素的方式。

张夫亮呜咽着说，谢越人，你听了这些有什么想法？那时你也住在马家弄，这事你一定听说过的。你知道那个谢老师是怎么死的吗？那个可恶可恨的小人也没有好结果，他后来也被打倒了，也定了个"历史反革命"的罪名。天天游街批斗挨打，最后也投井自杀了。

那个时候，我看游街的热情非常高涨。记忆最深刻的一次是，屋外锣声响起，口号齐鸣。想不到这次"游"过来的竟是我父亲，我站在门口踮起脚尖看热闹，屋子里哭声一片了，我才发现那个挂着木牌，被人揪着头发低着头跟跟跄跄走路的人，原来就是我父亲。我父亲也是个"历史反革命"，他在抗日战争时期，为逃避日本人抓挑夫，在当时的警察局做了半年警察。

有一次，我父亲一不留神掉进井里死了。

我说，张夫亮，我听说过有一个邻居被判了刑，可那个人判的是十八年，那个人不姓张姓周。张夫亮说，这不可能。我想了想说，我父亲也被人揭发过，这事你应该也知道，马家弄没人不知道。

张夫亮说，你父亲是个中学老师，马家弄的人都知道，他是投井自杀的。我有些愤怒了，张夫亮，闭上你的臭嘴，我父亲不是你父亲，他绝不会软弱到不负责任地去自杀。

张夫亮说，你父亲叫什么名字？我说，我不会把我父亲的名字，告诉一个侮辱他的人。张夫亮说，不说就不说，你不是说要讲故事给我听吗。我说，你真想听，我还真有故事讲给你听。张夫亮一脸坏笑说，我确实在马家弄住过，不骗你。我说，马家弄发生过的大事我都有记忆，只有你说的我找不到记忆，我也不骗你。

张夫亮说，你讲故事吧。我说，我要说的故事主人翁就是张天亮，他是我的一个熟人或者说是朋友。这个人太像你了，可他已经死了好几年。张天亮是做煤炭生意的，钱赚了很多，可缺的还是钱。张天亮开始借钱，他通过我大哥，向我借了一万块钱。我大哥，他叫谢越飞，你认识吗？说到这儿，我的话停顿了，眼光一动不动地集中在张夫亮的脸上，想"透过现象看本质"。

张夫亮把左手小拇指插进鼻孔，一心一意地掏着掏着。我觉得他的这个动作是有遗传的，他父亲的那种独特的自杀方法，极有可能就是缘于这个长久的不良习惯。我对他的这种表现无可奈何，我又说，张天亮有了钱，想珍惜性命了。

张夫亮吐出一句粘着痰的话，废话！

我说，有一天，张天亮突然感觉到人不舒服了，他赶紧到医院做了全面检查。张天亮说，钱无所谓，一定要花钱买个放心。检查结果当然是一切正常，可张天亮还是不放心，因为查不出问题绝对不是放心的最佳结果。

张天亮想到身体的哪个部位，这个部位就有不舒服的感觉。张天亮越来越感到自己的身体有问题，他睡不踏实吃不香了，一天到晚头昏脑涨。张夫亮听到这里，突然停止了丑陋的动作说，这个神经病不是在车祸中死了吗。

我吃惊地说，你怎么知道的？因为张天亮后来确实在开车时，一头钻进一辆大货车的肚子下面死了。你是不是……？

张夫亮哼哼了几声说，你也神经病了，这种事太多太俗，作家笔下经常出现这种肤浅的构思。现在最笨的脑袋，也能想到这

我看见的都是不存在的

种结局。我说，张夫亮，你听了我讲的，你想起了些什么？张夫亮说，我郑重声明，我与那个借你钱又自取灭亡的神经病，没有丝毫关系，我从来没有向别人借过一分钱。

我想约我大哥和张夫亮见面，或许他能证实一些什么。我找到我大哥说，大哥，我知道您忙，但我觉得您应该与那个张夫亮见见面。我大哥说，你不要把简单的事，搞得神经兮兮。我缠着我大哥不放，我大哥无可奈何地说，好好，我和他见个面吧。我们约了个时间，由我大哥安排地点。我大哥是副处长，找个聊天的地方小菜一碟。

后来，张夫亮握着我大哥的手说，大哥，我叫张夫亮。我大哥当时的反应有些迟钝，一点也不像昔日能说会道的我大哥。张夫亮又说，大哥，我以前也在马家弄住过。我家屋后有一个小园子，可以种菜，可以种向日葵，可以种花。只要自己愿意，喜欢什么就种什么，这是一个难忘的小园子。小园子与邻居谢老师家相通，那个谢老师年纪不大，头发早就秃了一大半。

张夫亮说到这里盯住了我大哥，很像警察在提审小偷。我大哥不争气得让我差点吐血，他突然冒出一句我想都想不到的话，他居然说，哎呀，你说的这个谢老师很像我父亲嘛。张夫亮的眼睛闪闪发光了，用亲切的口气说，大哥，您真是一个实事求是的好大哥，我觉得我们曾经是邻居。

我对我大哥的表现感到非常失望，我甚至怀疑我大哥的记忆也出了原则性问题。我焦急地说，大哥，张夫亮说的这个谢老师怎么可能是我们的父亲，我们根本没有和姓张的邻居过，您说话怎么可以这样不负责任。我从来不敢在我大哥面前如此放肆，我

我看见的都是／不存在的

也从来没有看到过我大哥如此窝囊。

张夫亮发现了我大哥的优点，他说，越人，你这个人一定得了健忘症。你看大哥，我随便一提，他就想起来了。我大哥笑了笑说，越人说得对，我们住马家弄的时候，确实没有和姓张的邻居过，那时两边的邻居都不姓张。张夫亮说，大哥，您再想想，您不是说谢老师很像你的父亲吗。

我瞪了张夫亮一眼说，张夫亮你真无聊，说来说去又说这个事了，再说相像也不等于相同呀。我大哥不知怎么自我调节了一下，他对张夫亮说，这事不说了，一定是你记错了。张夫亮脸无表情了，看上去成了一截寒风中的石灰墙。张夫亮闷闷地又用手指掏起了鼻孔，把自己的整个脸都掏得变形了，可他还在不断努力地掏，仿佛非把脑袋掏空不可。

我大哥又说，张夫亮，你非要把我们父亲说成是那个谢老师，究竟是为了什么？张夫亮不紧不慢地说，我不说了，我不想再说了。我大哥说，现在是我要你说，这个事你得让我和越人明白，我觉得这里面一定有原因。张夫亮说，大哥，我真不想说了。其实有些事说得再多也不是事实，而有些事不说也终究是事实。

我说，张夫亮，你应该说清楚，我们真不是你们家的邻居，我父亲也不是出卖你父亲的那个谢老师。张夫亮说，我不说了，我不想再说了。我和我大哥说了很多想他说的理由，可张夫亮总是装聋作哑地傻笑。我大哥说，你不想说算了，这事以后我们都不说了。张夫亮点点头，说，大哥你说得对。

这以后，张夫亮果然不再提这个事了。有一次，张夫亮对我说，今晚去我家喝几口吧，你还没有跨进过我家的门呢。我说，我一定去。张夫亮家有一室一厅，屋子简陋灰暗凌乱，空气中弥漫着一种发酸发霉的气味。客厅有一张小桌子、几把高低不平的椅子和板凳，最引人注目的是一张木板床。张夫亮开了灯，招呼我说，你坐，我要忙了。

张夫亮开始动手做菜，油烟在屋子里快乐地跳起了舞。

张夫亮的家直面一条简陋的小巷，从屋子里能望到小巷里的人和车。有一个脚步特别的人，在小巷里有着特别的表现。这个人每跨出一步，脚都要先夸张地画一个漂亮的弧圈，然后身子再左右摇晃一下。这个人慢慢靠近我，穿过门前的马路，一摇一摆走进了张夫亮的家。

我愣在原地没有动，听到张夫亮对这个人说，他是我的朋友。他又对我说，这是我大哥，叫张大亮，一个残疾人。人活着，心早死了。张大亮坐在木板床上，对张夫亮的话表示了明显的不满，他用手敲着床板说，张夫亮，你以为你光荣呀。张夫亮笑着对我说，我大哥是个好人，可命运对他不公平。你想，这身体这样了，还有什么好心情。

张大亮听了，嘴里弄出一种特殊的声音，很像一只小老鼠饿了的叫声。张夫亮说，我们吃饭了，迟吃早吃都是吃。他边说边把炒好的菜，一盘盘摆到桌子上。由于桌子小，菜看上去变得丰盛了。我发现三个人坐的凳子各不相同，张大亮坐在一把旧藤椅上，张夫亮坐的是一条吱吱响的方凳，我是客人，坐七成新的木椅。

张夫亮把一瓶黄酒放在我边上说，我们一人一瓶。我推了推酒瓶说，我喝不了这么多。张大亮说，给我一瓶，我肚子饿了。他接过张夫亮递过去的酒瓶，很顺手地倒满了一碗。张夫亮不管

我看见的都是
不存在的

我愿意不愿意，走过来也给我倒了一碗，然后自己也倒满一碗。喝了一会儿，张大亮说想撒尿，身子像虫子一样蠕动了一下，张夫亮过去先把他弄起来，然后张大亮才一摇一摆朝卫生间走去。

张大亮喷着酒气说，真惨，他妈的，都三十多年了呀。张夫亮的脸红红的，他冲张大亮说，喝，哥，你喝呀。我吃惊地看着这兄弟俩，张大亮对我说，朋友，你的眼神已经告诉我，你知道我的腿是怎么残的了。我摇着头说，不知道。张大亮喃喃地说，你怎么会不知道，这怎么可能呢？

我说，大亮，我真不知道，我怎么可能会知道呢？张大亮说，你真不知道我就告诉你，我是自己把双腿弄成这样子的。当然这个结果是个意外，我的目的是一死了之。你相不相信？我喝下一大口酒，鼻孔里透出了酸臭的酒气，我提着嗓门说，张大亮，我相信你，你想说什么就说什么，不要吞吞吐吐，像个女人似的。

张大亮啪的一声把酒碗摔在桌子上，张夫亮用手按住了张大亮说，哥，你想干什么？张大亮推开张夫亮的手，默默地把桌子上的酒揩干。张大亮看了看我说，对不起，我一直活得心情不好。张大亮又说，1971年冬天的一天，我父亲突然自杀了。那年我13岁，张夫亮11岁，还有一个妹妹8岁。当时我想，我也去死吧，陪陪我父亲，他一个人多孤单。

我就跳出了老式楼房的二楼窗口，像小鸟一样轻快地飞出去。可没想到我死不了，这是多么令人心灰意懒的事。当时的许多细节，我已经无法回忆了。因为这瞬间的飞跃和坠落，除双腿残疾外，脑震荡使我的记忆力严重衰退了。

我安慰张大亮说，我们都不会忘记过去的。

我不知道自己是怎么回家的，我躺在床上，脑子开始痛苦地翻腾，记忆潮起潮落着。这种状态下，是开发回忆的最佳时刻，许多即将失落的记忆，都能被酒精及时准确地拯救过来。我想起以前我们住在马家弄时，确有一个邻居跳楼了。那个时候我父亲还在世，他抱着我去邻居家看热闹。屋子里都是人，最刺耳的是凄惨的哭声。我生来对热闹不感兴趣，孤独寂寞是我的嗜好。后来我断断续续听父母说起这件事，突然感到这个邻居真是太勇敢了。

　　我想，那个勇敢的邻居从窗口跳出去时，感觉比从桥上跳到河里要刺激得多。我曾想偷偷尝试一次跳楼的刺激，而机会也是有过的，那就是我父亲突然死了时。我完全有理由，可以和张大亮一样从窗口跳下去。那个邻居没有死，张大亮也没有死，假如我跳楼一定也不会死。那个邻居当时有30多岁了，跳楼是因为他做贼被抓了。这个人最后只摔断了两根肋骨。这个人是张大亮吗？

　　我想证实记忆的真实性，所以我再次去找我大哥。我大哥看上去有些疲惫，正穿戴整齐要出门。我大哥见了我顿了一下，似乎见到了一个无理取闹的重复上访者。他说，越人，你又有事找我？我从母亲嘴里听说，这些日子里，我大哥正在为荣升处长的事忙得像只跳来跳去的鸟。

　　我不达到目的不想滚蛋，我明知故问，大哥，您有事要出去？我大哥亲切起来，他说，你坐你坐，有什么事？我大哥说着这话，身子没有动，手里的皮包也没有放下，似乎在等待我快些把话说完。我说，你要有急事，我不打扰你了，改天再说吧！

　　我说这话，身子也没有动。我大哥见我这副执迷不悟的样子，无可奈何地坐了下来，说，我们是兄弟，我有急事也不能这么自顾走掉。我说，大哥，张夫亮有一个哥哥，叫张大亮，他的两条腿都废了。

我大哥皱起眉头说，哎呀，你说这种事呀。

我继续按照我的思路说，这个张大亮以前想自杀，因为他父亲自杀了。他父亲也就是张夫亮的父亲，被邻居谢老师出卖后自杀的那个人。张大亮结果没死成，落得个残疾。我昨天夜里想了想，想到以前我们住在马家弄时，不是也有一个邻居跳楼自杀过，不是也没死成吗？

我大哥吃惊地盯着我，眼神里有种陌生和害怕。他说，你乱七八糟地在说些什么，你是不是想得太多了。我说，张夫亮不是说，他家与我们家以前在马家弄邻居过吗？

我大哥很紧张了，说，越人，你怎么了？我觉得我大哥已经认为，我的脑子有问题了。我解释说，大哥，我的脑子没一点问题。你听我说，我觉得张大亮说的这个事，我们确实得慢慢回忆回忆。说句不该说的话，我真怀疑父亲就是那个出卖张夫亮父亲的谢老师。

我大哥的脸色突然发白，他严肃地说，你知道你在说什么吗？你怎么会有这种想法，又怎么可以这么怀疑我们的父亲呢。以前确实有一个邻居跳楼想自杀，但这个人绝不是张大亮，这个人是个贼。

我对我大哥的这番话不感兴趣，我又说，大哥，你怎么解释张夫亮家与我们曾经邻居过呢？我大哥说，这种事不是我们要考虑的事。

我看见的都是不存在的

117

我从我大哥家出来，一边走一边还在想那些没有结果的事。不知不觉中，我居然又到了我母亲的门口。我决定进去看看母亲，也好问问张大亮说的这个事。我把张大亮跳楼自杀的事说给我母亲听，我母亲的头像寒风中的枯草，在不由自主地晃动。我急切地说，妈，您听到我对您说的事了吗？我母亲愣了愣，突然问我，你对我说了些什么？我说，哎呀，我的妈，我说了半天您居然没听进去。

我母亲笑了笑说，你别急，再说一遍我听听。我又说了一遍，我母亲想了想说，你说的这些事，我一点也没有记忆。我说，这怎么可能呢，您怎么会对此一点没记忆。

我一无所获，回到家，脑子里都是张家两兄弟及他们的父亲、谢老师和我父亲的影子。他们紧紧围困着我，仿佛非要从我这里得到一个都满意的结果。

过了几天，我想我应该给我母亲和我大哥打电话了。经过几天的思索和回忆，他们一定会有新的记忆。我先打电话给我母亲，说我对您说过的那些事，您想起了什么没有？我母亲说，我还真想起来了呢。你说的那个跳楼的人，不就是张家的大小子吗，他摔断了腿什么的。

我心跳加快了，说，这个人是不是叫张大亮？我母亲说，什么张大亮，他不是一个贼吗。

我说，那个贼跳楼摔断的不是腿，摔断了腿的是张大亮。我母亲说，那他摔断的一定是别的什么了。

我决定听听我大哥的最新记忆，我大哥对我说，你知道你在说些什么吗？如果再这样下去，你的脑子一定要出问题了。我固

我看见的都是／不存在的

执地说，我不想和您谈我的问题，我要您回答我提出的问题。

我大哥叹息一声说，我想想告诉你吧。

我上午请假去了马家弄，这条小街已经有了本质的改变，最明显的是那里成了一条服装街，空气中早已散尽了枯燥发霉的气息，取而代之的是缤纷鲜活的潮流。我从这一头慢慢走到那一头，失望的是没有碰到一个老邻居。我在我家的老屋前停了下来，这里的一切都是陌生的。

一个面熟的老人走了过来，这个人曾是城关镇搬运社的职工。那个时候他强壮得像一头公牛，现在他已经是一枝芦苇了。我笑着招呼说，您好，还认识我吗？老人停住了，警惕地注视着我，你要干什么？我指了指我家的老屋说，您认不出我了？我是谢家的越人呀。老人看了看眼前的屋子，又把我扫描了一遍说，呵呵，你是谢老师的小儿子，从小文静得像个女孩子一样。

我和他的话题都是以前的事，可这个老人对许多旧事都摇起了头，说，这个事我记不大清了，半年前我中风过，所以记忆大不如以前了。我觉得我不能这么轻易放过他，我说了许多提示性的话，老人还是记忆模糊。后来他突然说，我要走了，我还有急事要办，你看我差点又忘了。

我走进邻居的屋子，已是旧貌换新颜了。

店主以为我想买什么东西，笑容可掬地说，老板，买点什么东西吧！我说，我问你个事，你知道这里曾经住过一个叫张夫亮或张大亮的人吗？

店主冷着脸说，不知道。我继续固执地说，你不可能不知道，这个姓张的人说起来是你的房东。店主说，我怎么知道这些事，

我看见的都是／不存在的

我关心的是我自己的事。

我在这条小街上走来走去，希望遇到一个在这条街上生活过的熟人。我走在这条热热闹闹的小街上，却感觉像只有我一个人在走。

我带着许多疑惑回到家，听到电话响得像上课的铃声。我大哥气急败坏地说，越人呀，你到哪里去了？我给你单位打电话，没人；我给你家里打电话，没人；我给妈打电话，也说没人。我告诉你，什么事都不能想过头呀。我听了真想笑出声来，我大哥一定把我当神经病了。

我说，大哥，您尽管放心，我绝对没事。我只是去马家弄走了走，想问问熟人一些以前的事。

我大哥十分吃惊地说，你说的是真的吗？我说，真的，我怎么敢欺骗大哥您呢。我大哥沉默了一下，他以叮嘱的口气说，你不要再想那些事了，更不要再听张家兄弟俩的那些话。还有，我想和你谈谈。我诚恳地说，大哥，我知道了，我一定听您的话。

放下电话我又在想，这个事难道真没有结果了吗？这似乎是不可能的，我知道我父亲是诚实善良的人，他不可能做那些害人的缺德事，但我又不能不把张家兄弟俩说到的那个谢老师，联想到我已经死去的父亲身上。

这个时候，我母亲突然敲门进来了，越人，哎哟，真把我急死了。你到哪里去了？我对我母亲的出现感到恍惚，难道我的思想和行为真的出了什么问题？我安慰我母亲说，妈，您放心，我不会有事的，我什么事也没有呀。我去了趟马家弄，看了看老屋，没做别的什么。

母亲的怀疑和不安迅速加剧，她盯着我说，你真去了那儿？我说，去马家弄又怎么了？

我母亲不再说话了，坐在椅子上听我说话，最后我说，妈，我说完了，您听到我说的话了吗？我母亲说，你说的话我都听到了，我想起城北那儿也有个叫马家弄的地方，那个姓张的说的或许是那个马家弄。我对我母亲的话感到非常吃惊，我从来没有听说过城北也有个马家弄。

我对这个结果有些怀疑，我咧着嘴说，城北怎么也有一条马家弄，我怎么没听说过。我母亲十分自信地说，不会错的，你想来想去没有结果的事，原来就错在这里了。我不知道我母亲说的是不是事实，但从她现在的神色和语气来看，应该是不会有错的了。

我和母亲吃完饭，把她送回家。下午我给大哥打电话，告诉他在城北那儿也有个叫马家弄的地方。我大哥的呼吸听起来有些急促，他说，越人，你到底怎么了？难道这个无聊的事上，你还要继续折腾下去。

我对我大哥的话感到惊讶，这是"折腾"吗？我说，大哥呀，我也不相信这是真的，可这是妈中午亲口对我说的。我大哥说，妈这么说你就信了？我说，好好，我自己去打听打听。

我继续想那些已经令我感到痛苦并且越来越不着边际的事，我的思想像笼中的小鸟一样在痛苦地挣扎。我父亲是在马家弄住过并秃了头的谢老师，我父亲或许可能或许不可能，是张夫亮说的那个在马家弄住过并秃了头的谢老师。我想到最后想得脑袋一片空白，仿佛走进了一条白雪皑皑的绝路。

张夫亮居然打来电话问，晚上我们到哪里去坐坐？

晚上下起了雨，而且越下越大，城东一带黑得像地狱一样。我跟着张夫亮转来转去，最后找到了一个不显眼的地方。一个男人迎出来说，阿亮你来了。张夫亮亲切地叫这个人"二爹"，张夫亮的二爹把我们领进了"清香室"。我和张夫亮先从这个茶楼谈起，接着谈茶谈今天的雨谈张大亮的生活。张夫亮和我都不想先说这个事，我想或许张夫亮也领悟到了什么。

晚上十一点多，雨依然没有停，路上张夫亮对我说，你骑上来，我们并排骑，这样说话方便点。我骑上去和张夫亮的自行车并行，我想说这种地狱一样的鬼地方，还能让人生出品茶的雅兴。我的话还未出口，突然车把被张夫亮碰撞了一下。我没有什么具体的反应，自行车带我栽进了一个大坑。我想不到在这条路上，竟有这么大这么深的一个坑，更想不到自行车会正好压在我的身上。我拼命大声喊叫，张夫亮，张夫亮，我掉进大坑了。

我的声音很微弱很无助，远不如一只秋虫末日前的吟唱。大雨让整个大坑里的积水朝气蓬勃，我无力地继续喊叫着。张夫亮像蒸发了，没有一点回应。我的身心浸在冰冷的烂泥水中，生气被渐渐地吸干了。我挣扎着动了动身子，身子犹如别人的。我听到有汽车驶过来的声音，这或许是希望或许也是绝望，我求救的呼声又被残酷地淹没了。其实残酷才刚刚开始，在汽车驶过的那一刻，突然有几块大石头滚了下来。这真是一场灭顶之灾，我的后背上结结实实被砸了一下，一种剐肉般的疼痛，把我的知觉拖到了黑暗之中。

我醒来已经是三天后了，医生安慰我母亲，我能活下来难以

我看见的都是／不存在的

从生理的角度解释，只能认为这是生命史上一个偶然的奇迹。

在我慢慢恢复记忆时，我觉得这个熟悉的世界变得非常陌生了。大约住院两个月后，我恢复的结果还是不理想。我对那些眼前晃动的人，无法立即正确分辨出来。我需要经过观察和记忆后，产生一种意识的集合，再确认这个人是谁。

我母亲流着眼泪求医生，医生说他们已经属于妙手回春了。

我大哥尽力为我联系脑内科的专家教授，有两个省级医院的专家和一个医科大学的教授，被我大哥接到我的病床前。第一次会诊后，我很快能确认我眼前的人了。第二次会诊后，我能回忆起我住院是怎么回事了。我母亲告诉我，那天夜里，我是被一个踏三轮车的人送到医院的。第三次会诊时，专家教授肯定说，半个月后可以恢复了。

我对我大哥说，我要出院了。张夫亮自从那天和我以特别的形式分别后，我母亲和我大哥都说，他一次也没有来找过你，真缺德。我觉得这个结果是不可靠的，我怀疑这是我母亲和我大哥的联合决策，目的是不想让我和这个人再有任何来往了。

我从恢复记忆的那一刻起，就轻而易举地想到了张夫亮这个人。只要我健康地活着，我不可能不重视张夫亮。现在我迫不及待地想证实，那天夜里他是不是有意撞我下坑的？如果真是这样，那问题就无比复杂了。我出院的第一件事就是去寻找张夫亮；只有找到他才能找到我需要的正确答案。

我走进张夫亮的家，屋子里的空气潮湿沉闷，老鼠不慌不忙地在潮湿的地面上爬行。我咳嗽了几声，说，张夫亮，你在吗？我边说边在屋子里东张西望，我终于发现张大亮像一堆发霉的垃坂，蜷缩着身子躺在床上。我惊讶地说，张大亮，你怎么了，张夫亮呢？

张大亮动了动身子说，你是谁？你怎么认识我？我走上前去说，我是谢越人，我们在这儿吃过饭呢。张大亮说，张夫亮几个月没回家了，你还不知道？这就是说，从我那天夜里出事后，张夫亮也没有回过家。

张大亮又说，你不相信？我也有过不相信，现在我相信这是真的了。我说，这不可能，他一定会回来的。张大亮说，你还真不相信，那就算了。张大亮不再理我，无声无息地躺在床上，与一个死人没有什么两样。

我带着疑惑在屋子里走了一圈，接着无可奈何地走了出来。外面下起了雨，而且越下越大。风也刮得凶猛起来，仿佛要吹走我心头那些无聊的杂念。我叹息一声，缩紧了多思多想的脑袋，在风雨中跑起来。

这个张夫亮难道真的没回家。这又是为什么呢？

我看见的都是
不存在的

附近的人

    自从我父亲去世后，我觉得身边没有亲人了。这话听起来有些不靠谱，但对我来说，现实确实是这样的。说起来，即便我没有了亲人，朋友总还是有的吧，但朋友终究代替不了亲情。不知不觉，我把手机看成亲人，它和我形影不离。

    我的手机有四五天没有动静了，也就是说，这几天没有人给我打电话，也没有人给我发信息和微信。这种时候，我会特别怀念和亲人在一起的日子。

    天已经黑透了，夜色像来来往往的路人一样陌生。我是三个月前搬进这套租房的，这里离闹市远了点，优势是房租便宜，感觉也清静。我先到外面去走了一圈，沿着整个小区转圈，没有人认识我，当然，我也不认识他们。

    回家之后，我躺在破沙发上翻弄手机，我无聊的时候经常干这类默默无闻的蠢事。后来，我翻到了微信中"附近的人"。微信这东西挺好玩，还特别能打发时光。有个女人的头像吸引了我，她"蒙娜丽莎"般的微笑，透出一脸的性感和诡秘。女人的昵称叫"路漫漫"，个性签名是这样写的：以前想活，现在想死。我知道，她的这张脸蛋和这种噱头文字，一定能吸引男人。

手机上显示，这个女人在一千米以内，这是怦然心动的距离。我通过微信向她打了个招呼，所谓打招呼，就是用指尖在手机屏幕上点几下，说白了就是一种看不见的挑逗。不过，她没理我。微信好就好在做了不要脸的事可以不脸红，譬如我向这个女人打招呼，她在另一个空间骂我，甚至骂我的爹妈，我都没关系。过了半小时，我再次向她打招呼，她还是不理我，我感觉她确实在不远处骂我。

我望着房顶发呆。房顶在柔和的灯光反射下，像一片遥远神奇的沙漠。

我父亲活着的时候，我非常想去茫茫的戈壁沙漠流浪，一个人背个包，漫无目的，自由自在地一直朝前走。我甚至想，如果能这样，就算做一条流浪的狗我也愿意。这种愿望一年比一年强烈。那时，我父亲还没有死，他痛苦地活着，小脑萎缩，全身瘫痪，整天整月整年躺在床上，像透一具活标本。父亲是我唯一的亲人，我也是父亲唯一的亲人，也就是说，我根本不可能丢下我父亲去流浪。

那么，我为什么渴望去流浪呢，现在想起来，曾经在我的潜意识里，或多或少有想让我父亲快点死的念头。有一次，我贴着他老人家的耳朵大声说，爸爸，我想去流浪。我父亲闭着眼睛，

我看见的都是／不存在的

嘴里咕噜咕噜响着，他含糊不清地说，你——啊——流浪，你——想去——就去吧。我故意刺激他说，爸爸，我走了，你怎么办？我父亲的手艰难地抬了抬，这只惨白干瘦的手，长在我父亲身上，却更像是一只石膏制成的假手。

我父亲突然睁大眼睛说，你——放心去吧，想去多久就多久，我反正总要死的。他苍白无神的眼光歇息在我脸上，又说，你妈在那头等我，她已经等得不耐烦了。我母亲十年前就死了，她不幸死于胃癌。那一年，我刚刚结婚，我弟弟也考上美国一所名牌大学。用我父亲的话来说，你妈可以闭上眼去另一个世界了。

我父亲没有我母亲那么幸运，他看到的最后的现实，完全颠覆了我母亲带到另一个世界上去的所有美好。我多年前离了婚，而且没有为这个家留下血脉；我弟弟去美国十年，前五年每年回家一次，后来就只打电话了，打电话的次数远没有陌生推销商打得多。我父亲留在世上的最后一句话是，你弟弟，他不是人！

我父亲死后，我突然哪里也不想去了，这是一种类似自虐的心态。大约过了一年，我从农村来到城里生活。我无牵无挂，也无依无靠。有兴致了画画，没钱了去卖画，余下的时光只能喝喝酒发呆苟活。我不是画家，和画家们也没有半点关系，我只是热衷于在喝酒和发呆之余涂鸦几笔。这样别具一格的生存状态，我还是挺喜欢的。

我的手机响了响，估计这个女人理我了。现在，我没有急着去理她，打开一瓶啤酒，撕开一包袋装鱼干，独自陶醉起来。手机又响了响，我猜想这个女人是一个耐不住寂寞的小骚货。喝干一瓶啤酒后，我拿起笔来画画，每次有兴致画画，第一张画的一

127

定是我父亲的头像。很快，我父亲的头像画完了，光头，削脸，大鼻子，眼光忧郁。我把它粘贴到墙上，这类头像画几乎占据了客厅的所有墙面。无论我站着、坐着，还是躺在沙发上，我父亲都在用这双眼关注着我。

我又打开一瓶啤酒，对墙上的我父亲说，爸爸，我爱你，我也爱喝酒。然后，我把这瓶啤酒直接倒进嘴里。接下来，应该打开手机看看了，这个女人果然加了我好友，她还主动招呼我，帅哥好呀。我的微信头像是一张侧面照，长发浓胡子，看上去确实是个酷男人。

我抹一把嘴角，发出一条微信，嘿，美女好呀。这样一来，我们就算是臭味相投的熟人了。她说她叫鲁曼，也有可能是骗我的假名，我不关心她是真名还是假名，我关心的是她必须是个女的。我们在微信里畅聊，大约聊了半小时，鲁曼主动说，你如果不想睡，过来和我聊天吧。

我说，我也是这么想的。

我看一眼挂在墙上没有了面罩的电子钟，发现它已经死在墙上了。我一脚踢开空酒瓶，在空酒瓶刺耳的翻滚声里，关上门去找鲁曼聊天了。

我很快找到了鲁曼说的千金弄，其实，千金弄早就不是一条弄了，它现在是一条空旷寂寞的断头路。在一幢十多层高的公寓楼前，我果然看到六楼亮着橘红色的灯光。我喜欢走楼梯，但楼道漆黑一片，我的脚步声在黑暗中非常鲜活。六楼有户人家的门没有关死，我敲了敲这扇门说，鲁曼在吗？里面有个女声说，我就是。

女人坐在客厅的长沙发上，她三十岁左右吧，我估摸不准。她的脸上没有笑容，但应该是微信上那个叫鲁曼的女人。我假惺惺地说，不好意思，打扰你了。鲁曼说，你不要在我面前装绅士，我喜欢直来直去的男人。我问你，你为什么要深更半夜来找我？我想，是你叫我过来聊天的，怎么变成我来找你了。当然，我嘴里说出来的是，我只是好奇而已。

鲁曼没有让我坐下来，她说，我也有好奇，你叫什么名字？

我说，大卫，我叫大卫。我选择单人沙发的扶手坐下来，卫生间照出来的橘红色灯光落到我的后背上，仿佛有一种怪怪的色彩笼罩了我。

鲁曼说，大卫，挺洋气威猛的名字，我喜欢。

我说，名字和人没有关系，它只是一种代号而已。

鲁曼说，大卫，你愿意陪我喝酒吗？我以为在做梦，这不可能吧。鲁曼站起来又说，又好奇了？你要是不愿意陪我喝酒，你就看我喝吧。我想，喝酒是我的最爱，只是我不相信这是真的。我说，我出来之前喝过酒了，我是一个酒鬼。

鲁曼一下子兴奋起来了，说，太好了，酒好，酒鬼更好呀。鲁曼从沙发边上拎起两瓶红酒，放到茶几上说，一人一瓶，人逢知己千杯少，喝酒！

我还是不明白鲁曼的真实意图，说，在这里喝？我听到一种举重若轻的声音，似乎有什么东西在压抑地扑腾。鲁曼平淡地看了看我，说，当然在这里喝，你放心，没事的，这里只有我和我爸爸。

我说，你爸爸？我们一起喝吧。

鲁曼边开红酒边说，他睡了。

我觉得，在这个叫鲁曼的女人家里，准备喝她的红酒，还让她自己开酒，有点说不过去吧。我伸出手说，我来开吧。鲁曼把开瓶器和红酒都给了我，说，你住在哪里？

我说，不远，前边的朝阳小区。

鲁曼说，家里有女人吗？

我的动作顿了顿，说，没有，我一个人住，没有工作，房子也是租的。

鲁曼说，你说那么多干吗？我不感兴趣。今晚你不用回去了，我没有别的意思，只是为你考虑，你酒喝多了，可以睡在沙发上。

我打开一瓶红酒说，没必要喝那么多吧。我又听到了扑腾声，而且还有几声尖厉的鸡叫。鲁曼也听到了，她说，大卫，你会杀鸡吗？

我惊讶地说，杀鸡，你家里有鸡？

这个时候，鲁曼笑了笑，她的笑真的很迷惑男人。鲁曼说，来吧，跟我来。她带我来到阳台，打开灯，我看到地上躺着两只鸡，鸡毛油亮生光。鸡侧过头好奇地盯着我，看得很认真，它是觉得我陌生还是觉得我不该杀它？

我说，真要杀鸡？

鲁曼说，早就想杀了，先杀一只。你看，一地鸡毛，还有鸡屎，又臭又脏。

我说，好的，我来杀。

鲁曼说，鸡是别人送给我爸爸吃的，可是他连饭都吃不了，怎么能吃鸡肉，真是乱弹琴！

以前我父亲也有过这样的日子，一天吃两餐，只吃稀粥之类的东西，难道鲁曼父亲也这个样子了。我说，你爸爸——他？

鲁曼拿来一把剪刀给我，一手捏紧鸡爪，一手捉牢鸡翅膀，说，来，动手吧！她没有再说什么，她用眼神催促我动手杀鸡。

我在鸡脖子上剪一刀，血汩汩地流出来，立即弥漫出血腥味。鸡痛苦挣扎了几下，一泡细柔的鸡屎喷到鲁曼手上。她的表情和手势都非常镇定，说，你看，鸡还没死，它多痛苦。我在滴血的鸡脖子上又补了两剪刀，我和鲁曼看着滴血的鸡头没有说话，血在洁白的陶瓷水池里冷却，模样像几朵鲜艳的大红鸡冠。

鲁曼突然把鸡扔在地上说，我爸爸在叫我了。我还没反应过来，鲁曼已经不见了。这只带血的鸡居然站了起来，它拖着软塌的脖子，摇摇晃晃走到我的脚边，然后倒下不动了。天哪，它想报复我吗？

鲁曼再到阳台时，我已经把鸡收拾干净了。她说，没想到，你还能干细活。

我说，我粗活细活都能干，我做过五年保姆，什么活都干过。

鲁曼惊讶地说，男保姆？看不出来，你不会是在骗我吧。

鸡扔进高压锅后，我和鲁曼开始喝酒，鲁曼说，慢慢喝，不急，鸡还没熟呢。

我看了看屋子，发现所有房门都关着，包括正在烧鸡的厨房门。我觉得，这里的一切确实都带着诡秘。

鲁曼和我碰了一下酒杯说，大卫，你别胡思乱想哦。干杯！我说，没想到，我今天交上狗屎运了，有酒喝，有鸡肉吃，还有美女陪。

鲁曼说，去你的吧，你的眼神告诉我，你还有很多个为什么。不过，这些问题，你不要问我，问你自己吧。

我说，你说得真好，干杯。其实，我确实还有很多个为什么，既然她这么说，我也不好意思再问，只管喝酒吧。

我闻到了鸡肉的香味，也想到了剪断鸡脖子的瞬间，我的耳边似乎响起鸡临死前的呼喊，这是一种低泣无助的咕噜声。我还联想到了我父亲，这种咕噜声很像是我父亲在说话。鲁曼站起来说，我爸爸在叫我，可能要小便了。

一会儿，鲁曼提着便携式塑料尿壶走进卫生间。我吃惊地张了张嘴，然后像白痴一样盯着卫生间看。这种塑料尿壶我太熟悉了，我父亲卧床五年，用破的便携式塑料尿壶，估计要用货车装了。

鲁曼说，喂，大卫，你发什么呆呀？她已经坐到我的身边，而且茶几上也多了一只热气腾腾的鸡。我忍不住又说，你爸爸——他怎么了？

鲁曼说，我爸爸中风后，只能躺在床上了，他三年如一日，我也三年如一日。鲁曼喝着酒又说，现在我心情好，你还可以提两个问题。

我说，如果我没猜错，你照顾你爸爸三年了。鲁曼没有说话，脸色有了变化。我又说，我也有过和你一样的生活，我爸爸在床上躺了五年，都是我一个人照顾他的，直到他离开这个世界。

鲁曼低下头说，我——我有个事想求你，大卫，真的是求你。

我说，你是想一个人出去流浪吧，自由自在地去陌生的地方。

鲁曼突然哭了起来，她边哭边说，三年了，我闷在这里，像

我看见的都是不存在的

生活在地狱里。我爸爸生不如死，其实我也生不如死。可是，我们谁都死不了，我们都活着。我想——我渴望自己能远走高飞，大卫，我求你了，替我照顾我爸爸吧，一星期？五天？三天也行？

鲁曼说的我都理解，如果她没说假话，她的生活确实有生不如死的无奈。我说，我考虑考虑吧，三天内给你答复。其实，我不用考虑，也没有人可以商量，我只是觉得这么快答应她，是对这种渴望结果的简单化和庸俗化。

鲁曼揩掉眼泪笑了，说，你说话算数？

我说，当然算数。

鲁曼说，这三天你都到我家来吧，我陪你喝三天酒。

我说，好的。

鲁曼说，如果你愿意，可以搬到我家来住，这里有三个房间，你也不用租房子了。

我说，天下有这种好事。

我和鲁曼都喝光了瓶里的酒，鲁曼说，再开一瓶，你看，鸡肉还有很多呢。我拦住她的手说，够了，不能再喝了，我还要回家考虑问题呢。鲁曼说，好吧，你明天早点来，我还有话要说。

我看了看手机，凌晨两点多了。房间里又传出含糊不清的叫喊声，就是那种带着咕噜咕噜的声音，这种声音和我父亲的叫喊声几乎一样。难道我父亲就在房间里？

鲁曼说，我爸爸又在叫我，他可能饿了。

我说，他吃什么？

鲁曼说，喝稀粥或者米糊什么的东西。

我惊讶地说，啊，以前我爸爸也是这样子的。

鲁曼诡秘地说，他是我爸爸。你想回去早点走吧。

我走到楼下，吃了几口冷风，胃里突然不舒服起来。我抬头望鲁曼的家，发现橘红色的灯光熄灭了，眼前漆黑一片。我仿佛听到我父亲在大声责怪我，你为什么要喝这么多酒，是不是我死了你很开心。我想再走上楼去，证实我出来的地方就是我的家。我还没踏上楼梯，身子晃了晃，我赶紧扶住墙壁，一口气把胃里的食物都倒了出来。

第二天晚上，我带了画画的笔纸墨去找鲁曼，我很想画画鲁曼父亲。鲁曼家的门又开着，我像推开自家的门推开了这扇门。鲁曼躺在沙发上睡觉，眼睛闭着，呼吸平稳，好像还在磨牙。我在鲁曼身边坐下来，感觉坐在离开我多年的前妻身边。我看着鲁曼发呆，这个女人那么诡秘，勾起了我的胡思乱想。

鲁曼翻了个身，一把抱住了我的腰，她的手劲很强硬。我想站起来，却动不了身子。我说，喂，鲁曼，醒醒，你做梦了吧。

鲁曼睁开眼睛，她的眼神很平静，说，我做梦了。大卫，我们继续喝酒吧。

我说，我想见你爸爸。

鲁曼说，别急，我们先杀鸡吧。昨晚你走后，剩下的那只鸡吵到天亮，我估计它不想活了。

这一次，我用剪刀一下子就把鸡搞死了，我越来越觉得，死得痛快也是一种幸福。鲁曼一边冲洗陶瓷水池里的鲜血一边说，你想换一种吃法吗？我说，随便。鲁曼说，那就随便吧。

鸡又被扔进了高压锅。鲁曼发现了我画画的笔纸墨，她说，你是画家？

我说，我不是画家，我靠画画存活在这个世界。

鲁曼说，我知道了，你想画我爸爸吧。来吧，我带你去见他。

我惊叹鲁曼的洞察力。

我跟着鲁曼推开一个房间的门，说心里话，我心里七上八下的，自己也说不清为什么有这种感觉。房间里充斥着浓郁的气味，这是一种老人味、尿骚味和死亡味的结合体。床上确实躺着一个人，鲁曼靠近这个人说，爸爸，有人来看你了，他是我的朋友大卫。

我走近鲁曼父亲，发现他睁着眼，但眼光一潭死水。这个躺在床上的老人，光头，削脸，大鼻子，眼光忧郁。这个现实太突兀了，我情不自禁地弯腰，头贴到老人的耳边，说，爸——爸爸。

鲁曼父亲没有任何表情，他的嘴里咕噜了几下，也听不清他在说什么。鲁曼说，大卫，你画吧，画我爸爸。

我站在床边看着他发呆，一再提醒自己这不是真的。鲁曼说，你不想画那就算了。我说，我在构思，马上画了。

我很快画完了鲁曼父亲的头像，鲁曼盯着画惊叫起来，天哪，啊，大卫，你画得真像。我也盯着画看了一会儿，确实有些不可思议，我的意思是说，鲁曼父亲太像我父亲了，简直像双胞胎，或者说就是同一个人。我说，鲁曼，他是我爸爸。

鲁曼说，我爸爸怎么会是你爸爸。

我说，我是指画像上的这个人。

鲁曼说，对呀，你画的这个人就是我爸爸呀。

我说，我把画拿给你爸爸看看吧。

鲁曼说，我爸爸的眼睛看不清东西了，你想给他看就给他看吧。我把画摊开放到鲁曼父亲的眼前，说，爸爸，你看看，这是我给你画的头像。我已经说过，我画了许多我父亲的头像，不过，这是我父亲死后才有的事，也就是说，我画得再多再好，他老人家都看不见了。

鲁曼说，爸爸，爸爸你看看，大卫给你画的头像，和你真人一模一样。鲁曼父亲的眼睛一直睁着，也在眨动，就是没有说话，也没有表情。我把画再向他的眼前贴近，说，这样能看到吗？

鲁曼父亲动了动身子，然后，伸出一只手想举起来，他是想来拿画，还是想打我，我们都不知道。鲁曼父亲的这只手惨白干瘦，皮包骨，像一只石膏制成的假手。我不敢想得太多太远，否则我会越来越痛苦恍惚。

鲁曼说，算了吧，我爸爸看不清，他也不想看。

我说，再等等，他一定能看到的。

鲁曼父亲的嘴里突然咕噜起来，他在说话了，而且说得渐渐清晰起来。他说，你走，你们都走吧。我有钱，有人会来陪我的，我死不了。

鲁曼说，你听，他又开始说乱七八糟的话了，没人惹他，可他总是不满意。我没有办法，我无可奈何，我活得纠结呀。

我说，你要有耐心，以前我爸爸也是这样子的，一阵清一阵混。

鲁曼唉声叹气地说，天哪，生活呀，为什么是这样！

鲁曼父亲大声嚷嚷起来，有人吗？来人，给我坐起来，我要出去，你们为什么不让我出去。想让我早点死吗，办不到！我绝对不会死的，我有钱，我有很多钱。鲁曼一脸愁苦地看着我说，你看到了吧，他越吵闹，我就会越发腻烦急躁。别理他，我们喝酒去。

以前，我父亲也经常这样的，因为小脑萎缩，他会在某一时间，突然思维清晰、精力充沛地自言自语。也会在某一时间，乱七八糟地骂人。他骂人的时候，最佳的选择确实就是喝酒。

我和鲁曼继续喝酒，喝的是本地产的高度白酒。出来之前，我想把一瓶存放了多年的"郎酒"带过来。后来想了想，觉得舍不得，因为当年我想和我父亲一起喝掉它，我父亲没有答应，他说，这么好的白酒，还是藏着吧。其实也不是什么好酒，但我父亲生来是个节俭的人。结果这瓶白酒还在，我父亲已经不在了。

鲁曼的话明显比昨天要少，感觉她有心事，在喝闷酒。我知道，她在等待我考虑的结果，这个结果对她来说确实重要。接下来，我们面对面默默而坐，只顾埋头喝酒。大约过了半个多小时。我说，鲁曼，我决定了，我愿意照顾你爸爸。

鲁曼说，真的，你确定了吗？不会是酒鬼的酒话吧。

我放下手里的酒杯，笑着站起来说，来，鲁曼，来吧，我给爸爸换尿布，他一定尿湿了。鲁曼父亲吵累了，他睡得挺香甜，嘴巴像软塌的吹气泡，唑唑地响着。我给鲁曼父亲换了尿布，而且动作专业，丝毫没有影响到他老人家做美梦。

鲁曼说，你怎么知道我爸爸尿湿了？

我说，我已经说过了，以前我爸爸也这样的。

回到客厅，鲁曼关了灯，卫生间橘红色的灯光显得非常张扬了，我和鲁曼变成了红不红黄不黄的两个影子。鲁曼走近我，她的眼神闪亮，但我看不清她的表情。我说，你相信我的话了吧，我能照顾爸爸的。

137

鲁曼没有说话，感觉就要向我投怀送抱了。说句心里话，我这样一个健康威猛的男人，对性的渴望肯定一触即发。我伸出手抱住鲁曼，这是顺理成章的艳事。鲁曼的身子在轻微颤动，这不是我想要的兴奋或者欲望，这是鲁曼的眼泪在飞。我说，你哭了？

鲁曼离开我的身体，打开客厅的灯说，我每天都会哭。

我说，你去流浪吧，想去多久就多久。

鲁曼说，大卫，你是我的恩人。告诉你吧，我想去看望我姐姐，我已经三年没有见到她了，我很想她。我没有兄弟，只有她一个姐姐。鲁曼又说，我要感谢你，我一直在寻找这个人，现在终于找到了你，我敬你酒。

我们的脸都红了，酒带给我们的感觉越来越爽。我惊讶地说，你姐姐怎么不来看望爸爸？

鲁曼说，她在坐牢，是重罪。我不相信鲁曼说的是真的，感觉她是喝多了。鲁曼又说，你不相信吧，我这样说没有人会相信，不过，我说的是真话。我告诉你吧，只告诉你一个人。她杀了我姐夫，然后投案自首，三年前，她被判了无期徒刑。你听懂了吧，我姐姐要在牢里度过一辈子了。

我说，谁信呀，天方夜谭，这是你编出来骗我的吧。你姐姐关在哪里？

鲁曼突然大笑起来，说，我骗你？哈哈，我为什么要骗我的恩人。好了，不说了，你也不要问这个事了，到此为止！

我说，到此为止吧。

鲁曼说，我喝多了，喝多了才开心。

我把鲁曼父亲的头像画粘贴到客厅墙上，我说，怎么样？挂

我看见的都是/不存在的

起来看挺好的吧。以后我每天画一张头像，都挂在客厅上，这样爸爸就能时刻和我们在一起了。

鲁曼说，随你便，你想怎么样就怎么样。我想好了，如果你决定留下来，我决定明天下午出发。

我说，我再说一遍，我决定了。

鲁曼走之前，扑在她父亲身上痛哭流涕，就像在哭一个刚刚死去的亲人。这样一来，我也想到了我可怜的父亲，他生不如死地在这个世界上挣扎了五年。我和鲁曼都在痛哭流涕，可是鲁曼父亲好像什么也没听到，他侧着身子睡得深沉，或者他懒得理我们。

鲁曼的哭泣戛然而止，她说，如果哭醒了我爸爸，他一定会很伤心的。

我说，我们确实太过分了。

鲁曼把我带到小房间说，你看，这是我给我爸爸和你准备的。

我说，你太操心了，所以你想走也走不远的。

鲁曼说，大卫，你辛苦了，我感谢你，我也代我姐姐感谢你。

鲁曼和我告别时，她拥抱了我。望着她拉着一大一小两只旅行箱的背影，我的心里充满再也见不到她的忧伤，在这种忧伤里，包含着我想和她上床的欲望。

现在，我就是这里的主人了。在这里我没有陌生感，我父亲就睡在房间里，而那个出去流浪或者去看望姐姐的鲁曼，她才是一个陌生的人。我把屋子里的所有房门都打开，这样的敞开能让我的视力和听觉转弯抹角。

我看见的都是／不存在的

在小房间，我至少发了三分钟呆，这里有成熟女人的芬芳，应该是鲁曼的卧室。小房间被一大堆东西挤占了，有尿裤五包、尿垫五包、营养米糊三箱、饼干三罐、面巾纸五包，这些是给老人准备的。给我准备的东西也不少，带木盒的红酒三瓶、带纸盒子和不带纸盒子的白酒三瓶、十二瓶装的黄酒三箱、啤酒六箱，还有袋装的鸡肉、鱼干、花生米等。

我开始一个人喝酒，先开两瓶啤酒，然后，画了一张我父亲的头像画。这张画粘贴到墙壁上，和昨天晚上画的那张一模一样。我又打开一瓶白酒，气味醇香，口感清爽。我一边喝酒一边涂鸦，这种感觉太美妙了。不知不觉，我旧病复发，把自己灌醉了。

我醒来时，发现黑暗还在，就连屋子也漆黑一团。这灯是我关的？不可能，我喝多了是从来不关灯的，我甚至于门也不会关，我还有过全裸烂醉如泥的记录。还有一个问题我也搞不清了，就是现在这个黑夜，是我喝醉酒的那个黑夜吗？

我的头还在疼痛，仿佛头颅里有酒精在流动，真是一个酒鬼！我懒得再想别的问题，只想闭上沉重的眼皮继续酣睡。这时，我听到了咕噜咕噜的声音，似乎有人在喊，尿——尿——尿！

我打开灯，明亮的现实修复了我的记忆。从地上的空酒瓶来看，我喝了一瓶白酒和四瓶啤酒，而且，我至少已经昏睡了二十四小时。这种结果真是令人嗤之以鼻，当然，我的内心充满了内疚。

这是鲁曼父亲的喊叫声，他的声音清晰沉稳，不像一个行走在鬼门关的老人，也不像一个病入膏肓的病人。我干咳几声，走进鲁曼父亲的房间，里面已经臭气冲天。现实是这样的，鲁曼父亲在二十四小时内，反复尿湿了尿裤，尿从尿裤里溢出来，尿垫和垫被也湿了一大片。更严重的是，屎糊了一屁股。老人忍受得了饥饿，却难以忍受屁股下面的尿屎泛滥。

我以最快速度给鲁曼父亲换尿裤揩身子，接着喂他吃营养米糊和饼干。在整个过程中，鲁曼父亲没有说一句话，他一直看着我，眼光里透出的居然是享受。我感觉这是一种反常，至少他是应该臭骂我的。

醉酒的疲惫还在挑逗我。以前，如果我醉酒醒来后难受，我会选择继续喝酒惩罚自己，直到我再次舒舒服服趴在地上。

鲁曼父亲突然说，我要喝酒。

我惊慌地说，啊，你说什么？你要喝酒。

鲁曼父亲说，是的。我很久没有喝酒了，这样比死还要难受。

我说，爸爸，你原来也是酒鬼呀。

鲁曼父亲说，我终于等到你回来了，喝酒吧！

我父亲也是这样的，饭都吃不下，或者说不想吃饭，但心情好能喝半碗黄酒。我找到一只小杯子，倒了三分之一的黄酒，把一支吸管插在酒里让他喝。

我说，你女儿有事去了，我代她照顾你几天。在我眼里，你就是我爸爸。鲁曼父亲吐掉吸管说，你说什么？我女儿——我没有女儿，我只有两个儿子，你就是其中一个。

我说，爸爸，你糊涂了吧，你女儿叫鲁曼，她去看望她姐姐了，你的另一个女儿。

鲁曼父亲说，你这个混账王八蛋，我什么时候有过女儿了，还说有两个。

141

我说，真的，鲁曼是你女儿，她回来我就要走的。

鲁曼父亲说，你还想走？你不是人！接下来，他酒也不喝了，居然老泪纵横。我握住他惨白干瘦的手，说，爸爸，你放心，我会陪着你的，我保证！说完，我默默地陪着鲁曼父亲，他握紧我的手，脸上露出踏实满足的笑，然后像一个玩累的孩子安然入睡。在这个老人面前，我想到了一个现实的问题，我父亲在的时候，我也想到过这个问题，那就是我老了怎么办？

我走到客厅给鲁曼发微信，爸爸在说，他没有女儿，只有两个儿子。我还没有问过鲁曼的手机号码，我和她只是微信朋友。鲁曼很快回复说，朋友，现在是凌晨三点，你有病呀。

我说，不是我有病，是爸爸有病。他刚刚哭闹过，说你鲁曼不是他的女儿。

鲁曼说，他小脑萎缩，还有老年痴呆。他已经N次在别人面前说过这样的话了。别理他，喝你的酒吧。

我想起来了，鲁曼走后，她没有问过爸爸的情况。我说，你在哪里，见到你姐姐了吗？鲁曼说，哪有这么快，离监狱还远着呢。你睡吧，三更半夜的，别吵醒了爸爸！

我说，我想和你聊聊我们老了怎么办？鲁曼不再理我，我听到鲁曼父亲又在大声喊叫，我——我要——喝酒！我又给他倒了一点黄酒，走到床前说，爸爸，你大女儿杀人坐牢了，你知道吗？他很贪婪地吸着酒，一口吸完后，说，你搞错了，杀人的是你哥哥，他早就被政府枪毙了。

我说，爸爸，鲁曼说，她没有兄弟的。

鲁曼父亲的眼睛红了，一张干瘦的老脸也变了色。我不知道，

我
看
见
的
都
是
/不
存
在
的

这是酒精的作用，还是他内心波澜壮阔的作用。最后，他握紧我的手，闭上眼睛说，鲁曼是谁？

我说，鲁曼是你女儿呀。

鲁曼父亲的嘴里咕噜咕噜响了几声，说，没有的事，你糊涂了。

我的手机比我还能睡，它有一个星期没有动静了，也就是说，鲁曼在这七天里，天天杳无音讯。到她离家第十天时，小房间里的那些东西所剩无几了。我天天喝得酩酊大醉，鲁曼父亲的胃口也空前大开。我这样说的意思是，其实鲁曼在与不在，与我们没有多少关系。或者说，她不在，我能重复与我父亲在一起的生活。

我开始喝酒画画，第一张画还是我父亲的头像，同一张画已经挂满了客厅。我又喝多了，空酒瓶在地上滚动，最后半瓶白酒也将成为我的尿液。这个时候，我想起了一个叫鲁曼的女人，我们是通过微信"附近的人"认识的。她含着"蒙娜丽莎"般的微笑，透出一脸的诡秘。以前想活，现在想死。这是她微信上的"个性签名"，我不知道这个女人现在死到哪里去了？

我给鲁曼发微信，说，我们喝酒吧。她没有理我。我又打开一瓶啤酒，喝了几口再发一个微信，你不是说，如果不想睡，让我和你聊天吗。她还是没有理我。我懒得发微信了，喝好吃饱最重要。

大约又过了三四天，鲁曼还是没有消息。我突然想她了，想和她一起喝酒。当然，还想和她上一次床。我想发微信给鲁曼，鲁曼父亲在叫喊了，喂，有人吗？

我走近他说，爸爸，你有事？

鲁曼父亲盯着我看，但他的目光空洞恍惚。他说，你是谁？我找保姆。

我说，哪里来的保姆，我是你儿子。

鲁曼父亲说，你骗我，你们都在骗我。你出去，叫保姆进来。

我莫名其妙地说，家里没有保姆呀。

鲁曼父亲说，谁说没有，那个女保姆呢？

我头晕了，说，女保姆，她在哪里？

鲁曼父亲喘着气说，你问我，我问谁？你们都想让我早点死，办不到，办不到，坚决办不到！

我说，爸爸，你不要激动，我就是你的保姆。你放心，我保证会陪着你的。

我到客厅给鲁曼发了一个微信，爸爸在找女保姆。微信发出后，很快有了回复，不过这个回复不是鲁曼的，是微信上的自动回复。内容是这样的，消息"爸爸在找女保姆"已发出，但被对方拒收了。我看着这几个字发呆，最后我终于想明白，原来是对方把我从朋友中删除了，而这个人就是鲁曼。

我还是迷迷糊糊的，感觉这不是真的。突然我的手机铃声响了起来，难道是鲁曼直接打电话了。结果当然是我的一厢情愿，这个电话是我弟弟从美国打来的。当电话那头说他是大海时，我再次被现实的颠三倒四搞昏了头。

大海说，哥哥，我知道你们都在怨恨我，可你们不知道我在美国有多艰难，没有人帮助我、支持我，甚至没有人同情我、可怜我，这些年我靠自己一步一个脚印地走过来的。

我慢慢缓过神来，觉得这个人确实是我弟弟大海。我说，他

我看见的都是／不存在的

妈的，你还好意思这样说话，你是自作自受。

大海说，你骂我是对的，你骂我妈就错了，她死了十多年，你还要骂她。

我说，爸爸说，你不是人！我觉得，他没说错。

大海说，哥哥，我知道，你一定又喝多了，你所有的错误和失误都是在喝酒后造成的。我说的是真话，你一直不愿听我的话。我要告诉你，早几年，我遇到了一次车祸，我的一条腿断了，脑子也出了些问题，记忆力像七八十岁的老人了。我活得很痛苦，我想念你们。可是，想念有什么用，你们不会理解我原谅我的。

我说，你的意思我听懂了，你还有什么事要说。

大海说，我往国内打电话很便宜，我还有很多话要和你们说。

我说，我还有事。

大海说，那就算了。爸爸他——还好吗？

我说，爸爸很好，我就在他身边。

大海说，那就好，我想和爸爸说几句话。

我说，爸爸不想和你在电话里说话，他想你回家和他说话。

大海说，这是你说的吧，哥哥，你这样就没有亲情了。不过，你让爸爸一定要等我，我保证回来看望他老人家。

我说，如果你能回来看望爸爸，我就原谅你。

我觉得，我说这句话，是对鲁曼说的。

我看见的都是不存在的

145

三叶书店

　　过了下午四点，一天就快过去了。王贯通发现这一天还没人进来过，也就是说，从上午八点半到现在，这屋子里一直只有他一个人。

　　王贯通在给别人管书店，这家小书店有一个好听的名字——三叶书店。现在的实体书店，就像是一个半死不活的病人，也像王贯通现在的生活，一下子死不了，但活着也挺艰难的。王贯通坐在书店里发呆的时候，无数次地想到，自己的前半生风光够了，下半生理应暗淡无光，就像现在这个样子活着。

　　通常是这样的，王贯通早上八点整从家里骑自行车出来，二十分钟左右到三叶书店。他进门先烧水，接着泡一杯茶，这是他在机关二十多年养成的习惯。不同的是，以前他喝的都是嫩茶，现在喝的是像树叶一样的老茶。在热气腾腾的茶杯里，老茶叶冒出一股淡淡的霉味。王贯通淡定地吹一口气，细碎的茶沫争先恐后地飞出杯子，他用手指揩掉粘在杯口温热的茶沫，然后喝一口茶说，好茶！

王贯通在三叶书店的一天生活，就是从这一口茶开始的。

王贯通一般都会面对店门坐着，这样的好处是，能第一时间看到进来的人是谁，作为一个书店营业员这是必须的。在王贯通懒散的目光里，走进书店的人寥寥无几。许多时候，一整天都没有人进来。

起初，王贯通对这种惨淡经营心急如焚，虽然他不是老板，经营亏损也亏不到他的头上，但他的报酬是底薪加绩效工资，只有书卖出去得多，营业额高，他的收入才能相应提高。王贯通为此煎熬了两三个月，某一天夜里，他突然想通了，其实像他这样的人应该早就想通了，钱有什么用呢，人总是要死的。

三叶书店地处一条狭窄的小街上，这条小街不过五六百米长，两边都是低矮的平房，算不上热闹繁华，但店铺不少，一家挨着一家。

有一天傍晚，王贯通下班后，突然兴致勃勃地把小街上的店铺看了个遍。发现这些店铺，大部分是童装店和时装店，另外还有烟酒店、杂货店、美容店等。他最有感觉的当然是烟酒店和美容店，以前好烟抽不完，他会让自己的女人找这些烟酒店把烟换成钱。至于美容店，王贯通也是熟悉不过的地方，那时他每星期都会去两三次，像回家那样的频繁自然。当然，王贯通去过的那些美容店都是上档次的，服务员都是年轻漂亮的姑娘。现在想起来，王贯通的心里还会翻腾起不小的波澜。

王贯通发现这条小街上没有一家小酒店，或者一家小面馆。这实在是一件令人大失所望的事。如果有这一类吃食店，他的中饭就不用自己带了，或许他还会坐在临街的小酒店喝上一瓶啤酒，想想往事，看看美女。王贯通越想越失望，越想越有想法，后来就有了想在这条小街上开小酒店的想法。

当然，这种想法和他的所有想法一样都是短命的，因为现在的王贯通，已经不是曾经的那个王贯通了。

王贯通捧着茶杯看着门外来来往往的人，他的眼神空洞，甚至是死的，那些人在他的眼里只是一件件会移动的生硬的东西。偶尔有人进来，多数人转一圈就空手离去，他们似乎不是来看书买书的，他们只为来看看他王贯通这个人。

这一天注定又是安静的一天。王贯通从椅子上站起来，腰似乎酸痛了一下，这是坐久了的结果。他以前在机关坐办公室，不到四十岁就有了腰酸背痛头颈硬的职业病。王贯通站在原地闭上眼睛动了动腰和头，大约也就一两分钟的时间，当他停下来睁开眼时，突然发现眼前多了一个人。

这个人确实站在王贯通的眼前，离他不到两米，是一个女孩子，二十多岁的样子。她没有和别人那样进来后看书架上的书，书店除了书之外只有王贯通这个大活人了。也就是说，进书店的人，要么是来看书的，要么是来看王贯通的。这个女孩子确实面对面地看着他，仿佛正在辨认一件她既熟悉又陌生的物件。

这个时候，王贯通的心跳加快了，不过也就是瞬间的事，他很快沉静下来了。王贯通是见多识广的过来人，以前他也成功搞过几个女人。为女人，他离过两次婚，心甘情愿把自己的肉身搞得很复杂烦琐。

王贯通说，姑娘，你想买什么书？

女孩子的目光平静，嘴角还挂着一丝笑容，她说，三叶书店，挺安静的一家小书店。哦，对了，你们有劳伦斯的小说吗？

这个问题对王贯通来说是个难题，因为他不知道这个劳伦斯是谁。以前他对文学兴趣不咸不淡，或者说，在他的生命里根本没有文学。他在做副县长的时候，在工作上挖空心思地讨上级领导的欢心，绝对不可能想到读什么小说。而且身为一个副县长，虽然只是一个副处级的官员，但在县城已经属于一个很有权威的人物。权威是什么？王贯通曾经说过，权威就是让属下服帖服从。王贯通是一个有权威的人，如果说出去他有时间对文学有兴趣，那他的权威就有可能在属下面前清零。

现在，王贯通对此有了一些遗憾，他觉得自己的内心确实需要有一种寄托。王贯通在一个女孩子面前不想不懂装懂，他说，这个——劳伦斯？我不知道。

女孩子站在原地没有动，她依然看着王贯通，目光还是平静的。她说，劳伦斯是一个外国作家，他写过一本《查泰莱夫人的情人》，有这本书吗？

王贯通觉得这个女孩子的言行太没教养，居然开口要看"情人"这类书。他带着情绪想到了现在一些叛逆的年轻人，懒得读书，少有上进心，上网，游玩，谈恋爱，甚至于怀孕。

他语气生硬地说，我们不卖这类书，我们是正规书店。

女孩子笑了笑，轻轻地说，这本书是名著。

王贯通说，这种关于情人的名著我们书店里没有。

149

女孩子似乎轻轻地叹息一声，说，好吧，没有就算了。你是王老板吗？

王贯通惊讶地说，你，我——我不是老板。你有事吗？

女孩子自己坐到了木凳上，好像在等王贯通继续说下去。这个样子说明她还不想走。王贯通不想说话，他在想，这个女孩子怎么会知道他姓王。沉默了一会儿，女孩子又说，我没事，我只想找个人说说话。你如果没事，我们说说话。

"只想找个人说说话"，难道这个女孩子想找他这个半老男人说说话，或许这是她的一个阴谋。王贯通的思绪没有乱，他猜测她有可能是一个女骗子，或者是骗子的帮手。如果在二十年前，王贯通相信，他有足够的能力对付各种骗子。

即使她不是骗子，王贯通也不想继续和这个平白无故的女孩子消耗时间，他要下班回家喝酒去。自从刑满出狱以来，王贯通的酒量有了稳步提升，基本接近了在官场上混时的水准。当然，现在的王贯通是一个孤家寡人，独自窝在家里"把酒问青天"。

五点钟，或者五点缺几分钟，那个老葛就会来接王贯通的班。老葛也和王贯通一样在三叶书店打工，他是夜班，从傍晚五点到晚上九点。王贯通和老葛是两种人。老葛这个人话多，好像不多说话就算不上过好日子，古今中外，天上地下，无所不知，这或许和他曾经做过小学教师有关。王贯通正好和老葛相反，他是一个不愿多说话的人，做领导时，也不爱多说话。即使想说闲话，也要装出不想说话。他觉得，只有头脑简单的人话才会多。

老葛耐不住寂寞，苦于没人说话，就经常找边上也开夜店的时装店老板娘扯淡。这个老板娘是个三十多岁的少妇，品貌一般，

我看见的都是不存在的

但肉体白皙丰满，这让刚刚退休的老葛心猿意马。有一次，老葛自己说，因为在时装店里坐傻了，放在书店桌上的手机被人偷走了。接下来，书店老板发现，书店里的书也少了。王贯通为表清白，就告发了老葛，说他色迷心窍，经常擅离书店陪隔壁的老板娘说话。

那天，王贯通准备下班，老葛接了班。老板突然赶到，先是把老葛骂熟了，接着当场要开除他。老葛一听动真格就慌了，说，老板，你给我一次悔过自新的机会吧。王贯通没想到老板这么心狠手辣，如果开除了老葛，明摆着他下不了班，或许到新招的人来之前，他都得白班加夜班了。王贯通心里有了内疚，这个糟糕的局面毕竟是自己弄出来的。王贯通说，老板，老葛是老同志，平时工作还是认真负责的。一棍子把人打死，这样对大家都没有好处。

老板说，看在老王的面子上，给你一次机会吧。

接下来，老葛还在偷偷摸摸找老板娘扯淡。有一次交接班时，王贯通忍不住说，老葛，你要注意影响呀，你再这样下去我帮不了你。老葛笑了笑，然后几乎咬着王贯通的耳朵悄悄说，老王，你以为我真的在乎管书店这几块钱吗，我退休工资有四五千，告诉你，我是为寻开心才出来干活的。

王贯通受不了老葛嘴里喷出来的异味，退后几步说，老葛，你是在取笑我吧。老葛认真地说，我在说我自己，我想留下来，目的只有一个，就是为了想和隔壁的小琴在一起说说话。老葛嘴里的"隔壁小琴"，当然就是那个肉体白皙丰满的时装店老板娘。这个时候，王贯通算是清醒了，也就是说，他不用再多管闲事了。

现在，王贯通如果和这个女孩子多说说话，应该也是一种多管闲事。

女孩子没有等到王贯通的回音，又说，算了吧，你不想听，我走了。她从木凳上站起来，用眼光扫了扫王贯通，然后朝门外走去。

王贯通突然发现这个女孩子的背影很熟悉，好像在哪儿见到过，而且绝对不会只见到过一次两次。他情不自禁地追上几步，说，喂，姑娘，等一等，你想说什么就说什么吧。

女孩子停下来，又坐到木凳上，她的嘴唇微微颤动了几下，然后莫名其妙地说，我要是有你这样的爸爸就好了。

她的话听起来很平常，但王贯通的心被震撼了，他问自己，你是一个好爸爸吗？确实，他认定自己绝对不是一个好爸爸，就是一般的爸爸也算不上。王贯通面对这个女孩子觉得自己正在虚弱起来，他说，说吧，你说吧。

女孩子说，我想说说我爸爸，真的，我一直想说说我爸爸。可是，我从来没有说过他。我觉得，如果我再不说他，我真要忘记他了。

王贯通咳嗽几声，他感到心里有东西在塞上来。五年前，王贯通还在牢里，确切地说，那时他已经服刑六年。就在这一年的冬天，他的心脏出了大问题，而且差一点就要死在监狱里。他获准保外就医，很快他的服刑期也满了。王贯通刑满释放后，他的心脏病却跟定他了。

王贯通想掩饰心头的难受，他又咳嗽几声说，姑娘，你说吧，你爸爸怎么了？

女孩子的手指在微微颤抖，仿佛在左右为难中挣扎。王贯通对女人的变化比较敏感，包括情绪和身体的变化。多年以前，他纠缠于几个女人之间，女人什么样的变化他没见识过。女孩子突然说，我不想说我爸爸了，说我爸爸很无聊，甚至很无耻。

王贯通说，你不能这样说你的爸爸。

女孩子说，我还是说我自己吧。

王贯通说，说吧，我已经说过，你想说什么就说什么。

女孩子突然调皮地笑了笑，说，你有女儿吗？

王贯通犹豫了一下，说，有的。

女孩子的表情明显轻松起来，眼神也舒展了，她说，那好，我就说说我自己。以前的事我不想多说，因为一说到我以前的事，我一定会说到我爸爸。这样吧，我简明扼要地先说几句，也算是一个开场白。我爸爸是一个自私的没有责任心的人，他从来没有尽到过做爸爸的责任和义务。你不相信吧。我说的都是真的，他就是这样一个人。当然，我不会恨他，恨一个人是愚蠢的事。如果恨一辈子，那就是做了一辈子愚蠢的事。你好像在想别的事？

王贯通确实想到了很多事，曾经的，现在的，自己的，别人的。一个人活到五十多岁，如果脑袋里还是一片空白，无疑就是白活了。

王贯通脸红了，因为他被这个女孩子看到了内心。他努力掩饰住自己的慌乱，说，说下去，你说下去呀，我在听。

这个时候，女孩子似乎掌握了主动权，她不慌不忙地说，请问——你的尊姓大名？到现在我还不知道怎么称呼你，这是很不礼貌的。

我看见的都是不存在的

王贯通说，我叫王贯通，你叫我老王吧。

女孩子说，王老师，我叫杜沉，这是我自己取的名字。其实，我不姓杜，以前也不是这个姓名。后来由于种种原因，我的姓名改了几次，结果派出所、我妈妈、我周围的人都烦了。你也感觉到了吧，最烦的当然是我本人，所以我取了这个名字。自己喜欢就好，是吧。

王贯通听到女孩子叫他"王老师"，心里颤动了几下，还以为她叫错了人。叫他王科长、王局长、王县长、贯通同志、王贯通、老王、257号等的都有，就是没有人叫过他"王老师"。王贯通觉得他没有资格担当这样的称呼，而且这样的称呼用在他身上有一种怪怪的感觉。

王贯通说，姑娘——杜沉，你叫我老王吧，叫老师我不敢当。你说下去，说你自己的事。王贯通说的是心里话，老王是他理所当然能接受的称呼。

杜沉说，老王，我说的都是我的事。如果你不想听，你可以在心里骂我，也可以想别的事，但请你不要打断我，更不要当场羞辱我。

王贯通说，你说，你到底想说什么？

杜沉说，我十七岁就初恋了，你很惊奇吧，你一定认为我是个坏女孩。我确实是一个坏女孩，我讨厌读书，厌恶没完没了的作业。我听人说过，在旧社会，就是很久以前吧，女人十三四岁结婚了，十五六岁就能生孩子。女孩子谈谈恋爱算不上大逆不道吧。

王贯通的心沉下去了，说，你，杜沉，你十七岁谈恋爱了？

杜沉说，是的，我十七岁谈恋爱了，那年我刚刚读高中。后来我一个接一个地谈男朋友，到高中毕业我一共谈过五个男朋友，当然我的恋爱都是竹篮打水一场空。我考不上大学，也没人出钱给我读自费的大学，但我必须自食其力。我进了一家化妆品公司做推销，大约做了两年，我二十二岁了，又找到了一个男朋友。这一次，我铁了心准备好好恋爱，我渴望结婚有个温暖的家，有个爱我的男人呵护我。老王，你已经听出来了，我是一个没有父爱和母爱的女孩子。我的男朋友是我在一次朋友聚会中认识，他叫张一长，是城北派出所的警察。不过，我从来没有去过他的单位，我也没有看到过他穿警服，其实这些都无关紧要，我只在乎张一长是我的男朋友，他能关心我爱护我。我听说他爸爸是当官的，我不知道他爸爸当的是什么官，不过有公车，能公款消费，经常有人送这送那的。当然，这是我男朋友后来说给我听的。他每次说到他爸爸，仿佛身心灌满了幸福，还会边说边从口袋里掏出一样东西，有时候是一对漂亮的发夹，有时候是一条飘逸的丝巾，更多时候是我喜欢吃的甜点。我喜欢他的诚实敦厚，他确实给过我欢乐和内心的踏实。有一次，他说他爸爸出国回来了，接着从裤袋里摸出一块女表，看上去很精致漂亮。他说这是一款高档女表，是他爸爸从国外带回来的。我从来没有戴过高档手表，当时控制不住激动得泪流满面了，我一把抱住他和进口女表说，我太幸福了，我从来没有得到过这种幸福。我男朋友也激动了，悄悄说，杜沉，我告诉你，我爸爸有五块进口女表，他给我妈妈一块，我偷了他一块，还有三块。然后，他拍了拍胸脯又说，如果你喜欢，我再给你去偷一块。我没想到他是偷的，虽然是他爸爸的进口女

我看见的都是不存在的

表，但也不能像贼一样偷呀。我说，你怎么能偷你爸爸这么贵重的手表呢，我不要！我把这块我喜欢的女表还给他，他好像很紧张，说，杜沉，你不能这样，你听我说，在我们家里，我爸爸妈妈的东西就是我的东西。难道你家里不是这样的吗？或许我太喜欢这块女表，犹豫再三还是收下了。过了几天，我男朋友垂头丧气地告诉我，我爸爸的那三块进口女表找不到了。我说，你不是说你爸爸的东西就是你的东西吗？

王贯通开始坐立不安，他说，你这不是在谈恋爱，我看是在乱弹琴，你爸妈知道吗？

杜沉说，我爸爸，他死了，我真的不想说我爸爸。我妈妈，她是一个风流的女人，也是一个不负责任的妈妈，她只顾自己活得快乐就行。你又不相信了吧。她有好几个男人，说是男朋友，其实就是那种关系的男人。她经常挂在嘴上的一句话是：要么给我钱，要么给我物，要么给我滚！

王贯通说不出话了，但他的心里有一长串的话。

杜沉还想说下去，她似乎在王贯通面前找到了说话的感觉。

这个时候，老葛推门进来了，他说，啊哦，老王，今天好兴致呀。

王贯通像从梦中惊醒，说，哦，老葛你来了，我正在等你接班，我要喝酒去。他装模作样地找到自己的拎包，接着拿起茶杯想倒掉茶叶。其实，王贯通已经被杜沉说的那些事触动了，他想继续听她说下去，他猜测她还有许多事要说。当然，他不想让多嘴多舌的老葛听到杜沉说的话，让他听到就是麻烦，听得越多麻烦会越大。

王贯通正在纠结，突然发现眼前的杜沉不见了。难道她不辞

我看见的都是/不存在的

而别了？

老葛说，老王，你别装腔作势了，你的美女走了。

王贯通说，一个陌生的女孩子，进来说了几句话。

老葛多少知道一些王贯通的过去，以前在这个小县城，王贯通的名气大，许多人传播或者听过他的"沉浮录"。老葛说，老王，你能说说你们说了些什么吗？我先说说我的观点，我是这么想的，人活一生，只要活得潇洒，做人就无怨无悔了。是吧，你以前活得多么潇洒。我和你比都不用比，我教书教了三十多年，整天和孩子们关在一起，你说我怎么潇洒得起来呢。现在想潇洒，老了。

王贯通承认自己曾经潇洒过，但为这种潇洒他也付出了代价。他的人生断裂了，现在的王贯通和过去没有关系。王贯通说，老葛，人活得潇洒和活得不潇洒都只能活一生，我看你活得很潇洒的。我下班了，你去隔壁潇洒吧。

说到隔壁，老葛的兴致高涨了，他拉住王贯通说，老王，王贯通，你不能走，我的事我不瞒你，你的事也要说说清楚呢，这个姑娘是哪里冒出来的？

王贯通说，老葛，你别闹了，我要走了，回家喝酒去。

老葛说，老王，你别装了，我从那个姑娘的眼神里看出来了，她和你的关系不一般。

王贯通愣怔了一下，说，我真的不认识她，她说她叫杜沉，她说她只想找个人说说话，她和我说了她自己的一些事。其实，也没什么事，就是她小时候调皮捣蛋的那些事。

老葛说，还有呢？

王贯通说，真没有了，她还没说完，你来了。

老葛说，能说说她说给你听的那些事吗？

王贯通觉得老葛不但话多烦人，现在简直就像是一个纠缠不休的无赖。他想，即使我和杜沉的关系真的不一般，和你老葛有什么屁关系，多管闲事多吃屁。王贯通说，她说话时，我没认真听，我在想别的事。王贯通这话也是实话，杜沉说话时，他确实边听边在想别的事，而且想得很乱很杂，仿佛自己的思路在那一刻突然开阔了，想收也收不回来。

老葛说，你不想说算了，当然，你不说我会猜测的，一个陌生姑娘怎么会和你老王说她自己的事呢。

王贯通边走边说，这个我不知道，你去问她吧。

接下来的几天里，这个叫杜沉的女孩子没有出现在三叶书店。确实，王贯通在等她，他觉得她一定还会再来的。老葛也在等她，每天接班时，老葛踏进三叶书店的第一句话就是，那个姑娘今天来找你了吗？王贯通感觉自己天天在接受老葛的审问，心里七上八下的很不是滋味。开始他都硬邦邦地说一句"没有"，后来他什么都不想说了，只在心里说，老葛，你这个老头子真恶心！

这几天，王贯通的思维有些恍惚，这是因为他失眠了。他闭上眼睛就会想到那个杜沉，特别是她说的那些话，让他想得太多太深。他甚至于想过如果杜沉还来三叶书店找他，她接着会说什么。这样想下去，王贯通的内心慌乱起来了。

杜沉真的又来了。

这是一个周日的下午，走在小街上的人明显要比平时多，县城就这么一点地方，商业区也不多，但人似乎一年比一年多。走进三叶书店看书买书的人也多了几个，对王贯通来说，这些人几

我看见的都是/不存在的

乎都是熟悉的面孔。他虽然叫不出他们的姓名，但他们进来他会热情地和他们打个招呼。一般来说，双休日的营业额会达到几百块，甚至近千。当然，三叶书店的生存并不靠零售这一块，用老板的话说，我靠这点营业额，我和你们都得喝西北风。后来，王贯通才知道，书店老板还在做网上的销售和单位的业务。说起来，王贯通和老葛都是和老板有点关系的，否则他们早就滚蛋了。

大约下午三点，王贯通忙过一阵后准备喝茶。现在他的生活归纳起来可以极简到只有两件事，就是喝茶和喝酒。王贯通拎过热水瓶，热水瓶基本上还是满的，如果是寂寞的平时，这热水瓶早就空了。

王贯通正要倒水，发现有个人站在三叶书店的门口。平时站在书店门口的人也有，王贯通都熟视无睹，或者根本没把他们当人看。这一次，他拿着热水瓶一眼认准这个人就是杜沉。

这个人确实是杜沉，她的步子是散漫的，晃悠着走进来。

王贯通平静地说，杜沉，你来了。他仿佛和杜沉是老朋友，至少像老熟人一样。杜沉也一样的平静，她自己坐到木凳上说，老王，我早就想来了。可是，这几天我在忙一件事。你想猜猜吗？

王贯通给杜沉倒了一杯水，说，年轻人的事，我肯定猜不到。

杜沉说，我告诉你吧，上次我不是想买名著《查泰莱夫人的情人》吗？因为我在读小说也在写小说，我的经历都是小说的一线素材。其实，写小说并不神秘艰难，所谓小说难写的那些鬼话，都是写小说的那些人自己吹嘘出来的。所以与其让别人来写我的事，还不如我自己来写自己的事。老王，你说呢？

王贯通惊讶了，他甚至怀疑，眼前的这个杜沉不是上次来过的那个杜沉。他说，你在写小说？

杜沉肯定地说，我在写小说，老王，你大惊小怪了吧。我这个人做什么事都是失败的，只有写小说我成功了。

王贯通说，我不信，你在我面前吹牛吧。

杜沉笑了，露出整齐洁白的牙齿，她说，你信也好不信也好，我的小说已经结尾了。老王，你不读小说不懂小说吧，我上次就看出来了。其实，这不怪你，也不怪你夫人，怪要怪你的父母。我猜，你的父母也是不读小说不懂小说的。你和你的父母这个样子不是问题，如果你女儿不读小说不懂小说，这个问题就大了。

王贯通说，为什么？

杜沉咧了咧嘴，说，你自己去想呗。

王贯通前面的问题还没想清楚，杜沉又要他想新的问题，他的脑袋突然涨疼了一下，像有一支银针刺进来，似乎还在欢畅地跳动。王贯通的思路断断续续起来，一闪一闪的。岁月不饶人，王贯通四十岁时被任命为副县长，正是年富力强的年龄。他每天都要忙到晚上十二点，除了把一大堆工作处理得有条不紊，还能把几个女人也处理得服服帖帖。王贯通在心里感慨万千，接着叹息一声说，杜沉，你还想说什么？

杜沉坐在木凳上，还是她上次坐过的地方，她说，老王，我还是说我自己，我接着说下去吧。

王贯通说，你说下去吧。

杜沉把木凳往前拖了拖，她和王贯通的距离更近了，估计不到两米。杜沉的双手托住下巴，看着王贯通动了动嘴巴。王贯通的思路闪亮了几下，仿佛照亮了记忆的深处。杜沉的这种动作，

我看见的都是/不存在的

很像一个调皮的小女孩儿，这个小女孩儿就是王贯通的女儿。王贯通想到，自己的女儿王燕也经常托着下巴看着他，还会调皮地动动嘴巴向他讨要吃的。不过，这已经是很久以前的事了。

杜沉说，老王，你在想什么？我觉得，你有心事。

王贯通说，没有。

杜沉说，那我继续说下去吧。我上次说到我男朋友张一长送了我一块进口女表，这块表我很喜欢，说句心里话，我喜欢这块表胜过喜欢张一长。我为什么这么说，是因为——因为我讨厌他热衷于掐我的乳头。当然，开始我还是喜欢张一长的，我对他热衷掐我乳头的行为既不反对也不支持。我之前接触过的几个男人，没有一个像张一长这样掐过我的乳头，所以我也觉得挺新鲜的。只是张一长掐过我的乳头后，我就会想到他这个熟练的动作怪怪的。有一次，他把我掐疼了，不是能忍的疼，简直像掐掉乳头一样的疼，我就哭了起来。张一长说，你不是在装吧，我到八九岁还喜欢掐我妈的乳头。我妈说，儿子，我很舒服。我听了他的话就不敢哭了，忍着疼紧紧护住我的胸脯。如果他说的是真的，我怀疑他和他妈妈的脑子都是有病的。后来，张一长再想掐我乳头我就不愿意了，从拒绝到反抗，我说，你要掐去掐你妈的乳头吧，她会很舒服的。结果——我没想到——他暴跳如雷动手打了我两耳光，他说，我有病、我有病、我有病，我想把你的乳头掐下来。老王，你怎么了？

王贯通的内心也暴跳如雷了，他的身体从椅子上弹起来，桌子上的茶杯也被带翻，茶水漫过桌面流到地上，留下一片湿润的悲伤。王贯通大声说，你——他——看我揍烂打熟他，张一长，就是一个小流氓。你爸爸呢？你妈妈呢？

杜沉没想到一直沉默的王贯通爆发了，她看着他不说话。过了一会儿，王贯通自己平静下来了，他扶起桌子上的茶杯，坐下来说，我——我冲动了，不好意思，杜沉，你说下去吧。

杜沉说，我上次已经说过，我爸爸，他死了，已经死了很久。我妈妈，上次我也说过，现在，我再说下去吧。张一长动手打过我之后，我就提出要和他分手。开始他死硬不同意，一再保证从此他不掐我的乳头了。我说，你怎么忍得住掐乳头的手发痒。他居然说，杜沉，我忍不住就去掐我妈的乳头。张一长明显在撒谎，这是不可能的。就算他们母子俩都有病能做到，我也不同意和他重归于好了，因为他给我的两个耳光打疼了我的身心。张一长当然不肯轻易罢休，他说，要分手可以，别的都算了，但你得把那块进口女表还给我，以后我要送给新女友。老王，你听听，他是多么厚颜无耻。我说过了，我很喜欢这块女表，为远离这个臭男人，我决定忍痛割爱把女表还给他。

王贯通低沉地说，你早就应该和这种人分手了。

杜沉抽吸了几下鼻子，听上去像鼻子里倒灌了一大堆泪水。她又用手背揉揉眼睛，说，老王，你一定想不到，当时我也想不到，我珍藏的这块进口女表找不到了。我把我的房间翻了个底朝天，把堆放卫生巾的纸箱也摸了个遍，就是找不到。最后，我只好问我妈，我妈妈说，那块女表我拿了，你是哪里偷来的？我说，是别人送我的。我妈妈说，你别骗我，这么贵重的进口名表谁送得起。我想想反正我妈也不来管我，就把我和张一长的事说了。我不指望她能站出来帮我，只想她把我的女表还给我。我妈妈听

我
看
见
的
都
是
不
存
在
的

完我和张一长的事后，二话没说，挥手就给了我两个响亮的耳光，接着骂我是小婊子，最后说，那块女表她太喜欢了。

杜沉哭了，这次是真的哭了，鼻子里面咝咝地响，脸上的泪水在奔跑，她一下子就把自己的眼睛哭红了。

王贯通还算平静，只是说话大声了一点，他说，杜沉，别哭了。你妈真他妈的不像是你亲妈，就是后妈也比她强十倍。

杜沉用手在脸上抹了抹说，老王，没事，我没事。我从来没有和别人说过我的这些事，当然，我也没地方去说这些事，你能听我说我很感激你。我再说下去吧，我把我的事说完了，心里就痛快安心了。后来，我对张一长说，手表在我妈妈手里，你想要你自己去要吧。我开始躲避他，也不接他的电话。这样过了几天，有一个晚上，我妈妈哭着回家了，她在路上被人拦住打了。我妈妈头发散乱，眼睛肿得起了血包，嘴角还挂着血丝，总之现场有些血腥。我妈妈在哭哭啼啼地骂人，所有恶毒难听的话都骂出来了，感觉骂得还算痛快淋漓。我猜测这件事是张一长干的，也有可能是我妈妈那些争风吃醋的男人干的。当时，我确实有些幸灾乐祸，很快我想到她毕竟是我的妈妈。我说，妈妈，我陪你去医院吧。我一说话，我妈妈好像发现了我的存在，她不哭了，也不说话，突然像一只不声不响的母狗，扑上来又给了我两个耳光。我被打蒙了，耳朵在尖叫，尖叫过后我才听到我妈妈在喊叫，小婊子，你敢告密，我打死你，我劈死你，我骂死你，我就是不还手表。我的猜测基本上是正确的，如果这个张一长真是警察，那他做出来的这些事比流氓还不如。

王贯通愤愤地说，真是太猖狂太嚣张了，你们报警了吗？

我看见的都是/不存在的

163

杜沉说，报警有什么用，张一长指着我的鼻子说过，我就是警察！

杜沉说到这里沉默了，她像木偶一动不动地坐在木凳上，看不出是悲伤还是喜悦。

王贯通说，后来呢，杜沉，后来怎么样了？过了一会儿，杜沉站起来说，后来，我的后来还能怎么样，你已经能想到我的后来了。

杜沉走了，王贯通看着门外发呆。老葛进来的时候，他还在发呆，老葛说，老王，你今天反常呀，我猜是那个姑娘来过了吧。

王贯通说，是的。

老葛说，我一猜一个准，她和你说什么了？还是她自己的事吧。

王贯通说，不知道。

老葛急了，一把拉住王贯通说，看你心事重重的样子，这样不好，你把话说出来，说出来就痛快了。

王贯通突然像触电似的弹起来，说，老葛，我想起来了，你住在城北吧。

老葛惊讶地说，喂，老王，你怎么了？我住城北你早就知道的。

王贯通说，老葛，我问你，城北派出所有个叫张一长的警察吗？

老葛盯着王贯通看了看说，不知道，你——

王贯通打断了老葛的话，说，老葛，我要下班喝酒去了。

老葛见到杜沉是十多天之后的事了。那天也是下午三四点的时候，老葛坐在隔壁时装店和老板娘热聊，他看到门外有个人影

我看见的都是／不存在的

闪了闪，他估计这个人进了三叶书店。老葛起身跟过去，发现杜沉在店里东张西望。其实，老葛至今不知道这个姑娘叫杜沉，他们毕竟只打过一个照面。当时，老葛差点认不出杜沉了，当她开口问老王时，老葛才确认她就是老王等过的姑娘。

老葛说，老王——他不在了。

杜沉说，哦，能告诉我，他去哪儿了吗？

老葛吞吞吐吐地说，姑娘，我告诉你吧，老王——他被抓起来了。他胆大包天，把一个警察打得半死。这叫啥？叫——叫——袭警。你说，老王为什么要干这种违法的傻事。

杜沉的身子哆嗦了几下，她缓缓地说，哦，他所做的，一定有他的道理。

杜沉说完就要走出三叶书店，老葛追上几步说，喂，姑娘，你不想和我说说老王的事吗？杜沉站住了，老葛又说，我有个问题一直想不明白，你为什么要找这个王贯通说你自己的事。你也说给我听听吧。

杜沉一步跨出了三叶书店的门，因为走得急促，还差点把门外的一块落地广告灯箱碰倒。杜沉的脚步没有慢下来，她边走边说，老葛，你又不是我爸爸。

我看见的都是／不存在的

寻找王桂花

可以这样说，每天晚上十点，我都要站在窗口发呆。我发呆的时候，喜欢望着不远处的一片树林，虽然那里早已漆黑一团，但我似乎能看见其中的郁郁葱葱。

这个时候，我的手机响了，而且响得很调皮捣蛋。在还没发完呆时，我是非常讨厌被电话之类的俗事打断的。这就像一个气功师在练气功，你却非要把他叫过来说话，这是痛苦的事，更是愤怒的事。

我的手机响完第一次，接着响起了第二次，现在响第三次了，响得我心烦意乱。喂、喂、喂，你是谁呀？你烦不烦呀，你不知道老子在发呆呀！我接起电话就怨声载道。

钱进，你不是呆子你发什么呆。我打电话给你是因为我有事求你，喂，你在听我说话吗？钱进，你帮我找找王桂花，我知道你一定能找到她的。我一听是大雄鬼哭狼嚎的声音，一句话也不想说，就掐断了通话。

这个大雄是我大学的同学，还是朝夕相处的室友，我们曾经是一对好兄弟。后来，因为王桂花这个女人，我们差点反目成仇。

说到这个王桂花，真是三天三夜说不完。

王桂花也是我大学的同学，当然也是大雄的同学。当时，王桂花虽然算不上"校花"或者"班花"，但她也是公认的"桂花"美女，瓜子脸，细眉儿，丹凤眼，身材婀娜。到大四时，追求王桂花的男同学达到高峰，其中也包括我和大雄。最后王桂花选择了我，也就是说，王桂花愿意做我的女朋友了。因为这个结果最伤心最受打击的人，就是我的兄弟大雄。

有一次，已经败在我手下的大雄追问王桂花，你为什么喜欢钱进？王桂花如释重负地吐出一口气，脸上有了一丝羞涩的笑，她说，大雄，我是被钱进的情诗征服的。至于你，其实我也是喜欢的，但王桂花只有一个。

大雄像获悉了癌症晚期的噩耗，他脸色煞白，手脚哆嗦，竟然在我和王桂花面前痛哭流涕了。他仰天叫喊几声，天哪，天哪，天哪！

王桂花说的是心里话，事实确实如此。我是一个诗人，满怀才情。当时我坚持每天给王桂花写一首情诗，这是一种陈年乏味的手段，没想到用在王桂花身上效果显著。那天晚上，王桂花找到我含情脉脉地说第，钱进，我把你写给我的情诗认真读了一遍，一共有234首。我读到第150首时开始哭了，之后我边读边哭，读完了我还想继续读。我知道，我爱上你了，我愿意和你这个男人在一起。

毕业后，我和王桂花决定留在这座城市里生根发芽，我们一起找工作租房子，就像两口子那样生活。幸运的是我考进了文化馆，也算是学有所用。王桂花先去广告公司做策划，不久又跑到印刷厂去搞设计，最后考进一家小报跑新闻去了。我们相处了两年，好像谁也没提起过领证结婚的事。有时候，我想到这个事，感觉这个事不像是我自己的事。我估计，王桂花一定也是这么想的。

有一天晚上，大约十点钟，还是在这套租房里，王桂花收拾好行囊说，钱进，我要走了。我以为王桂花在和我开玩笑，或者说，她要来一次说走就走的旅行。我说，你去吧，我要写两个小时的诗，不过零点前你必须回来陪我睡觉。

王桂花说，你和你的诗歌一起睡吧。

王桂花又说，我爸爸病了，病得很重，我说了三天，你说了什么？

我对王桂花的爸爸印象模糊，他就像一张被水浸泡过的人像，既遥远又朦胧。

王桂花的爸爸我只见过一次，这也是两年以前的事了。

那天晚上，我们几个同学在学校边上的小饭店小聚，王桂花和大雄也在。其间，王桂花接了一个电话，接完后她说，不好意思，我有事，先走了。我跟出去说，桂花，你去哪里？王桂花好像不想告诉我，犹豫了一下才说，我爸爸来了。我说，我一起去吧。

王桂花说，算了，他是顺便来看我的，马上就走。

我跟在王桂花身后，王桂花应该是知道的，这样我就和王桂花一起见到了她爸爸。我和王桂花并排站在她爸爸面前，王桂花也不介绍我是什么人，她爸爸也没问，好像他的眼前没有我。

王桂花的爸爸年龄应该和我爸爸差不多，五十左右吧，但看上去他有六十多了，既土气又猥琐。他们说了些什么，或者根本没说话，我早就忘记了。只记得当时王桂花的爸爸交给王桂花一个饱满的纸包，后来我才知道这个纸包里面有两万块现金。

王桂花接过这个纸包后，似乎也没说什么话，譬如让她爸爸一起去吃饭，譬如让她爸爸留下来明天再走，譬如和她爸爸说些老家的事。那天晚上因为灯光昏暗，我们站在一条小街上说话，我、王桂花和王桂花的爸爸都是模糊的，每个人的身上仿佛都披着一层淡黄的轻纱。

我想了想，王桂花的爸爸还是模糊的。我说，你爸爸在哪里？我说这话的时候，我的脑海里浮现出两年前那条灯光昏暗的小街，当然，还有站在这条小街上的三个模糊的身影。

王桂花哭了，她边哭边说，我爸爸在医院里，他——他要死了。我家里没钱，家里的钱我上大学时就花光了。钱进，你这么冷漠，你让我怎么和你在一起生活一辈子呢。

我以为王桂花就要冲出门去，然后头也不回地扑进黑暗中。我站起来做出要拉住她的手势，说，王桂花，有话好好说，这个事——你爸爸在哪个医院？

王桂花站在原地没有动，她低头看着手里鼓鼓囊囊的包说，钱进，我知道你对我爸爸没有感觉，这个我不怨你，因为你不了解他。其实，以前我也和你一样的，就是对我爸爸没有感觉。今天既然说这个事，我们就说透吧。早几年，我以为这个世界上只有爱情，或者说，只有你钱进的爱情诗。后来我发现，我太幼稚，简直就是脑残。你想想，你钱进和我王桂花好，可你从来没有提起过想和我一起回去看看我的老家，看看我的爸爸和妈妈。有一次，我爸爸给我打电话，他说我妈妈重感冒了，一个人躺在床上。我问他，有你在，我妈妈怎么可能只有一个人呢。我爸爸没有说话，然后他挂断了电话。我觉得，我必须回去一趟，当时我和你说了这个事，你只说了一句话，感冒没事的。你不用解释，你肯定忘记了。我当天赶回家，发现我妈妈真的一个人躺在床上。我问爸爸呢，我妈妈说他上班去了。我很生气，说我爸爸太不负责了。我妈妈说，你不能这样说你爸爸。我一定要去找我爸爸，我知道，他在集镇上的供销社工作，当时这是一个令人羡慕的工作，给人的感觉是工作轻松待遇也不错。我妈妈想阻止我，但她躺在床上爬不起来，她莫名其妙地对我说，你弟弟还要读大学，我们一家都是靠你爸爸的。

我没有听我妈妈的啰唆，立即赶到集镇。这是我多年以后，或者说长大以后第一次去供销社找我爸爸。我问供销社里的人，他们都不认识我，但他们告诉我，我爸爸在码头上。这是一个小码头，因为我的老家还不通公路，这里的东西都是通过船运进来的，当然也包括供销社的货物。

我看到有一群人，拉着手推车，把一只木船上的东西搬上岸。一袋袋的东西，像水泥包，也像是化肥什么的。我发现我爸爸就在其中，他的个子矮小，背着两个袋子，头和上半身已经看不到了，只露出腰以下的半截身子。尽管看不到他的头脸，我还是一眼就认准这个人就是我爸爸。他的步子很艰难，有些摇摇晃晃，每走一步都像要倒下来一样。我难以相信这一切是真的，原来我爸爸只是供销社长期雇用的搬运工，他一直在干这种体力活，而且干了二十多年。我爸爸每一分钱的工资里，都浸透了他的汗水。我——我当时就哭了起来，我不哭我爸爸的辛苦，我在哭我自己的无知和自私。

王桂花说到这里，我想起她接过她爸爸手里的那个小纸包。如果按照王桂花的说法，这一纸包钱里的汗水可以汇聚成江河了。

接下来，王桂花像一阵风一样吹走了。我追过大街小巷，灯光下的这个世界空洞寂静，既没有王桂花，也没有一个人影，只有我一个人奔跑在夜色里。

第二天，我又去大街小巷找王桂花，大白天外面都是人和车，好像远处的人都是王桂花，走近后却没有一个是王桂花。

后来，我经常拨打王桂花的手机，手机里的那个女人告诉我"您拨打的号码无人接听"。不知什么时候开始，手机里的那个女人突然改口了，她说"您所拨打的号码是空号"。

这个王桂花离开我之后，我发现生活死气沉沉了。之前，我以为我的生活丰富多彩是因为我的诗歌，现在看来这是一种错觉，其实我的生活丰富多彩，是王桂花给我的。

我凭王桂花说过的地址，专程去王桂花的老家找她。我先坐汽车再乘慢牛一样的客船，花了整整一天时间，终于来到一个散乱的小村子。我见人就问王桂花的家在哪里，这些人有老人，有年轻人，也有一脸好奇的孩子。然而，他们都说这里没有王桂花这个人，还反问我是什么人。我怀疑自己记错了王桂花的老家，我再问这里是不是叫小石村，所有被问到的人都说这里就是小石村。

我不知道王桂花爸妈的姓名，我没有问过王桂花，她也没有告诉过我。我正在进退两难时，一个五十多岁的妇人主动找到我说，听说你在找王桂花？你跟我来。这个妇人微胖，左脸上有一颗黑痣。我虽然满腹狐疑，但为了找到王桂花，还是跟这个女人走了。

这个小石村呈南北狭长状，像一个直立的瘦子。我跟着她一直往北走，最后好像走出了村口。前方有一个小山包，时值深秋，草木枯黄，山边有几间与世隔绝的旧屋。这个妇人站住说，王桂花的家到了。

旧屋大门紧闭，还上了锁，屋里屋外一片寂静。我说，这是王桂花的家？这个妇人说，当然是的。不过王桂花的妈妈死了。我的心头颤抖了几下，说，王桂花的爸爸呢？这个妇人说，不知道——就是知道，我也不会告诉陌生人。

我站在旧屋前发呆，过了好久，我发现只有我一个人站在这里，那个带我来这里的妇人不见了，她好像根本没有出现过。

我回来之后，有种控制不住的精神恍惚，过了两天开始发烧，吃药打针还在医院住了一星期，折腾半个多月后才恢复过来。不过，我的记忆出了一些小问题，就是许多事都想不完整了。

有一天晚上，大雄突然找上门来了，他进门就说，钱进，你

我看见的都是／不存在的

不是人，你怎么把王桂花赶走了呢？大雄的脸上有挑衅，感觉就是向我来兴师问罪的。

说实话，我的心情很复杂，以前王桂花和我在一起时，我确实不把她放在心上。现在，王桂花离开我了，我几乎天天想起王桂花说过的话，包括她催人泪下的爸爸。我说，大雄，你骂我不是人，这是你的权利。不过，王桂花确实是自己走的。我话还没说完，大雄就像一头雄狮朝我扑过来，他大声吼叫，钱进，你不是人、你不是人、你不是人，王桂花——她在哪里？

我没来得及解释或者反驳，我们已经扭打成一团，客厅里所有的东西也都互动起来，直到邻居敲门说要报警了，我和大雄才喘着气住手。

后来，大雄哭了起来，而且越哭越响亮，把整幢楼里的人都哭明白了。他边哭边说，桂花，你傻，你真傻，你上当受骗了呀。我大雄一定要找到你，就是死，我也要和你死在一起。

我相信大雄说的是心里话，这么多年来，他对王桂花痴心不改。据说，大雄找不好对象，或者说，不想找对象，都是因为他心里有个王桂花。我说，大雄，我该找的地方都找过了，王桂花的老家也去过了。大雄突然拉住我的手说，我要亲自去找王桂花，钱进，你带我再去一次她的老家，我求你了。

为了表达我的诚心诚意，我带大雄来到小石村旧屋前，还是老样子，大门紧闭上着锁。我对大雄说，看到了吗，王桂花的家里还是没人。大雄看看我，看看旧屋，又看看寂静的四周，说，你说这里是王桂花的家？

我说，是呀，上次我来也是这个样子。

大雄恶狠狠地说，钱进，你是一个肮脏的诗人，你是一个令人恶心的骗子，你是一个欠揍的疯子。你在我眼里，不是人！

有一个男人从远处走来，他是一个半老男人，胡子拉碴的，一看就知道他是小石村里的粗人。他用警惕的眼光盯住我们说，喂，你，你，你们在干啥？大雄说，关你屁事呀，滚开。这个男人的脸马上变红了，他大声说，你说啥？欠揍呀，我看你们是想做贼，我老远就盯住你们了。

我说，大叔，我们不是贼，我们是来找王桂花的。这个男人看看我，又看看大雄，说，我们小石村有三四个桂花，但没有一个叫王桂花的。

大雄推开我说，你说的是真话？你能把这里的桂花都叫过来吗？这个男人冷笑了几声，我相信他一定在讥笑大雄，你以为你是谁呀！我没想到小石村会有三四个桂花，我说，大叔，我们要找的这个王桂花，她的爸爸在集镇供销社工作，是搬运货物的。

这个男人笑了，说，你说的，我知道了，她是石九月的女儿石桂花。

我和大雄一听都惊呆了，我们要找的王桂花怎么变成了石桂花呢？

这个男人又说，你们说的这个王桂花，在我们小石村叫石桂花。

我说，大叔，这——这个王桂花是怎么回事呀？

这个男人说，来来，我们坐下来说。他一屁股坐到地上又说，这个王桂花就是石九月的女儿石桂花。为什么呢？因为桂花是跟她妈妈姓的，她妈妈叫王爱红。我和大雄都啊了一声，意思是这种情况不可思议。这个男人继续说，我再告诉你们，排起来，我还是石桂花的远房叔叔。

我说，你真是石桂花的远房叔叔？

大雄说，我要见真人，见到真人，就真相大白了。

这个男人说，有道理。

我说，大叔，桂花家里没人，你带我们去见见桂花的爸妈吧。

大雄说，找不到王桂花，找到王桂花的爸爸也好。

我说，我半个多月前来过一次，也找不到王桂花。听说王桂花的妈妈死了？

这个男人大声说，胡说八道。

大雄一把拉住这个男人说，你废话少说，王桂花到底在哪里？

这个男人想挣脱大雄的手，但大雄拉紧他不放。这个男人说，我还没问过你们，你们是什么人？为什么要找王——石桂花？

我说，大叔，我叫钱进，他叫大雄，我们是王桂花的大学同学。

大雄说，我是王桂花的男朋友。

这个男人说，你们说的都是真话？我看不是的。你们是桂花的大学同学，你还说她是你的女朋友，可是你们怎么对桂花的情况一点都不了解呢。

我说，我们确实是王桂花的同学，她从来没有和我们说过她家里的事。真的，你带我们去见她的爸妈吧。找不到她，我都瘦了十多斤。

大雄说，钱进，你省省吧，你不是人！

这个男人想了想，说，这样吧，既然你们一定想见石桂花的爸妈，我带你们去，也算是我做了一件好事。不过，我只能带他去，因为他是桂花的男朋友。

大雄激动得手舞足蹈，又是拍这个男人的肩膀，又是给他递上烟，嘴里唾沫飞舞，他说，啊，叔叔，我——我感谢你，我太感谢你了。

这个男人吸着大雄给他的烟，说，我是个说话算数的人。走吧，他们住在集镇上。

我说，我也一起去吧。

大雄说，钱进，你有什么脸去见王桂花的爸妈，难道你想让王桂花的爸妈再给你一个王桂花？叔叔，我们走吧。

大雄和这个男人肩并肩吸着烟，像老朋友一样说说笑笑地走远了。一会儿，他们的身影在我茫然的眼前消失了。

我一个人从王桂花老家回来后，一直在等大雄的消息。可是一星期过去了，两星期过去了，后来一个月也过去，大雄却像死了一样的安静。

王桂花是从我这里走出去的，她是死是活，我总得有个交代。好像十天前，也有可能是半个月前，那是一个阴沉沉的午后。我主动给大雄打电话，打了好几次，电话都是通的，就是没人接听。

我已经忍了那么久，他却拒绝接听我的电话。我反复拨打大雄的手机，大约下午六点多，电话突然接通了，但里面没有人声，只有音乐声，好像是钢琴曲《回家》。以前，我家里也经常放这首钢琴曲，因为王桂花喜欢听。她曾经对我说过，我喜欢克莱德曼的钢琴曲，特别是他的《回家》。我对王桂花说，嗯，啊，好呀。

我看见的都是不存在的

王桂花经常默默地听《回家》，一个人反反复复地听，好像百听不厌。有一次，我发现她边听边在流泪，你怎么啦？我吃惊地问她，她说，没事，我经常这样的，只是你没有留意过。说完，她好像还露出了笑容。

有一天晚上，我在外面喝酒回来，王桂花坐在沙发上看书，她在读福克纳的小说《喧哗与躁动》。我相信，假如王桂花不喜欢文学，她绝对不可能被我的诗歌征服。我浑身酒气坐到她的身边，说，王桂花，我来陪陪你。王桂花合上书说，钱进，你不要以为，说一句你陪我就是爱我。王桂花手里的书是一本精装书，它坚硬地顶着我的胸脯，像一堵厚实的墙壁。当时，我正想把王桂花抱到怀里。

想到这些事，我的心情更加复杂糟糕。

我对准手机大声说，喂，大雄，你这个老流氓。我问你，王桂花找到了吗？

手机里传出来的还是克莱德曼的《回家》，这种音色很干净纯粹，好像坐在音乐厅里。我又说，我们谈谈吧，如果你找到了王桂花，我们三个人好好谈谈。

突然，手机里的钢琴声断了，接着传来嘟嘟的声音。

我决定去找大雄。对这座城市来说，大雄也是外地人，他的老家远在江西。大雄为了王桂花，听说和在老家的父母闹翻了。事情是这样的，大雄的父亲在老家经营一个家具厂，据说生意不错，发展前景光明。大雄的父亲希望大雄大学毕业后能回到老家，或者接他的班创业创新，或者报考当地公务员。大雄当初说起这个事，一脸的光荣和自豪，还矫情地说，我左右为难呀。鱼，我所欲也；熊掌，亦我所欲也。

结果是大雄也喜欢上了王桂花，从此他改变了自己的命运。

我去过大雄的租房，也是一室一厅的，离我的租房不算太远。大雄在一家动漫公司搞制作，据说收入还不错。大雄多次说过，如果王桂花愿意做我老婆，我保证三年内买房子。认识大雄的人都认为他是虚张声势，在这座城市买得起房子的，不是他大雄，而是他大雄的爸爸。

我凭记忆骑了半个小时自行车，在一个普通的小区，准确地找到了大雄的租房。这是一件难以说清楚的事，自从王桂花走失后，失眠让我的记忆越来越不完整，许多事在我的脑海里时隐时现。然而，大雄居住的地方，虽然我多年不来了，但我能轻而易举地找到它。

我一脸自信地敲响了门，门打开后，站在门口的人正是大雄。大雄平静地看着我，还带着一丝淡淡的笑容。他说，钱进，你来了，想进来吗？

我探头往屋内张望，发现里面还是老样子，简易散乱。我说，我想和你谈谈。

大雄侧身让我进门，说，你在找王桂花吧，你不用找了，她不想再见到你。

我说，你怎么知道的？

大雄递给我一根烟，手势和曾经一模一样，他说，你不信就拉倒吧。

我吸着烟在大雄的屋子里转了一圈，这里确实没有王桂花，这里也没有放音乐的电器。我有些怀疑眼前的这个人就是大雄，

我
看
见
的
都
是
不
存
在
的

我在来的路上，已经准备好要和大雄来一场打斗。

在灰不溜丢的西餐桌上，横七竖八的有几个空酒瓶，它们像几个赤身裸体的酒鬼。我说，你一个人喝酒了？

大雄说，是呀，我喜欢一个人喝酒。以前在学校的寝室里，我们不是也经常喝酒的。有时候，你们不想喝，我一个人照样喝，我大雄就是这样一个人，现在还是这个样子。你忘记了？

大雄给我泡了一杯茶，我接过来看了看，几片茶叶死气沉沉地浮在上面，估计热水瓶里的水是昨天的。我说，你一直在家里？

大雄说，当然呀。你有话就说吧，我知道你想问王桂花在哪里？是吧，我现在不能告诉你，以后你会知道的。

我说，你不说王桂花，就说说去集镇上的事吧。

大雄说，哦。你不说，这个事我真要忘掉了。那次，就是你先回来的那次，叔叔带我去见王——石桂花的爸妈。是的，我没有见到石桂花，但见到了石桂花的爸爸。他住在集镇上，一个人住着。他说石桂花很久没去看他了，偶尔会打个电话，不着边际地聊几句就挂掉了。哦，你是说她妈妈吧，听说她妈妈确实死了。死了也好，一了百了，说死人没意思。我见到石桂花的爸爸，就觉得他生不如死。我不骗你，因为我亲眼看见，他——他的一只脚断了。为什么？还不是为了生活，石桂花的爸爸说，为了多拉货多赚钱，脚踏三轮车货装得太多太满，结果一不小心翻车了。

我听得糊涂了，不知是大雄在编故事骗我，还是在说真事羞辱我。我说，你说的都是真的？

大雄似乎情到深处了，双眼红了，声音也颤抖了。他说，钱进，

179

你别紧张，现在你和石桂花没关系了，所以你和这个断了一只脚的男人也没关系。石桂花的爸爸因为没钱继续治疗，脚已经残疾。钱进，你想一想，这样的一个男人，生活会怎么样？

我真的想了想，我想到的还是王桂花，她的生活怎么样了？至于大雄说到的这个石桂花的爸爸，我对他的印象依然模糊，甚至怀疑这个人是否存在。我说，我——我想不到，我想到的是王桂花。

大雄说，喂，钱进，你醒醒吧，我们现在说的是她爸爸。我告诉你，那天，我把身上所有的钱都给了他。你不要以为我在做好事，其实真心做好事也是一件很难的事。他坚决拒绝了我的好意，他拉着我的手说，你是好人，我感谢你，但我绝对不要别人的钱，我死都不会要别人的钱。接下来，他说了什么，我真没想到，你听了你更想不到。他——他说，我知道你是桂花的男朋友，你叫钱进。天哪，他又说，我拜托你了，你要好好爱护她。

我说，他真是这么说的，你说——

大雄截断我的话，扔掉烟蒂说，我说，我是大雄，钱进——他死了。

我说，大雄，你想真心对王桂花好，你一定要找到她。

我再次赶往王桂花的老家，这一次，我不是为了找王桂花或者石桂花，而是专程去看望她的爸爸。我带了五万现金，这是我尽了很大努力的结果。这个集镇很小，或者说很简单，只有两条小街，呈十字状。在两条小街的交汇处，每天有热闹的早市，至于别的时光，就如现在这般安静散淡。

我站在十字街头，拦了几个人问石九月住在哪里，结果他们不是摇头就是说不知道。眼看天色暗淡起来，我只好改口问石桂花，然后也没人知道石桂花这个人。在这个世界上，他们的肉身好像没有存在，他们好像只有一个名字存在。

沿街的屋门口，有几个老太太在闲聊。我朝她们走过去，她们的闲聊停止了，都用警惕的眼光注视我。我笑了笑说，打扰了，请问石九月住在哪里？她们异口同声地说，不知道。我想了想又说，就是那个断了脚的码头搬运工。

其中一个老太太说，哦，你要找石跛脚呀。往前走，对，就在前边，有根电线杆的地方，里面有个破台门，往里走就到了。

我兴奋地向老太太们鞠躬，然后跑步向前。这一次，我真找到了石桂花的爸爸，他确实断了一只脚，是右脚，但身体和精神还好。当我见到他时，我脑海里的王桂花的爸爸居然相当清晰了，这个不高不胖的中年男人，脸上爬满皱纹。他似乎伸过手来，手里捏着一只饱满的纸包。

我走上前说，你是王——石桂花的爸爸吗？

是的。你能坐下来说话吗，我坐得低矮，你站在我面前说话，我心里会有被欺压的感觉。他边说边晃了晃手里的小木凳，我估计小木凳只能勉强放下屁股。

我接过小木凳坐到他的对面，他说，你是石桂花的同学吧。我知道，你不是来找我的，你是来找石桂花的。

我说，我前几次确实是来找她的，这一次是专程来找你的。

他说，你已经知道了，我叫石九月，我女儿石桂花在外面叫王桂花，她的身份证和户口簿上写的都是王桂花，王桂花是她合法的姓名。为什么？我告诉你，因为她不是我的亲生女儿，我娶她妈的时候，桂花只有三四岁，她弟弟还不会走路。那个时候，她已经叫王桂花了。我这么一说，你全明白了吧。

我恍然大悟地说，哦，原来——是这样呀，不过，桂花是感恩你的。

石九月站了起来，像正常人一样站得稳固，他说，你怎么知道的？

我说，你含辛茹苦养育她，培养她上大学，给她父爱给她钱。多年前的一个晚上，你饿着肚子来学校给她送钱，我亲眼看到了。

石九月惊讶地说，这么说，你是——

我说，我叫钱进，是桂花的大学同学，也是她的男朋友。

石九月少了右脚的裤管开始晃动，像有风在轻轻吹动。他站不住了，坐下来说，你们年轻人呀，是人做的事你们都想做，不是人做的事你们也想做。

我惊慌地摇摇头说，不，不是的，我——我们——

石九月说，你别说下去，我不想听。有人说，你死了！

我说，上次来找你的那个人，也是桂花的大学同学，他叫大雄，我们——曾经是好朋友。

石九月说，我都知道了，你们现在不是好朋友，但你们都在找桂花，是这样的吧。其实，你们到我这里来是找不到她的，她不会来这里。是的，我是她的爸爸，我从小把她看成亲生女儿，我为他们姐弟心甘情愿没要自己的孩子。可是，现在我们没有联系了。我说给你听，有一次桂花妈病了，她的身体一直不好，经常发烧全身酸疼。当时是我粗心大意，一心只想上班赚钱，

我看见的都是不存在的

结果就成了我的千古恨。桂花她妈没过十天半月，她就——不行了。

石九月哭了，哭得忍气吞声，他边哭边说，桂花怨我害死了她妈，指责我是一个没有责任心的男人，声称我没资格做她的爸爸，所以要和我断绝父女关系。接下来发生的事，你也看到了，就是我的一只脚断了，这是报应、报应、报应。

我和石九月都沉默了，一会儿，石九月恢复了平静，他说，说到底，我的这只脚是为这个家断的，是为桂花姐弟的未来断的。可是——原来我们都住在小石村，那时我每天起早摸黑地来回赶，小石村—集镇，集镇—小石村，日复一日，年复一年。这种日子，二十多年呀。现在桂花妈死了，桂花走了，桂花弟弟找到了亲爹，我只好回到集镇上的老家，一个人生活吧。

我还有许多话想说，只是天色灰暗起来了。临走前，我从包里拿出五万块钱说，桂花爸，这个，这个钱你拿着，是我的一点心意。

石九月推开我的手，说，不要，我已经说过多次，我不想要别人的钱，我自己有钱。你说，钱对我来说还有什么用呢，我需要的是有人关心。

既然石九月这么说了，我应该尊重他的选择。我说，我听你的，这样吧，以后我会经常来看望你的，这是我的电话号码。你——你多保重！我的鼻子酸了酸，仿佛我在和石九月永别。

石九月叫住要离开的我，喂，钱——进，你看，天快黑了。如果愿意，就住下来吧。

从我家里出走的王桂花，仿佛从这个世界上消失了。还有那个让我帮他找王桂花的大雄，最近好像也消失了。

　　这期间，我多次去过集镇，只为陪一只脚的石九月喝酒聊天。现在，我去这个被水包围的集镇方便了，因为通了一条公路，这条公路上有奔驰的客车。我每次出现在石九月面前时，他都会一脸平静地看着我，说，你来了。看不出他的内心是在欢迎我还是在讨厌我。

　　其实，石九月还是比较健谈的。有时候，如果我不打断他，他一个人可以一直说下去，直到把某一个话题说透为止。他最愿意说的是他在码头做搬运工的事，包括他失去这只脚的经过，点点滴滴，说得很细腻很逼真。他能把这些我听起来沉重艰辛的事，说得轻松自如，最后他一定会说，我说了好几遍吧，你一定听烦了，下次我们应该说些别的了。

　　事实上，下次石九月还会说他在码头做搬运工的事，他的人生绕不过这些事。

　　我们没有谈到他的女儿，我几次想开口，看到他的表情在告诉我，你不要说石桂花。想到他的石桂花我的王桂花，我的心里还在隐隐作痛，毕竟我和她在一起生活过两年。自从王桂花离开我以来，许多个晚上我都梦到她，梦到她在静静地读福克纳的小说《喧哗与躁动》，梦到她在默默地听克莱德曼的钢琴曲《回家》，还梦到我和她在激情做爱。

　　有一次，我忍不住问石九月，如果桂花真的不再来了，你怎么办？

　　石九月说，她是我女儿，我相信，总有一天她会来找我的。

说完，他看着我又说，如果你找不到桂花，你怎么办？

我说，我一定能找到她的。

石九月竖起大拇指举到我眼前说，我相信你。来，我们喝酒吧。

说到喝酒，这个石九月很能喝，他说他年轻时，和两个搬运工中午喝过五斤高度白酒，下午照样继续干活。年轻真好。可以这样说，每一个干体力活的人，多多少少都是能喝点酒的。

现在，石九月基本上不喝白酒，他已经和体力活说再见了，再说他也喝不动高度白酒了。他改喝黄酒或者啤酒，尽管这样，他还是对酒怀有深厚感情。他自豪地说，钱进，你们两个年轻人加起来的酒量，还不足我的一半。

我知道，石九月在说我和大雄，也就是说，大雄也在和他一起喝酒。我不想问大雄的情况。他们谈话的内容，或许和我们的谈话内容一模一样，或许和我们的谈话内容截然相反。

我说，哪一天找到桂花了，我们一起喝个痛快。

石九月说，你是说我们一起喝得不痛快吗？

我说，桂花爸，你想多了吧。

石九月只喝酒不说话，他好像有些心烦意乱，或许想到了什么恼心的人和事吧。我说，下次我给你带两箱黄酒，我们一起喝个痛快。我确实有两箱黄酒，是我为一家黄酒厂写过报告文学后，他们专程送给我的。其实，我也在喝白酒，王桂花在的时候，我喝的是啤酒，偶尔也喝点红酒或者白酒。现在，王桂花走了，我就改喝白酒，别的酒都不够刺激。

石九月说，真是太好了。

那天午后，我收到一个短信，居然是大雄发来的，他说石九月死了。我看了好几遍，认定是大雄在作弄我。大约十多分钟后，大雄又发来短信，他说，石九月今天早上死了，据说救了一个落水的孩子，他自己淹死了。

感觉这个事是真的，我给大雄连发几个短信，他一个都没回。我又给他打电话，连续打了几次，他也没有接听。

我立即赶往那个集镇，傍晚时分就到了。走在通往石九月家的路上，我的感觉和第一次去找他一模一样，一半是激动，一半是惊慌。在破台门口，我听到了一阵低沉悠扬的念佛声，这种声音只重复一句话，南无阿弥陀佛！

石九月家的门口，站着几个人，他们的手臂上戴着黑纱，都沉默无语，有的人在吸烟，有的人在仰望苍茫的天空。我心头的悲痛涌上来，眼睛也热乎乎的，看来石九月真的死了。

屋子里面的灯光幽暗惨淡，一块大白布张扬地挂在杂乱的客堂，收录机在一遍又一遍地念诵"南无阿弥陀佛"。石九月躺在大白布的后面，有两三个人坐在石九月的身边陪他。我看不清他们的面容，他们低着头，像在默哀或者说沉默着。

我朝石九月鞠躬，身子弯得很低，差一点就要跪下来叩头了。接下来，有一个五十多岁的妇人走过来，给我一小袋东西，在我手臂上戴上黑纱。她说，谢谢你。喝口茶吧，这是我们这里的习俗。我发现，这个妇人的左脸上有一颗黑痣。

我接过她手里的纸杯，喝了几口茶水，淡而无味。我发现，躺在木板上的石九月脸色安详，似乎透出一丝喝过酒的满足。我自言自语地说，他睡得真香，酒也不想喝了。

那个五十多岁的妇人听到了我的话，说，他用自己的命换了一个孩子的命，你说，他算不算英雄？

我看了看石九月说，他是一个男人，没白活这一生。

这个时候，我听到有轻微的抽泣声，这种声音在念佛声里微不足道，但我听出这个女声就在石九月的身边。一会儿，这个女人抬起头来揩眼泪，我发现她的装束是出家人，也就是一个尼姑吧。

外面有一个女人在喊，吃饭了，先来吃饭吧。

屋子里的人都站起来了，那个五十多岁的妇人又对我说，不好意思，在邻居那里做了便饭，委屈了。

我好像不是来奔丧的，而是专程赶来祝贺石九月的，因为他做了一件英勇献身的好人好事，成了传说中学习雷锋好榜样的英雄人物。我的嘴巴里痒痒的甜甜的，心里太想和这个石九月痛饮几杯。

尼姑说，你们先去吃吧，我留在这里。

我的身心突然颤抖了几下，尼姑的声音很耳熟，难道王桂花出家为尼远离尘俗了？我走过去，看清她确实是一个尼姑，也确实像王桂花。我的心情错综复杂了，哆哆嗦嗦说，你……你是王桂花？

尼姑坦然地看着我说，阿弥陀佛。

我说，我是……我是钱进，我是钱进呀。

尼姑双手合一，再说，阿弥陀佛。

门外的女人在大声催促，快点，吃饭了，晚了没饭吃了。

尼姑退入了里屋，这间里屋我也住过几个晚上，但现在我肯定不能进去。

客堂里只有活着的我和已经死了的石九月，我愣怔了一下，然后也走出屋门。外面已经空无一人，我站在黑暗中，仿佛在一个梦里，"南无阿弥陀佛"的声音空灵悠远。

我和部长一起喝茶

天刚擦黑，在约定的一个小街口，部长迈着晃晃悠悠的步子来了。

我站在路灯下笑了，我是在笑我自己，因为我一直在怀疑部长请我喝茶的诚心。现在，部长按时来了。他带我走进一家茶楼，茶楼里面空无一人，所有的灯光都是白色的，仿佛走进了一间停尸房。

部长没有说话，顾自往角落走。走到靠墙的地方，应该到了茶楼的尽头，他走不过去了，就像是一只无头苍蝇落到座位上。

我在部长的对面坐下来，感觉眼前的这个部长和茶楼都是陌生的。

部长看也不看我一眼，摸出一包烟，是"软中华"。他用手指熟练地弹几下，一根烟恭恭敬敬地露出了头。部长抽出这根烟，

我看见的都是／不存在的

点上，吸一口，他还是不说话。

部长吸这么高档的烟，我想，肯定是白来的，也就是说，是别人送的。既然他是白来的，我也不客气了。我伸手拿过部长的"软中华"，用手拍了拍，好不容易拍出两根，我一根叼到嘴里点上，另一根放在我的眼面前。

部长一边看手机一边吸烟，给人的感觉是，他是他，我是我。

部长不说话，或者说不想说话，我就代他说话了。我说，喂，部长，你喝什么茶？部长似乎被我吓醒了，他抬起头来，表情松软地说，嘿，我睡眠有障碍，晚上只喝白开水。

我冲趴在服务台上玩手机的女服务员说，喂，美女，一杯西湖龙井，一杯——白开水！女服务员扭着腰肢端来两杯茶一碟瓜子，缓缓放下后说，嘿，你们听清楚哦，白开水也要算一个人的消费。

我说，美女，你抢钱呀，白开水也卖高价，去叫老板来。

部长摆摆手说，听我的，再加一个水果拼盘，要小份。

服务员瞪了我一眼，说，我一看就知道老板不是你。

我觉得，部长一定搞错了，他为什么要请我喝茶呢？我拧灭手里的烟头说，部长，你是不是有事？有事你说呀。

昨天傍晚，部长又来买彩票，买了三十块。这次他没有马上走，他先是左顾右盼的，好像在找人，然后又突然对我说，明天晚上我请你喝茶，怎么样？

我以为听错了，看看边上没别人，部长确实在和我说话。我吃惊地说，部长，你要请我喝茶？

部长居然像老朋友一样拍拍我的肩膀说，明天晚上见！

其实，我对这个部长也没有太多了解，他勉强算得上是我的一个客户。我是卖彩票的，这样表述也不够准确，因为这家兼营彩票的小杂货店是我妈开的，她在车棚开小店"为小区人民服务"已经将近十年。一般是这样的，我妈有事的时候，就唠叨着催我去管小店，主要是在早上和傍晚，早上我妈要去买菜，傍晚我妈又要烧菜。

现在，就是我妈在烧菜的时间。

这个叫部长的人不住在我们的小区，具体住在哪里我也说不清楚，估计就居住在我们小区的周围。部长经常来买彩票，十块，二十块，三十块，数额每次都不同，最多的一次是一百块，他好像有变换数字的嗜好。部长买完彩票就走，偶尔也会和我说几句话。

我妈好像早就认识他了，碰到他就亲切地叫他部长。有一次，我问我妈，这个部长是哪里的部长？我妈说，我也不知道，我听别人叫他部长，我也叫他部长。不管他是真部长还是假部长，只要他到我们这里来买彩票，就是一个好部长。

其实，对部长是真还是假这个问题，我肯定比我妈要关心，如果他是一个真部长，或许他就是我命运中出现的贵人。

有一次，部长问了我的姓名，问得严肃认真。我心里的希望蠢蠢欲动，赶紧说，部长，我姓全，名空，姓名就是全空。部长第一次像个人一样笑了起来，不过他说的话不像是一个部长说的话，他说，全——空——他妈的，你这个姓名牛逼，好名字。

还有一次，部长又问起我在哪里工作，这一次，我觉得他确确实实是一个部长。我的意思是说，他或许要帮我找一份好工作。

我看见的都是／不存在的

我兴奋地说，部长，我没工作，我找不到好工作，天天帮我妈看管小店。我三十多了，结过婚又离了，还在啃老，我惭愧，我无能，我想你能不能——

我刚想表达我的真实意图，部长打断了我的啰唆，他说，全空，你他妈的，还有脸活到现在呀。

我当时就气得半死，你——才是一个——他妈的！我冲部长的背影在心里痛快淋漓地骂他。

后来，我突然有了一个恶搞的念头，就是关店不让部长买彩票，至少让他买彩票要多走路。我对我妈说，关了吧，起早摸黑的，累不累呀。我妈说，好汉不如瘪店，辛苦是辛苦，收益还行。我又对我爸说，你让我妈关了小店吧，她太辛苦了。我爸盯着我说，废话，靠我的收入我们都得喝西北风。

应该说，部长请我喝茶肯定有事，而且是大事。没想到，走进茶楼，部长就不想说话，感觉他在后悔了。

部长把手机放进口袋，摸起香烟又弹了弹，他抽出一根，也递给我抽一根。部长说，全空，说句心里话，我从来没把你看成是一个游手好闲的人，你是我的朋友。

我恨不得跳起来狠揍这个满嘴脏话的部长，心想，你，什么狗屁部长，你才游手好闲呢。我虽然找不到好工作，但不至于是一个游手好闲的人。

我站起来，说，部长，你有话就直说，我还要给我妈管小店去呢。我们的小店一般要开到晚上九点，或者更晚一些。多数时候，我妈在小店陪着一台吱吱叫的破电视机"守株待兔"，什么时候想睡了就关门上楼睡觉。我晚上几乎不管小店，我这么说是欺骗

我看见的都是／不存在的

部长的。

部长的态度有了明显转变，他一把拉住我说，全空，你给我坐下来，我真有话要和你说。你想想，我不把你当朋友，怎么可能请你来一起喝茶呢。

这正是我满怀疑虑的问题，我坐下来说，部长，既然你把我当朋友，为什么不告诉我，你是哪里的部长？

部长说，我是哪里的部长，和你是我朋友有什么关系。我现在要说的是，最近几天，我老婆去找过你吗？

部长像进入状态的主持人，似乎正在主持一个充满智慧的游戏节目。我被他这个脑筋急转弯的题目搞晕了，翻着白眼说，你老婆？找我，没有呀。她为什么要来找我。

部长说，真没有呀，你再想想。这个事，对我来说很重要。

我心里飘忽起来了，想了想说，部长，我又不认识你老婆。

部长大声说，错，你错了，全空，我老婆你见过的。好吧，我再给你提个醒。上次，一个多月前，是个晚上，我和我老婆在散步，快到你们小店门口时，我们碰到了你。想起来了吧。

我想了想，还是没有印象。我说，你一定搞错了。

部长的脸色涨红了，他端起手边的白开水一口喝完，大声喊叫，服务员——再给我来一杯白开水，加冰块。接着表情古怪地冲我露出了微笑，说，全空，搞错的是你呀。

我诚心诚意地说，部长，我真的想不起来了。

部长接过服务员递过来的白开水，说，你真是一个死人。那天，你不是骑着一辆破三轮吗，现在总该想起来了。你——你不会是想隐瞒什么吧？

部长一说我骑破三轮车，就像一团乱头线找到了头，我真想起那天的事了。

那天晚上的事是这样的，吃完晚饭，我妈说，全空，这几天啤酒好销，天热了，喝啤酒利尿。你给我去拉七八箱吧。就这样，我去给我妈的小店拉啤酒。我是骑破三轮车去的，我没有听我妈的话，我给她拉了十五箱，刚好装满一车。既然啤酒好销，干脆多拉几箱。在回家的路上，我碰到了在路上走的部长，部长的后面确实有一个女人，她看上去像部长的女儿。部长和这个女人是一前一后迎面朝我走来的，我还想起来，是我先叫部长的，我冲部长喊道，部长——部长你在散步？

部长好像没听到，或者是故意不理睬我。破三轮车摇摇晃晃到了部长边上，我又大声疾呼，喂，部长——我在叫你呢。那天晚上，我可能心情好，一定是啤酒进多了，整车货便宜了二十几块钱，否则我不会做这种骨头轻的傻事。

部长的步子似乎更快了，他停也不停地说，哦，全空，你好。当时，部长也没介绍他身后的这个女人。然后，部长就走远了，还有他身后的这个女人。现在，部长说，这个女人是他老婆，那就算是他老婆吧，反正和我没有关系。

我说，部长，你一说破三轮，我真想起来了。不过，你说我想隐瞒什么，这话说得不像话了，你老婆确实没有来找过我，她怎么可能会来找我呢。

部长又点上一根"软中华"，说，好，太好了，现在我可以和你说说我和我老婆的事了。你觉得不可思议吧，你听我说下去，你就会明白。因为我和我老婆的事与彩票有关，也就是说与你妈有关，当然与你也有关。我这样说，你应该明白的吧。

我伸手也抽出一根"软中华"，说，我不明白，打死我也不明白。我和我妈卖了这么多年彩票，这种事头一回碰到。

部长说，你听我说，我也是头一回碰到这种事。我和我老婆的事是这样的。一星期前，也有可能是十天前。我买了彩票回家，那次是从你妈手里买的，我还问起你。你妈说，全空和别人喝酒去了。当时，我半信半疑的，你妈说，我家全空和他爸一个样，酒鬼！看你这样子，又想走了，我不说你了，继续说我和我老婆的事。我老婆已经有一个星期不理我了。对了，你猜对了，我们爆发了家庭冷战。起因当然不是因为彩票，是另一件事，那件事……我就不说了，说出来，真够恶心的。

部长越是说得吞吞吐吐，我的好奇心就越严重。我说，部长，你说吧，我不怕恶心。

部长好像犹豫了一下，说，你想听，我就简单说一下吧。我们爆发冷战前，那个晚上我又失眠了。失眠就失眠吧，我是经常失眠的，可那天夜里我听到了一种声音。夜深人静的时候，听到黑暗中有声音，你会怎么样？

我说，没什么怎么样，听听清楚是什么声音再说。

部长说，我的第一反应是有人在敲我家的门，我就屏住呼吸静听，确定不是敲门声后，我已经惊出一身冷汗。真的，你别笑我，当时我还哆嗦了呢。

部长边说边模仿他哆嗦的样子，动作很逼真也很滑稽。他又说，你一定在想我为什么这样害怕半夜有人敲门，你一个卖彩票的肯定体会不到。我继续说下去，后来，我认定这种声音来自隔壁邻居，而且女人发出那种欢愉声。我把我老婆叫醒，说，你听听，这是什么声音？我老婆翻了个身，柔声细语地说，睡，抱我睡。我把我老婆翻过身来说，你屁股朝我怎么抱你，喂，你先听听这是什么声音？我老婆又翻过身去说，听你个头呀，你这个腐败分子，又睡不着了吧。我把我老婆拖起来说，你醒醒，我让你胡言乱语，快起来。我老婆大声说，你想怎么样，你不想睡，我想睡，我死了都要睡，烦死了。你说，我老婆这样子，我还能有性欲吗？我不再理她了，翻转身佯装睡着了。我老婆好像睡不着了，翻来覆去的。后来，她自言自语地说，谁家狗男女在交配！我老婆对这个事很抗拒，因为我和我老婆的关系已经名存实亡，我们有两年多没同房了。我说这些你应该明白，就是我们早晚要离婚的，这不是我随口说说，现在我们都没提离婚，是因为我老婆想多分财产。算了，不说了，你听得够恶心了吧。

我说，我没有恶心，我正在想，你部长是腐败分子吗？

部长笑了笑说，我是腐败分子和你屁的关系也没有，但和我老婆有唇齿相依的关系。你省点心吧，我们还是继续谈彩票，谈彩票和你我都有关系。

我说，你想谈就谈吧。

部长说，今晚我请你一起喝茶，就是来谈彩票的。我买了这么多年彩票，是一个资深的彩迷，其实这是在赌博，我就是一个冠冕堂皇的赌徒。当然，所有买彩票的人都是赌徒，赌徒们都有一个共同的理想，中大奖。可是中大奖就像水中捞月，可望而不可即。

我笑着说，部长，你从来没中过大奖？

部长说，我要是中大奖，有了钱，这是堂堂正正来的钱，想怎么花就怎么花，还会有这么多的麻烦。

我说，你有麻烦了？

部长突然贴近我的耳朵说，全空，你说一个人有许多许多钱，就是有花不完的钱，但他是拿工资的，你说他这么多钱是从哪里来的？

我不知道天底下还有这种好事，我怎么没有花不完的钱呢。我说，我怎么可能知道，是捡来的吧。

部长说，你捡到过多少钱？

我说，我只捡到过硬币。要么是祖上的遗产吧。

部长说，你查查你祖宗十八代，他们给你留下了什么？

我想了想说，听我爸爸说，我爷爷死前，给他留下了一堆线装书，据说是很值钱的，可惜在"文化大革命"中烧成了灰。我实在想不出来，对了，是炒股赚的吧。

部长摇摇头说，股市有风险，入市需谨慎。

我恍然大悟地猛拍一下桌子说，哎呀，部长，我知道了。中奖，买彩票中大奖了。对吧，我猜对了吧。

部长一脸平静地掐灭烟头，说，我和我老婆的事说到哪里了？

我无趣地坐下来说，你在说彩票的事。

部长说，说彩票和说我老婆是同一件事，那我继续说彩票的事吧。可以这样说，我对彩票有特殊的感情，或者说，彩票就是我的命运。我说一件你想都想不到的事，几年前的一个夏天，我的心情极端烦躁，整夜难以入眠。我去医院找医生，还吃过许多药，结果还是老样子。有一天晚上，我又在床上翻来覆去地折腾，天也操蛋，闷热得出奇。我扒光衣裤裸睡，可汗水还在不停地流呀流，席子上湿漉漉了，感觉汗水想流成河把我冲走。

我忍不住说，部长，你……你这是有病了吧。

部长说，当然有病了。有人说，我患了神经衰弱症。深更半夜的，别人都睡了，我还在胡思乱想，想买彩票，想中大奖，想从来没想到过的一些怪事，好像活不过明天似的。后来，又有人说，我这样子应该是忧郁症。我已经有好些日子心神不宁了，莫名其妙地惊恐、多虑和焦躁不安。我觉得我有数不清的钱，所以还出现被人绑架、敲诈、勒索之类的幻想。而且，我会故意找我老婆吵架，搞得她也整天垂头丧气。这些都还不算太严重，让我自己感到震惊的是，我想自杀。你不要以为我在开玩笑，这是千真万确的。有一天深夜，我突然有一种冲动，全空，冲动你懂吗？冲动就是魔鬼，我想从窗口跳下去自杀，一死百了。人活着真苦累，心理压力也在日积月累，我都快喘不过气了。

我说，部长，我听得也快喘不过气来了，你能确定你是部长吗？

这次部长很坚决地说，我当然是部长。

我欣喜若狂地跳起来说，我的天哪，你真是部长。你是后勤部长？

部长说，不是，乱说。

我说，是组织部长？

部长白了我一眼说，不是，你别猜了，没意思。

我想了想又说，对了，那一定是宣传部长。

部长说，不是，我不是宣传部长。你坐下来说话，你站在我

我看见的都是/不存在的

眼前指手画脚的，就像你在审问我。坐下来说吧。

我笑着坐下来，但我还在想这个部长会是什么部长，想到最后，好不容易想到了一个统战部长。我说，部长，你让我再猜一次吧，你是那个很少有人知道的统战部长。对吧，我总算猜到了。

部长明显烦我了，他挥挥手说，猜、猜、猜，你猜什么猜，你不相信我这个部长是不是，我为什么要告诉你，难道你一个卖彩票的人也有这么牛逼吗。

我觉得我确实有些过分了，特别是在部长面前，我结结巴巴地说，我——部长——我是越听越糊涂，你是部长你也想自杀？

部长说，你这是什么话，部长也是地球人。那天晚上我正想从窗口跳下来，是我老婆的一声叫喊救了我，她声嘶力竭地喊道，你——中——奖——了！我立即像猴子一样跳回房间，拉住我老婆的手说，老婆，是大奖吗？我命不该绝，说到底是彩票救了我。

我说，部长，你的人生太神奇了。

部长说，全空，你是你，我是我，我不怪你的理解有问题。不过，有一点我要认真地告诉你，在这个世界上，有许多人生来就要自杀的，这是命运。

我说，我不想听你说了，因为我想到了我的命运，和一个堂堂的部长比，我的命运才算得上悲惨，我还是回去帮我妈管小店吧。

部长说，全空，你真没出息，一个大男人，一心想着这些鸡毛蒜皮的小事，自暴自弃，你白活了。

我说，我是老百姓，能安心活下去已经谢天谢地了。部长，你既然这么说我，你能帮我找个大有作为的工作吗？

部长竟然一口答应下来了，他说，就这个事，小事，没问题，全空，你记住，我说没问题的事，一定没问题。

我兴奋得一把握住部长的手，这个部长就是我命运中的贵人。我哆嗦着说，部长，你——你说话要算数——我的后半生全靠你部长了。

部长轻轻推开我的手，说，你别激动，我说话一定算数，我骗你是小狗。部长笑了，感觉他终于心花怒放了，他又说，全空，你有什么特长？

我激动得有点晕了，这幸福来得太突然。我说，特长？我的特长是——其实我也没有特别的技术，我要是有一技之长，也不会帮我妈卖彩票了。

部长提醒我说，特长不是说一定要有特别的长处，有那么一点点优势也是特长，譬如，你在才艺方面有什么优势。

我说，我唱歌还行，读大学时我上台唱过。

部长说，好，这就是优势，也是特长，你唱，你这就唱一首吧。

我发现茶楼里已经有别的客人了，如果在这里放声高歌，我全空就是一傻逼。只是现在我的心里只有伟大的部长，他就是我全空的上帝，他让我干啥我就干啥。

我想了想说，部长，我唱一首《小白杨》，我喜欢唱老歌。

部长兴奋地拍了拍桌子，说，太好了，对我胃口，这首歌我也喜欢。我在西北边陲当过兵，二十多年呀，从士兵到团级，每天都和白杨树在一起。唱吧，我跟你一起哼几句。

我也兴奋了，站起来，感觉像站在一个大舞台。我清清嗓子唱起来，一棵呀小白杨，长在哨所旁。根儿深，干儿壮，守望着

我看见的都是/不存在的

北疆。微风吹吹得绿叶沙响啰喂，太阳照得绿叶闪银光……

我旁若无人地一口气把这首歌唱完了，掌声响起来，服务员美女惊喜地说，你唱得真地道，像原唱一样。唉，你……朋友怎么在哭了？

我发现部长真的在流泪，我赶紧在他的身旁坐下来说，部长，你这不是在给我拆台吗，人家美女都鼓掌了，你怎么哭起来了呢。

部长说，我听到你唱得那么有底气，被歌声打动了。人生，命运，婚姻，部长，彩票，中奖，都是屁。我想到了我的过去，我的现在，还有我的将来。

我说，部长，你怎么了？过去和现在都不用想了，将来很重要，我的将来就是你给我找个工作，开创我的人生新起点。你的将来是什么呢？

部长说，我的将来？我不知道会怎么样，我也不知道我还有没有将来，但我有个理想，或者说是梦想，就是中大奖。当然，这个大奖必须是五百万以上，或者几千万。你懂的。

我说，部长，你在做梦吧？

部长说，告诉你，我现在很清醒，我的问题就出在我没中大奖，可我已经在分配中了大奖的钱。

我想笑，又不好意思笑出来。我知道，现在我一笑，部长就认定我在嘲笑他。我说，部长，你真牛逼，钱还没到手就已经花光了。

部长说，全空呀，你肯定想不到，这个"画饼充饥"也是有风险的。那天，是我老婆主动打破冷战的，她说，你又买彩票了？这次三十块呀。我买了这么多年的彩票，我老婆也在盼我中大奖，彩票里也深藏着她多年的梦想。她又说，如果你中大奖了，你打算怎么分配奖金？虽然我老婆主动开口向我示好，可我心里想，如果不乘胜追击狠狠整治这个女人，她想怎么样就怎么样的事以后还会发生。

我说，如果我中了五百万，这个数字不算多，不在话下。

我老婆说，嘁，五百万，还不在话下，痴人说梦吧。

我说，你不是也在梦中吗？如果我中了一千万大奖，我想这样分配，五百万换套房子，一百万搞装修，一百万炒股，一百万理财投资，一百万游遍五湖四海，五十万买辆越野车，十万我买电脑、手机、手表，十万孝敬我妈，十万补助我生活困难的亲戚。分配得差不多了吧。

我老婆说，还有呢，你再分配。

我说，分配完了。

我老婆扳着手指说，你听清楚了，我算给你听，五百万，加上一百万乘以四，多少了？对的，总计九百万了。接下来，还有五十万，加上十万乘以三，多少了？八十万，这样还不到一千万呢。

我老婆的脸色已经忍无可忍了，再刺激她一下，肯定就像火山一样爆发。我说，还剩二十万，我要请客。

我老婆怒气冲冲地盯着我说，天哪，你花这么多钱要请谁？

我想了想说，我要请全小区的人吃一天，庆祝我中大奖。

我老婆说，神经病，你不会是真中了大奖吧。

我说，真中了，我就按我说的分配，信不信由你。我老婆先是像傻了一样看着我，后来她突然扑上来就对我拳脚相加，差点把我打得遍体鳞伤。我老婆扭住我的脖子问我，你的心里还有我

我看见的都是／不存在的

吗？我还是你全大有的老婆吗？你为什么不分配一分钱给我？我想不到我老婆是如此勇猛的一个女人，赶紧解释说，这是我的梦想，我的分配就是你的分配。放开我，我难受。

我老婆说，你一定中了一千万大奖，这里面有我的一半，五百万，我要去找彩票店问问。后来，我老婆就出去找你和你妈了。这是两天前的事，可是直到今天她还没有去找过你们。这是什么情况？

部长自己说出来的姓名刺激了我，我说，部长，你也姓全，你叫全大有？

部长说，全大有，哈哈，什么全大有。你还是想想，如果我老婆去找你，你怎么对付她。我已经说过了，她是一个相当厉害的女人。

我说，部长，你让我怎么说？

部长说，我让你别理她，她很烦，也难缠。

我说，她如果问我，我总得回答，她是你部长的老婆。

部长瞪圆了眼说，叫你别理她，你就别理她。

我说，部长，彩票是我这里卖出去的，我怎么能不说话呢。要不我说你没中奖，这个事就完了嘛。

部长说，你不要说我中大奖，你也不要说我没中大奖，你只说我不知道。而且，以后如果有人来问你，我有没有没中奖这个事，不管是什么人，认识的，不认识的，你都统一回答他们，我不知道。这个事，关系到我的将来和命运，我说得够明白了吧。

我说，部长，我听你的，你让我说什么我就说什么，你放一百个心吧。

部长终于又笑了，他说，全空，只要你听我的话，你的事就是我的事，全包在我身上了，我保证。

我感恩戴德地说，感谢部长，感谢部长，我工作的事你费心了。你一点都没有官架子，平易近人，而且还为民办实事。我递给他一根他自己的"软中华"，还恭恭敬敬地给他点上。

部长闭上眼睛，很享受地吸了几口烟，说，再说一遍，我说话一定算数。

我和部长坐了一晚上也搞不懂部长的真正意图，难道就是为了和我串通骗他老婆，可是他老婆是怎么样的一个人，到现在我也不知道。

我还是关心我自己的事，这才是我的头等大事。我说，部长，我请你去吃夜宵，喝点酒，开心开心。

部长摇摇头说，今晚我请你喝茶，下次你请我喝酒。

我说，那就约个日子，后天吧，后天是周末，你可以放开喝酒了。

部长说，喝酒再约吧，我请你喝茶的事，不要对别人说，这样影响不好。另外，还有一件事我要告诉你，如果两天没有我的消息，我老婆也没有去找你，你打我电话，或者打我老婆的电话，可能出事了。

我惊讶地说，啊，部长，我糊涂了，你说的是真的吗？

部长说，你听我的，对你和我都有好处。全空，有些事当时是糊涂的，可过些时候就清晰了；有些事当时是清晰的，可过些时候就糊涂了。

我说，晕，我晕。我记下了部长给我的两个手机号码，一个是他的，另一个据说是他老婆的。

部长站起来说，今晚到此为止吧。

我们没喝酒，部长却像喝醉了酒，他摇摇晃晃地朝门外走去，感觉他的脚步轻飘飘的。我说，部长，你怎么了？

部长说，我困了，实在太困了。他边说边走出茶楼的门，然后消失在黑暗里。

服务员走过来说，帅哥，你们还没买过单哦。

我摸出钱来说，今晚算是部长请客我买单吧。

夜深了，我妈早睡了，可我不想睡，我还在胡思乱想。今晚我和部长在一起喝茶的事，我应该告诉我妈。我把我妈叫醒了，我妈睡眼惺忪地说，全空，你有……什么事？

我坐到床边说，妈，我今晚和部长在一起喝茶。

我妈打了个哈欠说，哦，明天再说，睡吧。

我说，部长也姓全，你知道吗？

我妈一脸迷惑地说，部长？你说的是那个买彩票的部长，你说你和他在一起喝茶，你说他也姓全。

我说，是的，就是这个部长，他叫全大有。

我妈好像清醒了，说，你怎么知道的？

我说，部长亲口告诉我的，他还说了他的许多事，有些和你有关。

我爸也坐起来了，说，这个部长和你妈会有什么关系？

我妈也说，全空，你疯了，我和部长有什么关系？他只是个买彩票的，我听说，他钱很多，还一心想中大奖。

我爸咳嗽几声说，有什么了不起，我看是个钱疯子吧。

我说，我没疯，部长也没疯，他要给我落实工作呢。

我妈说，我看你是在做梦，去睡吧。

我说，这是真的，部长保证过了。

我爸抬手关掉电灯说，睡吧，看他给你能找个什么工作。

第二天，我和爸妈都没有提到昨晚的事，好像什么事都没有发生过。我对我妈说，今天我来管小店。我妈说，想管就管吧，反正最后总是要你来管的。

从早到晚一整天，除了吃饭和跑卫生间，我都坚守在小店里。部长没有出现，部长的老婆也没来找我。

这个晚上，别人都睡了，我还在胡思乱想，想部长说的话，想部长给我落实工作的承诺，想部长老婆来找我了怎么办，好像活不过明天似的。

两天很快过去了，居然什么事都没有发生，两天没睡踏实的我感觉这样很不正常，就如部长所说的，可能出事了。

我决定给部长打电话，这个时候，是晚上八点多，部长应该在家了。部长的手机打通三次都无人接听，过了半个多小说，部长也没回我电话。我盯着部长给我的手机号码再次拨打，确实还是无人接听。看来真的出事了。我又拨打部长老婆的电话，这个号码一拨就通了。有个女人很优雅地喂了一声，听到这个女声，我的心也放下来了。

我说，喂，你好，你是部长夫人吗？

部长老婆说，你是哪位？

我说，我——我是卖彩票的全空，部长经常到我们小店买彩票。

我看见的都是/不存在的

部长老婆说，什么全空？你不会是骗子吧，我家那么有钱还会买彩票。再说，我家的男人没时间玩彩票。

我说，我吃了豹子胆呀，我敢骗你部长夫人。部长确实经常到我们小店买彩票，而且买了多年。

部长老婆说，你还想说什么，继续说。

我说，我妈也认识部长，我们这里的人都认识部长，我觉得他是一个好部长。我也见到过你，有一天晚上，你和部长一起在散步，一前一后，我见到你们了，我还和部长打了招呼。喂，你在听我说吗？

部长老婆说，你说，我在听。

我说，部长还请我一起喝茶，我是一个卖彩票开小店的，就是一个平头小老百姓。他是部长，是领导，但他没有一点架子，我们像老朋友一样谈了一晚上。

部长老婆说，哦，真的吗？部长钱很多，多得晚上失眠了，这个他和你说了吗？

我说，这个部长也说了，他还说他曾经想跳窗自杀，是你的一句"你中奖了"救了他。

部长老婆说，呵呵。

我说，部长真是个好人，他答应要给我找工作，我没有工作，一直在为这个事操心，我们全家都在操心这个事。现在，部长伸出了他的温暖大手，他拉了我一把，就把我从地狱拉到了天堂。

部长老婆说，真是感天动地呀。

我说，我和部长只是卖彩票和买彩票的关系。

部长老婆说，我问你，这个部长中过大奖吗？

我说，这个事……

部长老婆说，你实话实说吧，没事的。

我说，不知道。

部长老婆说，部长中过别的什么奖吗？

我说，我真不知道。

部长老婆的声音还是柔软的，感觉不到她有什么变化。她又说，你看，你和我说了那么多话，就是没有说真话，让我怎么相信你？

我想了想，虽然说"不知道"是部长让我这样说的，但事实上我确实也不知道。我说，我说的都是真话，你不相信自己问部长。

部长老婆笑了笑说，你让我去问部长，笑话。

我想到部长要给我落实工作的事，心里就痒痒得受不了。我说，部长在吗？

部长老婆说，部长不在。部长老婆又说，你不相信吧，我告诉你，部长——我把他送进去了。

我说，你把部长送到哪里去了？

部长老婆很淡定地说，啊哈，送到精神病院去了。

我的眼前闪过一片黑暗，这是因为我的前途突然黑暗了。我大声说，你——你敢送部长去精神病院，我就送你去精神病院。我说话算数！

部长老婆说，看你说的，如果我把部长送进纪委或者检察院，难道你也把我送到这些地方去。

我警觉地问，你到底是谁？

部长老婆说，你是你，我是我。再见！

麦乳精

　　小客轮靠岸时，三哥用右手食指指着码头上的一个男人说，你看到了吗，喏，他就是舅舅。我看到一个三四十岁的瘦男人，穿着灰色的短袖衫，站在中午酷热的阳光下，正皱着眉头朝靠岸的小客轮张望。

　　我和三哥争先恐后地从船舱里跑出来。我十一岁了，从没坐过轮船，就连乡下也没去过。当我快超过三哥时，他突然停下来说，你急什么急，跟在我后面。三哥说这话的时候，还抬脚踢了我一下，好像他此刻是一只活蹦乱跳的驴。我不怕三哥，他比我大两岁，但我们长得差不多高。我再次想赶超三哥，他站住不说话，又踢了我一脚。我很想给他一拳，想到没见过面的舅舅在眼前，我就忍了。

　　舅舅走上前把我们接上岸，说，阿强，你还这么调皮。舅舅说的阿强就是我三哥，他的大名叫赵强。

三哥冲着我说，周天放，你怎么还不叫舅舅。三哥嘴里的"周天放"就是我，我原来有一个很好的乳名，叫阿放，顺口又叫得响，但现在连我妈妈也很少这样叫我了。我第一次见到这个舅舅，心里还是有些小心拘谨的。这次到乡下外婆家来过暑假，爸妈都对我提过要求，别人的话可以少听，甚至于不听，包括外婆的话，但舅舅的话必须听。因为舅舅是朝阳公社的干部（其实他是公社革委会的副主任），听说许多人见到他说话会结巴手脚会哆嗦。

我低下头，结结巴巴地说，舅——舅舅——我——

舅舅穿一双黑色的塑料凉鞋，上面结着点点滴滴的干燥泥巴。他伸手摸了摸我的头说，我以为你也是一个调皮鬼，还挺腼腆的呢。舅舅的手腕上戴着一块手表，表面在阳光下折射出一闪一闪的光芒，感觉挺好玩的。

三哥说，舅舅，你不知道，周天放比我还调皮。舅舅拉起我的手说，周天放，是叫周天放吧，你别把我看成是赵强的舅舅，我也是你的舅舅，听到了吗？

我说，舅舅，我听到了。眼前的这个舅舅，比我想象中的舅舅要亲和。

我们的家是个新组合的大家庭，爸妈各带了三个孩子。现在这个大家庭是这样的，赵钢、赵铁和赵强是我的大哥、二哥和三哥，之前，我和他们不认识，包括我现在的爸爸。周天燕、周天红是我的两个妹妹，是亲妹妹。也就是说，我原来是老大，现在只能排到老四了。

我爸爸前年冬天死了，他是生病死的。听说三哥的妈妈已经死了三年，是被一辆大货车撞死的。想到他们的死，我觉得还是我爸爸死得干净，他死时像睡着了一样，只是人瘦得不成样子。三哥的妈妈一定死得很可怕，被大货车一撞，皮肉肯定碎了，还会血流成河。

这个暑假到来前，爸妈为如何安置我们弄得焦头烂额。后来一夜之间，他们达成了一个共识，赵钢和赵铁留在县城的家里，周天燕和周天红送到自己的外婆家去，我跟赵强去乡下他的外婆家过暑假。说真的，我厌恶这个三哥，但很喜欢去乡下过暑假，好奇好玩呗。

舅舅骑的是一辆28寸的自行车，三哥熟练地爬上车的后坐，说，舅舅，这是你的公车吧。舅舅把我抱到车的三角架上，大声说，当然是公车。阿强，你怎么每次来都要问呀。

三哥伸过脚来又想踢我，但隔着舅舅踢不到，他好像与生俱来有多动症和好胜心。三哥说，舅舅，我羡慕你，我以后也要做干部，骑公车。

舅舅笑着说，那你要听毛主席的话，跟共产党走，从小好好努力。

三哥的外婆家在红星大队，这个地方离轮船码头有点远。舅舅带着我和三哥，骑行在一条窄窄的石板路上，两边绿油油的庄稼，也有弯弯曲曲的小河。舅舅边骑车边说，周天放，你会游水吗？

我说，会的——快学会了。

三哥说，会个屁，舅舅，他下水就要淹死。

舅舅说，不会就学呀，乡下有的是河。

三哥说，舅舅，周天放是一个大笨蛋，他学不会的。

我也顾不得舅舅了，大声说，你才是一个大笨蛋，比我大还不会游水，还好意思说我。

舅舅说，你们别争了，我有空教你们游水，争取这个暑假里能学会。

舅舅这么一说，我心里就踏实了。

红星大队有一百多户人家，大多数在一条小河的两岸安家务农。小河上只有一座石拱桥，像个老人低头躬腰站在那里。舅舅让我们下了车，把肩膀伸进三角架，扛着自行车朝桥上走。桥脚下有一户低矮的人家，一扇破旧的木门正对桥头。一个和舅舅年纪差不多的男人探出头来说，喂，小外甥，这个小朋友是谁呀？

三哥头也不回地说，阿水，他是我弟弟周天放。

阿水说，阿强，你什么时候学会骗人了，红星大队谁不知道你是家里的老小，我看你这个弟弟是一个"拖油瓶"吧。

后面这句话，我一听就火起来了，说，你妈才是"拖油瓶"。

"拖油瓶"绝对不是一句好话，有次我和三哥吵了架，他也说过我是"拖油瓶"。后来我问妈妈，"拖油瓶"是什么意思？妈妈听了很吃惊，说，谁说的？我说，三哥说我是"拖油瓶"。妈妈的脸色由红转青了，最后她说，"拖油瓶"就是装油的瓶。我知道，妈妈这么说，明显是在骗我。

三哥说，周天放，你知道吗，阿水是捯鱼的，你骂他，你就别想在红星大队吃到鱼虾了。

我在鼻子里哼了哼说，谁稀罕。

舅舅扛着自行车站在桥面上，他居高临下地说，喂，什么事呀？

阿水扔出一个带火的烟蒂，笑着说，没事，李干部，你的新外甥挺会说话的。

舅舅一脸严肃地说，阿水，你少说几句吧。舅舅的话音刚落，阿水的脑袋立即缩回屋子里，看上去他是很怕我这个舅舅的。

第二天舅舅去公社上班了，据说有十多里地。舅舅走之前说，你们要听外婆的话，不能擅自去河里玩水。我和三哥都点点头，舅舅的背影刚远去，我就按捺不住贪玩的心了。我问三哥，舅舅说的"擅自"，是不是让我们自己去河里玩。三哥说，你真傻，舅舅说的意思是，我们不能去河里玩水。三哥看到我还想不明白，又说，周天放，你想去就去吧，我懒得管你。

我一个人溜出去了，沿着小河慢慢走。河里有游来游去的鱼儿，它们一点也不怕我。河边的树上知了在大声鸣叫，我抬头看了一会儿，一只也看不到。许多绿头苍蝇，成群结队地在露天粪缸周围戏闹，发出嗡嗡的声响。我陪苍蝇们玩耍，当然它们也付出了代价，那些不够机灵的苍蝇被我捉住喂鱼去了。

我发现桥下有一只小木船，很像是一件大玩具。喂，小外甥，小心掉到河里去。阿水大声提醒我。我没有去理睬他，因为他说过我是"拖油瓶"。

就在这时，我闻到了一股香气，这不是一般的香气，有牛奶味也有鸡蛋味。我的喉头动了动，肚子也叫了起来。在我的记忆中，我只吃过一次奶油糖，而且只有一颗，是死去的爸爸给我的。我慢慢朝这股香气靠近，原来香气是从阿水家里飘出来的。阿水说，来，来来，小外甥进来坐坐。

我被这股香气吸引进了门。屋子里很闷热，光线也昏暗，堆着杂七杂八的东西。后来我才知道，因为阿水家在桥头，经常有人到他这里寄存东西。

阿水摇着一把旧芭蕉扇说，小外甥，你叫什么名字？

我说，周天放。

阿水端起白色搪瓷杯喝了一口，杯子上有"为人民服务"几个红字，特别醒目。他说，哦，好名字，不过阿强是姓赵的。

我本来不想理睬阿水，但屋子里的香气实在太诱人了。我说，阿——水——什么东西这么香？

阿水看着我说，周天放，你的鼻头真灵。麦乳精，你看我在喝麦乳精，真香。阿水捏着的搪瓷杯里盛着褐色的水，正在散发出迷人的香气。

我说，麦乳精，是什么东西？

阿水说，这是好东西，整个红星大队只有我阿水能吃到麦乳精。

我说，你吹牛，谁信呀。

阿水站起来，从灰不溜丢的木柜里摸出一个铁皮罐头，说，你看，看清楚了，这就是麦乳精。他打开铁皮盖子，把罐头举到我的鼻子前又说，你闻闻，怎么样？香到心肺里去了吧。

我从来没有闻到过这种香味，我咽着口水说，这就是麦乳精吗？我看到铁皮罐头上有一圈淡黄的麦穗，还有"麦乳精"三个大红字。

阿水啪的一声把铁皮盖子扣上，说，周——周天放，你想吃吗？

我渴望尝尝麦乳精，这东西一定比奶油糖要好吃。我说，想吃的。

阿水说，你舅舅——算是你的舅舅吧，他是公社干部，但他肯定没有吃过麦乳精。就算能吃到，也是白吃的，吃完就没了。你说，麦乳精都没吃过的人，在红星大队有什么好威风的。

我说，阿水，你在说我舅舅？

阿水用芭蕉扇赶走了几只苍蝇，说，不敢，我不敢说他。你想不想吃麦乳精？

我说，我说过了，想吃的。

阿水认真地说，你说得倒轻巧，小外甥，不是说想吃就能吃到的，这是麦乳精。他放下芭蕉扇，捧住铁罐头再次打开了盖子，伸进两只手指抓了几粒麦乳精，说，来，张开嘴，你先尝尝。

我想都没想就张大嘴巴，阿水把麦乳精扔进我的嘴巴里，说，嚼，你嚼呀。对对，嚼几下就行了。味道怎么样？

我边嚼边说，好吃，比奶油糖好吃多了。

阿水说，比起麦乳精，奶油糖算个屁。还想吃吧，我给你泡一大杯。不过有个条件，如果你答应，我就给你吃，而且你想什么时候吃，你就过来吃。

我说，你骗人。

阿水说，我有亲戚在上海，上海你知道吗，大城市，想吃什么有什么。我有麦乳精。我有奶油糖。我有动物饼干。

我说，我家也有上海亲戚。我家确实也有上海亲戚，是我死去的爸爸的表哥，我没有吃到过他给我的动物饼干、奶油糖和麦乳精，我甚至没见到过这个上海亲戚，他只是爸妈嘴里的一个美丽传说。

215

阿水说，这样吧，你叫我爸爸，我就给你吃麦乳精。阿水笑眯眯地看着我，这一脸的笑，像极了我死去的爸爸的笑。

这个阿水怎么能做我的爸爸，我什么话也没说扭头就走。阿水捧着搪瓷杯站在门口说，周天放，你想想，想清楚了再来找我。其实，你叫我爸爸是假的、空的，我给你吃麦乳精是真的、实的。

我走过桥后，冲阿水说，阿水，桥下的小木船是你的吗？

阿水说，是的，拘鱼用的，什么时候我带你一起去拘鱼吧。

我说，太好了，不过我不会叫你爸爸的。

我走进外婆家，他们已经在吃中饭了，没人理睬我，好像我与他们没有关系。我也不想理睬他们，拿了碗盛饭就吃。过了一会儿，三哥说，外面好玩吧。

我说，好玩。

三哥说，你一个人去玩水了？

我说，没有。

三哥说，你骗我。

我在细想麦乳精的事，没心思理会三哥的话。三哥感到了失落，他开始吵着要吃白糖，可能他知道外婆家里有白糖。外婆摇着头说家里没有白糖，因为糖票早就用光了。三哥当然不相信外婆的鬼话，最后外婆只好老实交出白糖。我想这个外婆是三哥的外婆，她肯定不会给我吃白糖。外婆先给三哥一调羹白糖，然后也给了我一调羹白糖。外婆说，周天放，你以后出去要说一声。我看着眼前的白糖说，嗯。

三哥没有说话，他把右手食指放进嘴巴里吮吸。一会儿，他突然把湿漉漉的手指头插进我的调羹里。我还没反应过来，三哥

我看见的都是/不存在的

已经在舔这只白糖手指了。三哥经常抢夺我和妹妹的东西。上次妈妈给我们分了半根油条，三哥不但死皮赖脸地咬了周天燕和周天红的油条，还用剪刀偷偷剪走我的一截油条。

本来我也不好意思和三哥吵架，毕竟这里是他的外婆家。没想到，三哥湿漉漉的手指头又插进了我的调羹。接着，他的湿手指在嘴巴和我的调羹之间来回穿梭，桌子上撒下一层白糖。三哥快乐地说，甜，真甜，像偷来一样的甜！

我再也控制不住自己了，伸手就把三哥的调羹塞进了嘴巴里。后来，我和三哥打得难分难解，这场打斗我很放开，三哥占不了便宜。外婆扯住了我的小耳朵，大声说，啊——你怎么能这样，周天放，你真是个野孩子，没教养。

结果当然是我吃了亏。三哥说，周天放，只要你听我的话，我保证你在乡下玩得痛快，否则——哼。我一口把三哥的白糖全吞进肚里，确实太过分了。我这么干，或许是有原因的，我妈说过，我的坏脾气像我死去的爸爸，据说他生前患有狂躁症，容易冲动。我妈妈经常告诫我，你不能像你死去的爸爸，你要好好做人，周家只有你一个儿子。

现在，我想到了妈妈说的话，我说，三哥，我的白糖给你吧。

这天夜里，我听到舅舅和外婆在说话。舅舅说，妈，你辛苦了，管孩子是一件很累很烦的事。外婆说，都是你死去的姐姐干的好事，她自己走了，给我们留下一堆麻烦事。外婆哭了，好像哭得很伤心。舅舅说，无论怎么说，孩子是无辜的。姐夫也是没有办法，再说这些孩子毕竟是我们的骨肉。外婆在抹眼泪挤鼻涕，嘤嘤地响个不停。舅舅又说，这几天，赵强和周天放没给你淘气吧。外婆说，不淘气的孩子不是好孩子，你以前就是个淘气王。舅舅笑了，外婆好像也笑了。

舅舅一直没说要教我们去游水，他早出晚归忙自己的都来不及。这让我感到有些失望，我很想一个人去河里玩水，或者外婆能带我去，但这都是不可能的事。

有一天，三哥突然提出我们一起去玩。我咽着口水说，三哥，你吃过麦乳精吗？

三哥吃惊地看着我说，没有，你吃过麦乳精了？

我说，阿水家里有麦乳精。

三哥说，真的，走，我们一起去吃麦乳精。三哥说这话的腔调，好像我们是回家去吃麦乳精似的。三哥一路奔跑，还没进阿水家就大声喊，阿水，你家里有那个香喷喷的麦乳精吗？

阿水说，当然有，早几天你弟弟已经吃过了。

三哥说，我弟弟，是周天放吗？

阿水说，是呀，你不是说周天放是你弟弟吗。啊哈，你看，他也来了。

我没有闻到麦乳精的气味，闻到的是阿水身上的汗臭味。阿水满脸是笑地看着我，好像在看他的亲儿子。他说，你，周天放，你想清楚了吗？如果你想清楚了，我说话一定算数。

三哥的眼光在阿水的破屋子里扫来扫去，我知道他在寻找麦乳精。三哥说，阿水，你和周天放在说什么？

阿水右手摇着芭蕉扇，左手抚摸着我的头皮，他说，我和你弟弟在说吃麦乳精的事，是吧，周天放。

三哥说，阿水，你的麦乳精藏在哪里？我想吃。

阿水放下手里的芭蕉扇，从木柜里摸出那个铁皮罐头，说，你看，这是什么？

三哥惊喜地叫起来，啊，真是麦乳精呀。

阿水得意地打开铁皮盖子，那种特别的香气冲了出来，很快整间屋子都香喷喷了。阿水用手指夹了几粒麦乳精，说，阿强，来，张开你的嘴巴，先尝尝吧。

三哥说，麦乳精是开水冲着喝的。

阿水看了看我，说，上次，你弟弟也是这样吃的。是吗，周天放。

我说，是的，嚼着吃，脆香。

三哥张开嘴巴接住了麦乳精，他边嚼边闭上了眼睛，感觉是香到陶醉了。

阿水走近我，又伸手想抚摸我的头皮，好像我的头皮是他的麦乳精罐头。这一次我躲开了，我说，三哥，麦乳精好吃吗？

阿水拿起芭蕉扇摇了起来，他说，阿强，香到心肺里去了吧。

三哥说，真香。阿水，你泡两杯麦乳精给我们喝喝吧。

阿水说，阿强，只要你答应我一个条件，我马上给你吃麦乳精。

三哥说，什么条件？

阿水捧过铁皮罐头把麦乳精倒进搪瓷杯，每倒进一点麦乳精，杯底都会响起下雨一般的沙沙声。阿水拎过热水瓶，拔掉盖子，对准搪瓷杯冲了下去。

阿水用一支竹筷在杯子里搅了搅，然后把筷子伸进嘴里吮吸。他说，香吧，这就是麦乳精，红星大队只有我能吃到麦乳精。阿强，如果你叫我爸爸，我就给你吃麦乳精。

我大声说，三哥，不能叫，你是有爸爸的。

219

三哥没有理睬我，说，阿水，这就是你说的条件？

　　阿水端起搪瓷杯吹了一口气，说，是的。

　　三哥平静地说，阿水——爸爸，我叫你，爸爸，我要喝麦乳精。

　　我大吃一惊，没想到三哥这么爽快叫这个阿水爸爸了。我又大声说，三哥，你是有爸爸的。

　　三哥说，是呀，你想想，我有爸爸的都在叫阿水爸爸了，你爸爸死了为什么还不叫阿水爸爸。

　　我糊涂了，我爸爸确实死了，可现在三哥的爸爸也是我的爸爸，所以我也是有爸爸的。虽然我想吃麦乳精，但要叫这个陌生的阿水为爸爸我做不到。

　　想不到的是，阿水听到三哥叫他爸爸后，突然像变了一个人似的，他愣愣地看着叫他爸爸的三哥，脸上既不像是笑也不像是哭，捏着芭蕉扇的手也在颤抖。

　　我紧张地说，三哥，三哥你快看，阿水怎么啦？

　　三哥说，喂，阿水，爸爸，你——你反悔了吗，这样不行的，我已经叫过你爸爸了，你至少要给我吃一杯麦乳精。

　　阿水突然扔掉手里的芭蕉扇，他没有去拿麦乳精罐头，而是一把抱住了三哥。他边哭边说，我——阿水——成分不好，是坏人，被人欺负，被人瞧不起。我光棍——夜里孤单，白天孤独，我活得辛苦呀。

　　三哥想挣脱阿水的搂抱，但阿水像抱住了救命稻草不放。三哥说，你——你——快放了我。阿水，爸爸。爸爸，阿水，我要喝麦乳精，你听到了没有？

　　我惊慌失措地说，三哥，阿水疯了，因为你叫他爸爸了。我们快逃吧！

阿水终于放开了三哥，他的脸上湿漉漉的，有泪水也有汗水。阿水说，来，来来，儿子，我给你喝麦乳精。他把刚才泡的一杯麦乳精递给三哥，又说，儿子，喝吧，已经不烫了，快喝吧。他看着三哥满脸都是笑，笑脸上明显还留有泪痕。

三哥接过麦乳精闻了闻，说，真香呀，我要慢慢喝。不过，我可以叫你爸爸，你不要叫我儿子，你叫我阿强。

阿水用左手抚摸着三哥的头皮说，这样也行，反正你叫我爸爸说明你就是我的儿子，我心满意足了。

阿水和三哥紧挨在一起，阿水抚摩着三哥的头皮，三哥靠着阿水捧着杯子在闻香气。我越看越觉得阿水就是三哥的爸爸，三哥就是这个阿水的儿子。

三哥没有去喝杯子里的麦乳精，他先闻了闻，接着看了看我又闻了闻，后来他的右手食指伸进了杯子里。这只手指尖上挂住了几滴褐色的麦乳精，三哥张开嘴巴伸进手指，然后很享受地吸吮起来，他看着我一脸坏笑地说，好吃，真香。爸爸，你的麦乳精真好吃。

我说，三哥，你真不要脸。

三哥说，周天放，你跟我到我的外婆家里来，你才不要脸呢。

阿水嘿嘿笑了几声说，你们不要争了。周天放，我给你吃一块动物饼干。他从木柜中又摸出一只铁盒子，铁盒子打开时，一股奶香飘了出来。阿水摸出一块饼干，这是一块公鸡饼干。他说，这饼干也是我的上海亲戚给我的，我不骗你。你吃，快吃吧。

我接过这块公鸡饼干，直接扔进了嘴巴，我妒忌阿水有这么

我看见的都是/不存在的

221

多好吃的东西，也怨恨阿水的小气和占我们的便宜。我嚼着饼干不说话，三哥说，周天放，饼干好吃吗？他一直没有喝麦乳精，他还在用手指蘸着麦乳精吸吮，好像他是个惹人喜爱的婴儿。

我说，我要回去了。

三哥说，周天放，你不能走。他让阿水弯腰贴着耳朵说话，接着，阿水拿来一只缺口的小碗，从三哥的搪瓷杯里倒了小半碗麦乳精给我，他说，周天放，喝点麦乳精再走吧。

三哥说，周天放，你不要给脸不要脸，喝吧。他的手指又伸进了杯子里，还在里面搅动起来，真是一只可恶的手指，这么香的麦乳精，他竟然这样玩了起来。

我一口喝干了碗里的麦乳精。三哥拍拍手说，爸爸，你看，你看到了吧，周天放喝得太狼狈了。

阿水说，周天放，想不想再来一点？

三哥继续用手指蘸着麦乳精吮吸，嘴里发出啪唧啪唧的声响。他说，爸爸，他又没叫你爸爸，别给他吃了。

现在，三哥叫阿水爸爸很顺口了，好像阿水真的是他爸爸。我厌恶三哥这种表现，说，三哥，你愿意叫阿水爸爸，你喝个够吧。

阿水说，今天是我最开心的日子，因为有人——你阿强叫我爸爸了。这样一来，你舅舅，朝阳公社的李干部，他就该叫我一声姐夫了。对吧，哈哈。阿水的下巴上竖着一层短粗的胡子，上面有几粒细小的脏东西，有可能是受潮的麦乳精，也有可能是掉下来的鼻屎什么的。阿水说话时，多次用手摸下巴，但都没能把下巴上的脏东西摸下来。他身上的汗衫又脏又破，看上去也灰不溜丢的，白不像白，灰不像灰，还有大大小小的破洞。我想，这个阿水是在侮辱舅舅，舅舅怎么可能叫这个脏兮兮的阿水姐夫呢。

我说，我走了，我要去告诉舅舅。

三哥气急败坏地说，周天放，你敢说，我就让你马上滚回城里去。

我说，你没骨气，自己有爸爸还叫别人爸爸，我看不起你。

三哥用右手食指点着我的鼻头说，周——天——放——你敢教训我，你这个"拖油瓶"，想吃麦乳精想疯了吧。我真想扑上去抓住他的手，把这只手指头塞进嘴巴咬个粉碎。我说，你再用手指点着我，我就咬断你的手指头。

三哥可能真的害怕了，缩回手说，你不敢的。

晚上，舅舅回来了，他的身后跟着一个身穿公安制服的人。舅舅说，这个谭叔叔是公社的公安特派员，以后谁调皮捣蛋，他就对谁不客气。

这个谭叔叔戴着白色的大盖帽，穿着白色的短袖衫和民警蓝的长裤，腰里好像别着一把手枪。他的脸是胖墩墩的，直看横看都是一张客客气气的笑脸。他看着三哥说，这个是阿强吧，我见过你。三哥不敢看谭叔叔，他低下头小声说，我没——没见过你。舅舅笑了笑，谭叔叔又说，这个小孩子是谁？

舅舅的脸色暗淡了，他似乎还轻轻地叹息了一声，说，我姐夫再婚了。

谭叔叔和我们一起吃晚饭，他终于摘下了大盖帽，把它挂到墙壁的钉子上。这个时候，我才发现谭叔叔是一个秃头。谭叔叔摘下大盖帽后，头上的汗水藏不住都流了下来。他一边擦汗一边埋怨天气，啊，天太热了，热死人了。

223

舅舅拿来一瓶酒说，老谭，我们喝点酒吧。谭叔叔说，李主任，我晚上还要值班呢。舅舅没有说话，拧开了酒瓶盖子，他给谭叔叔倒了半碗，然后他自己也倒了半碗。接下来，他们就喝酒了，我发现他们没有说话，感觉是舅舅有什么事不开心了。谭叔叔喝了几口酒之后，说，李主任，我觉得，我们朝阳公社的阶级斗争形势越来越严峻了。

舅舅端起酒碗喝了一大口说，老谭，国事家事，都难处理呀。

我和三哥早就吃好了饭，听到舅舅和谭叔叔开始谈事，三哥说，舅舅，我出去玩了。我赶紧也从凳子上跳下来说，舅舅，我也出去玩了。

舅舅拉住三哥说，阿强，你和周天放吵架了吗？

三哥说，周天放想咬断我的手指头，他疯了。

舅舅说，周天放，是这样的吗？

我说，我讨厌他这只手指头。

谭叔叔惊讶地说，周天放，你为什么讨厌他的手指头？

我气愤地说，他——他吃阿水的麦乳精，用这只手指头蘸着吃。还有——反正我讨厌他。

三哥的脸红了，说，舅舅，周天放也吃了阿水的麦乳精，他还多吃了一块动物饼干，是一块公鸡饼干。

我说，舅舅，三哥为了吃阿水的麦乳精，心甘情愿叫他爸爸，我没叫他爸爸。

舅舅一听，一拳头砸在桌子上，把两只酒碗都砸得跳了起来。他严肃地说，谁叫阿水爸爸了，阿强是你吗？阿水给你们吃麦乳精和饼干，然后你们叫他爸爸，是这样的吗？

我说，舅舅，我只吃了一点点，我没有叫阿水爸爸。三哥叫他爸爸了，还叫得很亲热。

谭叔叔的脸色也严肃了，头上脸上都在冒汗。他说，李主任，你先别生气，情况弄清楚再说。

舅舅绕着桌子走了几圈，好像在深思熟虑。我没想到，这个事会有那么严重，看来我坚决不叫阿水爸爸是对的。舅舅边走边自言自语，这个陈阿水，还来这一套，隐藏得太深了，这分明是怀着一肚子对人民群众的报复心理，一心想毒害青少年，毁掉革命的下一代呀。

谭叔叔站起来，戴上大盖帽说，是红星大队那个四类分子家庭的陈阿水？

舅舅说，是的，他老子是剥削压迫农民的恶霸地主，解放初被政府镇压了。陈阿水对新社会一直怀恨在心，这是阶级斗争出现的新动向。

谭叔叔大声说，我这就去把他抓起来吧。

舅舅拦住谭叔叔说，我们不能打草惊蛇，要密切注意这个人的反动言行，有了足够的证据后决不手软。

谭叔叔一口把碗里的酒喝干，摸住腰间的手枪（我觉得应该是一把手枪），说，这个陈阿水搞到你的头上来了，你还对他客气呀。我去抓他。

舅舅给谭叔叔倒上酒，说，老谭，你从部队转业时间不长，地方上的事比部队要复杂得多，而且更具有阶级性。舅舅和谭叔叔坐下来边喝酒边谈阿水的事，他们的脸色都很严肃，我和三哥站在一边不敢出声也不敢走开。后来舅舅说，阿强，周天放，你们吃阿水的麦乳精没有错，他主动要给你们吃，你们痛痛快快吃吧。他有多少，你们吃多少。

我和三哥以为舅舅酒喝醉了，他的脸红得像一张漂过水的红纸，双眼也红红的。我觉得，舅舅说这样的话肯定是酒话。我说，舅舅，你说的是真的？阿水要我们叫他爸爸，怎么办？

舅舅哈哈地笑了起来，听上去不像是假笑，他说，阿水要让你们做什么，你们就照他说的做。不过，你们要把他做的和说的情况都记住，回来原原本本告诉我，记住了吗？

我和三哥都说，舅舅，我记住了。

谭叔叔把大盖帽又挂到墙壁的钉子上，他说，李主任，你的想法是好的，但这两个孩子能按照你说的去做吗？

舅舅的心情好多了，他笑着说，放心吧，老谭，接下去就要看你的了。

天色朦胧了，暮色中弥漫着浓郁的刺鼻烟味，这是因为家家户户都在烧烟堆驱赶蚊子。有些烟堆里掺入了杀虫剂"六六粉"，这样整个红星大队乌烟瘴气了。

舅舅带着我和三哥送走了谭叔叔，谭叔叔也骑着一辆和舅舅一样的自行车，不过他的这辆比舅舅的要旧多了。谭叔叔的自行车嘎吱吱地响，骑出好远，我仿佛还能听到这种声音。谭叔叔酒喝多了，自行车骑得歪歪扭扭的，我担心他会掉到河里。我说，舅舅，手枪掉到河里还有用吗？

舅舅惊讶地看着我，接着摸摸我的头说，周天放，你真是一个机灵的孩子。放心吧，谭叔叔不会掉到河里的。

三哥听到舅舅表扬我，感觉很不服气，他在舅舅背后用脚踢

我看见的都是／不存在的

我。舅舅也喝多了，他居然对此没有反应。天已经黑了，一大群蚊子跟着我们在嗡嗡地叫。舅舅的嘴里也在咕噜咕噜闷响，开始的时候，我以为是蚊子在响，后来舅舅蹲在路上把嘴里的声响吐出来了。我看不清楚舅舅吐在地上的东西，但闻到了难闻的酸臭味。舅舅站起来说，我醉了，难受。他说完就往家里走，脚步像在走楼梯。

三哥望着舅舅黑暗中的背影说，周天放，你服我了吧，舅舅也支持我的。明天你也叫阿水爸爸吧，这样我们就能痛痛快快吃麦乳精了。

我说，阿水是一个大坏蛋！

三哥说，周天放，你也不想想，阿水如果是一个大坏蛋，舅舅会支持我们吃他的麦乳精，让我们叫他爸爸。

我说，我不会叫他爸爸的，我有自己的爸爸。

三哥被一阵迎面吹来的烟呛着了，他咳嗽了几声说，你要想清楚，你的爸爸死了，你现在的爸爸是我的爸爸。三哥又用右手食指点住我的鼻子说话，我愤怒地说，你——你把手拿开，你听到没有？

三哥说，算了，我不和你争了，反正你不是我亲弟弟，你是周天放。

第二天，我醒来的时候舅舅上班去了，夜里我想过，早上我要问问舅舅，昨天他说过的话还算数吗？三哥记住了舅舅的话，他吃完早饭就去阿水家了。

舅舅很晚才回家，看上去他很疲惫，脸色也冷冷的。他把自行车停到园子后，好像站在原地发了一会儿呆。我觉得，舅舅一定有心事了。果然，舅舅一看到我和三哥就说，你们今天去阿水家吃麦乳精了吗？阿水对你们说了什么？阿水家里来了哪些人？

我说，舅舅，我没有去阿水家？

三哥说，我——我也没有去。

舅舅惊讶地说，我叫你们去，你们怎么不去了。是阿水骂你们了，还是有别的原因？我说，舅舅，你昨天说的话算数吗？舅舅脸上有了一丝笑容，说，周天放，你是个懂事的孩子，现在舅舅让你去阿水家吃麦乳精，你就应该去，叫他爸爸也没问题。

三哥说，舅舅，我已经叫阿水爸爸了，上次我叫他爸爸时，阿水他抱着我哭了，哭得很伤心。还说了好多话。

舅舅的脸又板起来了，他的瘦脸像极了一块腊肉。他大声说，阿强，你上次怎么没说这个情况，阿水抱着你说了些什么？

舅舅没有去吃外婆准备好的晚饭，从随身带的包里摸出笔和笔记本，拉我和三哥坐下来。三哥有些紧张了，他说，舅舅，我忘记了。

舅舅说，你再想想。周天放，你想起了什么，一句两句都行的。

我想了想说，他好像说——成分不好——活得辛苦——别的，我也记不清了。

舅舅赶紧把我的话记在本子上，他说，周天放，你是个懂事的孩子，再想想，阿水还说了些什么话？

我又想了想，还真的又想起来了。我说，舅舅，阿水说，你——李干部——要叫他阿水一声姐夫了。对了，他说这话的时候笑得很开心，好像你正在叫他姐夫。

舅舅把笔和笔记本摔在木凳上，大声吼叫起来，陈阿水，你——你这个阶级敌人，你胆敢侮辱我，死路一条。

我和三哥都吓得不轻，舅舅觉得自己失态了，他干咳几声拾起笔和笔记本说，舅舅吓着你们了吧。好，没事了，明天你们去找阿水吧。

我小心翼翼地说，舅舅，我从来没有坐过小木船，也没有看过别人在船上抲鱼。我——我能跟阿水去抲鱼吗？

三哥看着舅舅说，舅舅，周天放在胡说八道。

舅舅摸了摸三哥的头，又摸了摸我的头，说，阿强，你弟弟没有胡说八道，你们想去就跟他去吧。不过你们不会游水，不能下到水里去哦。

我觉得，舅舅的手心比阿水的手心要温暖得多，而且舅舅的手心是软软的，不像阿水的手硬邦邦的，仿佛是一块破砖头。

我说，舅舅，你说的话我记住了。

舅舅好像想了想，说，你们听好了，我对你们说的话，绝对不能和阿水说，一句都不能说，知道了吗？

我和三哥都向舅舅保证，一定不说。

晚饭吃得很安静，舅舅不说话，我和三哥也不敢说话，外婆忙完来吃饭时，我们已经吃好了。外婆对舅舅说，你又在为阿水的事烦恼了，阿强和周天放都是小孩子，他们不会懂你的心事的。舅舅说，下午公社革委会又开了会，研究阶级斗争新动向。我是领导之一，思想上的这根弦一定要绷紧。

外婆叹息一声说，你的事是国家大事我管不了，可孩子的事是家事我要管。你不能让阿强和周天放去找阿水，万一他狗急跳墙会对孩子造成危险的。

我看见的都是不存在的

舅舅皱着眉头说，这个事不用你操心，我都会安排好的。

这天下午，太阳钻进了乌云里，大约下午两三点钟，我和三哥午睡醒了。我喝了几口冷水，神清气爽地去找阿水。三哥追上来说，周天放，我叫阿水爸爸了，我应该走在你的前面。

我站住不说话，三哥急匆匆走到我的前面，他看到阿水老远就喊起来，爸爸，爸爸我来了，我要吃麦乳精！

阿水看到三哥很高兴，甚至于有些兴奋，他说，啊，你来了，儿子——阿强，快来快来，麦乳精有——有——有！

阿水捧过麦乳精罐头，打开铁皮盖子，把麦乳精倒进搪瓷杯。三哥说，周天放，你叫爸爸吧，叫了就能一起吃麦乳精了。

我闻到了这种特别的香气，闻得到却吃不到，这实在太折磨人了。我想了想说，三哥，你是我哥哥，你叫了就是我也叫了。我想到了舅舅说的话，但我还是不愿意叫阿水为爸爸，我连叫现在的这个爸爸也很别扭，如果不是我妈妈逼着我一定要叫，我估计不会叫三哥的爸爸为爸爸的。

阿水看了看我，拿过那只缺口小碗也倒了一点麦乳精。他先往搪瓷杯里倒热水，热水似乎变成了浓浓的香气，从搪瓷杯内往外飘散开来。阿水笑眯眯地对三哥说，你喝，喝吧，多香的麦乳精呀。接着，他准备往小碗里倒热水，我说，等一等，小碗里的麦乳精是给我吃的吗？

三哥捧起搪瓷杯闻了闻说，周天放，你真顽固，怎么还不叫爸爸。舅舅——哦——我不说了。

阿水说，当然是给你喝的，你说过了，阿强是你哥哥，所以他叫我爸爸，也就是你在叫我爸爸，是这个意思吧。

我看见的都是／不存在的

我看着小碗里的麦乳精点了点头。阿水说，这就对了，来，吃麦乳精吧。反正你们其中一个叫我爸爸，我就是你们舅舅的姐夫了。哈哈。

阿水笑起来的脸歪了，好像一半在笑另一半在哭。我看着这张变形的脸说，你不要倒热水，我想嚼着吃。

三哥一口接一口地喝着麦乳精，但眼光不停地斜到我这边来，突然他的右手食指又插进了我的小碗，很快这只挂着麦乳精的手指又躲进他的嘴巴里。三哥嚼着麦乳精说，好吃，嚼着更好吃，脆香脆香。

新仇旧恨一齐涌上心头，我把小碗放到三哥面前说，你胆敢再动一动我的麦乳精，你敢——

三哥说，你以为我怕你呀，周天放，如果不是我叫阿水爸爸，你麦乳精的屁都轮不到吃。他边说边把手指又插进小碗里，而且反复用手指蘸着我的麦乳精吃。我不顾一切地扑上去捏住三哥的右手食指，想用力拧断这只万恶的手指头。

阿水的歪脸发白了，好像口水也流出来了，软软地挂在嘴角上。他一把抱住我说，你——周天放——你怎么能这样，他是我儿子，还我麦乳精。

我紧紧扭住三哥不放，我觉得三哥确实不是我的哥哥，他在我心里就是一个陌生人。此时的三哥正用这只手指上的指甲掐我，把我的手背掐得血迹斑斑。我们的搏斗达到了你死我活的程度，阿水突然说，阿强，快放开周天放；周天放，快放开阿强。我带你们�𣎴鱼去，听到了没有——

三哥和我听说要去抓鱼，像受到了什么刺激，马上停止打斗。

我揉着被三哥掐出血的手背说，现在就去吗？

三哥说，爸爸，你不要带周天放去，他把我的手指头拧断了。

阿水摸着三哥的头皮说，让他也去吧，一起去热闹，有你们两个儿子，我阿水光荣自豪，没有白活这三十六年。

我说，赵强，我现在开始不叫你三哥了，你不是我哥哥。

三哥说，随你吧，我有没有你这个弟弟无所谓。告诉你，你听了不要伤心，我爸爸也是这么说的。

我说，随你们吧，我有没有你和你爸爸也无所谓。

阿水笑了几声说，看你们说的，现在你们是我阿水的儿子了。走吧。

阿水拉起一根拴在河岸上的麻绳，它的另一头拴在桥下面的小木船上。阿水拉了几把麻绳，小木船慢慢靠过来了。他跳上船说，来吧，你们一个一个跳上来，跳到中间，这样小船不会太摇晃。

我和三哥先后跳上小船，小船摇晃了几下。事实上，也算不上是跳上去的，因为船靠在一个河埠头，我们只是象征性地跳了跳。阿水开始划动一支小木桨，他说，你们坐稳了。

三哥说，爸爸，你要到哪里去矼鱼？

阿水说，前面河面宽阔，鱼也多。儿子，你会游水吗？

三哥说，不会，但我能潜两三米水。爸爸，你叫我阿强吧。

阿水说，好的，儿子，你不会游水怎么能潜水呢。周天放，你会游水吗？

我摇摇头，感觉不会游水确实是一件耻辱的事。

阿水边划船边说，如果你们不听我的话，我就把你们扔到河里喂鱼。听到了吗？我说话是算数的。我觉得，我和三哥都上当了，

我看见的都是不存在的

阿水是想把我们骗出来扔到河里去。上次，舅舅和谭叔叔说到阿水是个坏人，而且谭叔叔当时就想去抓阿水了。我哆哆嗦嗦地说，我——我肚子疼，我要拉——拉肚子了。

阿水凶巴巴地说，你吵什么吵，拉到河里去吧，鱼要吃的。

三哥说，爸爸，周天放在装死。

我望着越来越宽阔的河面，心里害怕得想叫喊妈妈。我说，赵强，你没有好下场的，你想想舅舅的话吧。

阿水听到我说舅舅果然怕了，他说，你舅舅说什么了？

突然有个人站在桥头高喊，阿水，喂——阿水——陈阿水，我上午寄存在你家里的东西——我拿一下！

阿水大声说，你明天来拿吧，我现在去抲鱼了。

那个人说，不行——不行的，我有急用，你回来一下吧。阿水划桨掉头说，他妈的，真烦。不是因为他经常帮我做事，我才不会理睬他呢。

小船很快靠岸了，阿水说，你们在船上等我。说完，他跳上岸走了。一只柴油机船迎面开来，马达声震得我头昏脑涨，水浪还差点把我们的小船冲翻。三哥突然把我往后拉，想自己先爬上岸去，他的双手抓住了河坎。

我说，我拉肚子了，我先上去。

三哥踢了我一脚，差点把我踢到河里去。他的双手在岸上，但两只脚还在船上，此刻胸部下面就是翻动的河水。三哥进退两难地挂在小船和河岸之间，他说，周天放，你快用木桨把船钩住。快点，快点呀。

我说，我不会用木桨。

三哥的左手抓紧河坎，右手食指又指着我说，周天放，大笨蛋，拖油瓶！

我盯住三哥在叫喊的嘴巴，顺手操起湿漉漉的木桨，朝我眼前的这只手指头劈了一下。三哥的身子软塌了，他很快就和河水沉浮在一起。

我不知道是如何回家的，我也不知道我走后发生了什么，但我心里明白，阿水确实是一个坏蛋，而赵强不是我的亲哥哥。

天黑了，舅舅回来了，可是三哥还没有回来。舅舅说，周天放，阿强怎么还没回家？

我说，我不知道。

舅舅像预感到了什么，他说，你们有没有去过阿水家？我想平静地面对舅舅，但我掩饰不住内心的慌乱，我说，他——他——去了，我没去。外婆催促舅舅去阿水家找人，舅舅拿了一个电筒说，走，周天放，我们去找阿强。

我硬着头皮跟舅舅去阿水家找三哥，我说，舅舅，阿水是坏蛋吗？

舅舅说，当然是的，陈阿水是红星大队的阶级敌人，是一个大坏蛋。

我说，这么说，他是罪该万死的。

舅舅说，当然是的。

阿水惊讶地看到站在门口的我和舅舅，他说，李干部，你找我有事？

舅舅说，阿强呢？

阿水说，阿强不是回家了吗？

舅舅说，陈阿水，你给我老实点，不要再耍阴谋诡计了。

阿水的脸白了，感觉他是真的害怕了。他说，周天放，你要作证，阿强是跟你回去的。

我靠近舅舅，仿佛胆子也大了，我说，陈阿水，你是红星大队的大坏蛋。舅舅，他在骗你，我今天根本没有见到过他。

阿水大声说，小畜生，你想冤枉我陈阿水，阿强和你下午不是来我家吃过麦乳精，后来我们还一起划船去抲鱼的。

舅舅说，周天放，有这事吗？

我说，舅舅——没有的事，他在胡说八道。

舅舅说，陈阿水，看你这副反动丑恶的嘴脸，这笔账要一起算了。

我和舅舅在红星大队转了两圈，三哥的影子也没有找到。

第二天早上，外婆说，你舅舅天不亮就去公社了。外婆说这话的时候，在用一块小手帕揩眼睛，我看到她的眼睛又红又肿。

大约十点多，太阳已经火辣辣了。有人来告诉外婆，我舅舅和谭叔叔一起去过阿水家了，他们先给阿水戴上手铐，又用麻绳五花大绑后把他带走了。我连忙赶到阿水家，看热闹的人已经散了，现场冷冷清清的。阿水家的木门还敞开着，里面飘出一股麦乳精的香气。

我猜想，舅舅和谭叔叔来抓陈阿水时，他肯定又在喝麦乳精。

红玫瑰

芸一个人喝了许多酒，是在家里喝的。当芸举杯喝完最后一滴酒时，感觉是自己流尽了最后一滴血。芸的意识散淡起来，人也软得像抽去所有筋骨。芸不想让自己倒下去，她明白这个时候倒下去可能爬不起来了。

芸和剑的冷战持续一百天后，今天终于迎来了一个必然的结局。

现在想起来，芸对这种没有硝烟的冲突的起因已经模糊，只记得自己在这个过程中从最初的慌张走到了现在的成熟。当这个必然的结局突然来到时，芸还是感觉到了一种精神的天翻地覆。

傍晚，脸上一直笼罩着失落和迷茫的剑突然透出一层亮光，剑露出久违的笑说，芸，我走了！许多日子没有应答剑的芸说，你要走，你去哪儿？剑当然没有回答，剑走了。芸的身心燥热起来，她身不由己地跟剑到了楼梯口。剑一定听到了身后熟悉的脚步声，但剑没有回头也没有停下来。在芸缥缈的视线里，剑像一张苍白的纸片被风吹走。

芸在楼道里愣了一会儿，看到风雨在天地间寂寞地飞来飞去。芸突然有了要喝酒的强烈念头，她果断地开了一瓶酒，很快这些含着酒精的好看的液体，欢天喜地流进了她肚子里。芸觉得自己兴奋多了，所以又开了一瓶酒。

芸已经控制不住酒水强烈的诱惑，渐渐地有了一种行走在天堂的美感。芸的双眼蒙眬起来，看到花瓶里的一束红玫瑰正在变成凝固的鲜血，这束红玫瑰早就枯萎了，枯萎得像一束凄凉的干草，这是剑几个月前送给她的。芸轻盈地走过去，把枯萎的红玫瑰捏在手中，然后就哭了起来。

酒精在芸的体内唱歌，她不想在寂寞的家里与欣喜若狂的酒精做无谓的斗争。芸最后露出了自己看不见的笑，觉得自己其实是幸福的。以前没有喝过这么多的酒，所以芸感觉不到这种幸福的存在。

外面下着雨，芸没有带伞出了门。楼梯在脚底下缺少了规则，但芸的步履同样缺少规则，这就有了一个完美的纯粹巧合。

雨水很快与芸亲密接触，然后在芬芳的肌肤里欢快地游来游去。天早就黑暗了，湿漉漉的黑暗把人变成了一个个移动的小黑点。

在恍恍惚惚中，芸来到一个十字路口。站在这个十字路口的芸，分辨不清眼前这些路的去向。虽然可以走的路很多，但芸确实不知道该走哪条路。

芸有种头疼欲裂的沉重，人似乎正在向一个深渊坠落。这个时候，芸听到了嘈杂的声音，她用手捋了捋湿润的脸，看到许多人围成了一个圈。芸没有多想也汇入了这个圈子中，这个圈子中间坐着一个男人，他潇洒地摇动着黑色的脑袋，把肚子里的脏物变成一道道肮脏的流线，酸臭奔走在雨的缝隙里。

芸的体内也弥漫着这种酸臭，只不过没有让它们自由自在地冲出身体。芸慢慢靠近坐在地上的男人，她拉起男人的胳膊说，起来，快点起来。男人头也不抬挣脱芸的手说，别烦我，我烦够了。芸想再次抬手拉起男人，可就是把握不住自己的手，抬起来的手一下子飞落到了男人的脸上。芸的声音却是软软的，哎呀，你起来，听到了吗？

男人对这个莫名其妙的巴掌没有积极的反应，他在脸上抚摩了一下说，起来干什么？我不想起来，这里很好呀。围观的人猜测这个母夜叉一定是这个醉汉的老婆，所以觉得接下去没戏可看了，他们一个个消失在湿润的夜色里。

黑暗中只有芸和这个男人了，芸固执地又拉了拉男人，她的努力被他轻快地化解。男人一只手一直压在胸口，仿佛要把胸口里面的东西，毫无保留地挤压出来。男人滴水的头在咿咿呀呀地响着，像一个婴儿在无意识中学语。芸的意识更加缥缈起来，心也在渐渐地软化。芸蹲下来对男人说，走吧，我们不能在雨中淋着，这样会伤了身体。

男人抬头看了看芸说，你知道我有多伤心吗？女人的绝情，让我感觉人和畜生没有什么不同。芸对男人的话并没有不满，还安慰他说，我知道，我知道你是一个伤心的男人，男人伤心是真

我看见的都是／不存在的

的伤心。芸边说边奋力拉起男人，其实，男人是自己站起来的，芸不可能拉得起这个被雨水浸湿的男人。

站起来的男人一只手还捂在胸口，芸感觉到有一丝异样，说，我们走吧。男人吐了一口痰说，你要让我去哪儿？芸自己也不知道要和男人去哪儿，她想自己其实也是一个伤心的人。芸和男人都没有说话，雨已经停了，他们在一条黑暗的路上走着。

这个时候，芸突然有了害怕，而且这种害怕越来越强烈。芸小心翼翼地对男人说，你回家去吧。男人突然笑起来说，回家，你叫我回家。得了吧，你为什么不回家？

芸想，是呀，我为什么不回家呢。芸的清醒已经卷土重来，芸望着远处稀疏的灯光说，那好，我走了。

男人表情异样地说，你等等！

芸站着没有动，她看到男人一直捂着胸口的手突然伸进了衣服里，这一刻芸才看清楚男人衣服里面的饱满。芸的脑子里当即闪过一个非常黑暗的念头，这个男人在掏"凶器"了。

男人果然从衣服深处掏出一支长长的东西，芸来不及多想，唯一突出的意识是自己一定处在一个危险的时刻。芸是学过跆拳道的，而且是一个有很好基础的优秀学员，所以芸没有给这个男人动手的机会。

芸的动作非常果断流畅，她使出了最狠的一招，一脚踢中了男人的下体。男人和手里的"凶器"一起"远走高飞"。芸没有乘胜追击，芸站在原地观察这个结果的真实性。这一刻来得太快去得也太快，根本不可能有考虑的余地。芸在蒙眬和清醒之间，回味着这个瞬间的全过程。

男人在飞出去的过程中似乎叫喊了几声，然后这种声音就消失殆尽。

芸紧张地慢慢靠近这个倒在地上的男人，芸非常担心男人会突然跳起来把自己活活掐死。这种可能是有的，因为夜深人静，如果真的发生了这一幕，没有人能帮得上芸。当然，芸没有要走的意思，芸想继续这个惊心动魄的过程。

芸等待这个男人醒来，然后自豪地告诉他，你根本不是我的对手。男人一动不动躺在地上，像一个死人。芸突然有了另一种害怕，她发现男人头上有血，血水在黑暗中失去应有的鲜艳，但在芸的眼里依然触目惊心。

男人的头边有一块坚硬的大石头，他飞过来的时候无疑头和石头亲密接触了，这个结果是芸料想不到的。芸伸出湿润的手拉了拉男人的胳膊，芸拉动了男人的身子但没有拉动他的知觉。男人死了？芸的害怕快速扩张成了恐惧，杀人是要偿命的，她浑身疲软地瘫在地上。

突然，芸惊慌失措的眼光亮了亮，她看到了不远处男人失落的凶器。凶器无处可逃地展现在路上，这是证据，芸一定要得到它。这个男人持凶器想伤害一个手无寸铁的女人，这个女人用自卫的方式制服了对手。

芸像发了疯似的，没来得及站起来，就爬过去扑在"凶器"上。芸紧紧抓住了"凶器"，但她惊奇地发现这件"凶器"是柔软的。芸不相信这是真的，手忙脚乱地揭开一层又一层缤纷的塑料纸，最后看到的并不是想要得到的"凶器"，这件"凶器"居然是一枝鲜艳的红玫瑰。

我看见的都是／不存在的

芸捧着这枝红玫瑰，脑子顿时一片空白，眼泪不知不觉流出来了。

芸又回到这个陌生男人的身边，她推着男人说，你起来，告诉我你是谁？男人当然没有动，仿佛睡得非常的舒适香甜。芸的声音越来越湿润，她边揩眼泪边说，你说呀——说呀，为什么是一枝红玫瑰，不是一把尖刀？男人在芸的哭泣声里动了动，然后又动了动。

芸非常感谢男人有了知觉，她又轻轻推了推他说，你醒了，你还活着。男人睁开眼笑了笑，像从梦里醒过来似的，他睁着眼没说话。芸说，喂，你说话呀。

男人终于动了动身子说，花——花——我的红玫瑰呢？

芸把红玫瑰举到男人眼前说，在这里，在这里，这是你的花。男人混浊的目光清澈起来，他不但看到美丽鲜艳的红玫瑰，也看到芸的美丽和清新。

芸又摇了摇手里的红玫瑰说，你看到了吗？这是你的花，红玫瑰！

男人的笑真实而可爱，男人侧过身子说，我看到了，红玫瑰。现在我明白了，在黑暗中同样能看到美丽和希望。

芸不知道男人在说什么，她把花送到男人手里，男人没有动手接他的红玫瑰，男人认真地说，给你，我送给你了。芸的心颤抖了一下，芸看到男人侧身时露出的一摊血，芸说，血，你头上流血了。男人闭上双眼说，你不想要我的红玫瑰？我是真心诚意的，没别的意思，拿着吧。

芸惊慌失措的心不知怎么被感动了，芸喃喃着，花，红玫瑰，

我看见的都是/不存在的

241

我接受。

男人没有睁开眼，他有气无力地说，谢谢你的接受，我相信有人拒绝，一定会有人接受，现在我很幸福。

芸还是理解不了这个男人和他的红玫瑰，但芸猜想这枝红玫瑰里一定深藏着一个关于这个男人的情感故事。

芸推着男人的肩头说，喂喂，我送你去医院吧。男人依然没有动静，但胸脯的起伏证明他还活着。芸捧着一枝红玫瑰站在这个陌生男子的身边，这是一种奇妙而难以捉摸的感觉。在不知所措的迷茫中，芸突然看到男人闭着的双眼里流出了泪水，泪水一滴一滴从男人的脸上流下来，然后无声地掉到湿润的地上。

芸的心仿佛撞到了什么硬物上，胸腔里突然疼痛起来。男人整个脸部没有一丝表情，只有泪水不声不响诉说着他的心声。芸的感动无法抗拒地成长，她伸出柔软的手揩掉男人脸上的泪，自己的脸上又湿润起来。

芸决定要拉起这个男人，边拉边说，起来——你起来——你快起来。芸是真心诚意的，可她根本拉不动这个不想动的男人。这个时候，男人说话了，你走吧，别管我，真的，请你把红玫瑰带走。

芸大声说，不，我不走，我要把你送到医院去。男人还是没有睁开眼，说，不，你走吧，我和你无缘无分。芸的眼泪无法收拾，她哭着说，谁说无缘无分，我把你弄成这个样子，你还要送我红玫瑰。

男人终于睁开眼看了看芸，又闭上眼说，你快回家吧，不过请你一定要带走我送你的红玫瑰。芸把红玫瑰捏在手里，她还想

我看见的都是/不存在的

劝说这个男人，但男人不再说话也没有动作。男人仰天躺在地上，像黑暗中的一堆湿漉漉的烂泥。芸从身上摸出面纸，一点一点揩净男人的脸，又揩了揩他后脑的血水。做完这些，芸理了理自己的头发，捧着这个男人送给她的红玫瑰消失在夜幕中。

芸回到家里，剑还没有回家，或许剑真的不回家了。芸的意识很蒙眬，像在梦中，冲了个澡，但感觉依然模糊。芸努力回忆刚刚发生过的一切，但一切的一切都是缥缈遥远的。

芸脱光衣服躺下去，很快走进另一个梦里。

后来，窗外阳光灿烂了，芸睁开眼又闭上，她又想了想过去的事，觉得真像一个逼真的梦。芸再睁开眼时，她看到了床头柜上的红玫瑰，不过这枝红玫瑰是枯萎的。芸当然会想到鲜艳的红玫瑰和枯萎的红玫瑰，芸真的不相信这是发生在自己身上的事。

芸平静地起了床，决定去寻找这个关于红玫瑰的梦。芸的记忆清晰起来，许多细节欢快地编织成一个完整的记忆。芸关上门朝记忆中的路走去，她很快找到这个既熟悉又陌生的地方，这个地方没有芸要找的那个男人，也没有有关那个男人的蛛丝马迹。在芸非常失落和失神的时候，突然看到了一块熟悉的大石头，她的心跳加速了。

芸走近大石头看了看，看到大石头旁边一摊暗红的血迹。芸慌张地愣着，记忆也有些断裂，眼前也一阵晕眩，急忙用手捂住自己的双眼。想不到的一幕发生了，芸突然发现有一个男人走过来，他的手里捧着一枝鲜艳的红玫瑰。芸惊慌地拿开眼前的手，眼光落在男人流血的头上。

芸不知道这个男人是活的还是死的，她的害怕转换成了持续

我看见的都是
／不
存在的

的惊叫，最后芸把自己给喊醒了。芸的身上满是冷汗，湿漉漉的好像淋了一场雨。芸用手揩了揩湿冷的额头，发现窗外的黑暗正笼罩在天地之间。

后　记

　　有可能，这是我的最后一部小说集。至于其中原因，我就不说了，说多了就是啰唆，抑或就是无病呻吟的文人矫情。

　　当然，有一点我还是想说几句的。其实，这部小说集去年就整理好了，但在出版这个事上，我心里很纠结。一是生活似乎处在动荡之中，有时茫然，有时失落，更多的时候还有不知所措。我说的是真的，这是我发自内心的声音；二是写了二十多年的小说，在文学期刊上发表过七十篇中短篇小说，也出版过几部小说集。所以，我面对这部小说集的感觉有些麻木。

　　许多时候，当我一个人在隔离斋时，就会像一个傻瓜一样发呆。面无表情，眼神空洞，思想虚幻。然而，我的耳边却有各种声音在呼喊。仿佛我坐着飞机去远行，仿佛我在颠簸的公交车上赶上班，仿佛我爬上震耳欲聋的手扶拖拉机闹着玩。总之，这种

245

感觉既真实又虚假，很像自己已经置身于小说的情节之中了。

人活着，活在两种状态下，一是现实的，二是虚幻的。我的意思是说，人既有肉体的现实世界，也有心灵的虚幻世界。博尔赫斯曾经说："小说无非是梦的引导，从而消解了现实和虚构的对立关系。"如此说来，我虚幻的梦就是我的小说，而我的小说就是我虚幻的梦。我在现实和虚构之间来回奔跑，努力让我的小说也能反映"世界的混沌性和文学的非现实性"。我们活在这个世界上，并不仅仅是为自己这一个个体活着，更多的是为某种理念之下的这个社会活着。

说到这里，我应该谈一谈这部小说集了。

我用《我看见的都是不存在的》这篇小说为书名，其实就有一种生活似梦似真的寓意，而这篇小说确实反映了人在生存状态里的某些模糊意象。这部小说集中的十二篇短篇小说，大部分是我近几年来想颠覆自己之前创作的试验品。或者说，我是想在小说创作手法上换一种"玩法"。当然，有没有玩出味道这要听读者的评判了。

这些小说发表之后，有读者说看不大懂，也有读者问我，你的这个小说想表达什么？说句心里话，我真的难以回答这个问题，这个看似简单的问题，问得我心虚和不安。我以为，我把小说交给了读者，读者就会有自己的想法和思考。如果读完这个小说，读者什么都明白了，我觉得这个小说是失败的，无疑和一个死人没有什么两样，它冰冷、僵硬、没有一点生气。

我想起了另一件事，那就是，经常有人问我，你这么多书，每本都看了吗？然后，我就会压住声音说，没有，但每本都翻过了。

我有一位藏书丰富的朋友，他也经常被问到这个似乎很普遍的问题，他的回答当然也是没有。但他会反问一句，你家里的存款你都用过了吗？！这是一个近乎恶作剧的反问，但这只是文人内心虚弱的一声叹息。什么样的人提什么样的问题，什么样的人读什么样的小说，这是既对立又统一的存在方式。我们常说，一千个读者就有一千个哈姆雷特。所以，读一篇好小说，读者肯定也能读出N种不同的感觉。

我的小说基本上是贴近生活现实的，写的都是一些鸡毛蒜皮的小事琐碎的事，与一般大众的幸福满满的热爱美好生活的人物大不相同。这些所谓的不同，并不是人与人的吃喝拉撒的不同，这种不同是人物内心或思想上的不同。因此，读者读到我的一些小说，发现其中的人物要么有些神经质，要么有些病态，要么有些幻想症。譬如《我看见的都是不存在的》中的"我"，《意不尽》中的杨志荣，还有《附近的人》中的那个"我"，等等。读者读到这些人物，肯定有话要说，也会有许多疑问，这正是我想听到的。

我走上小说创作这条路以来，有过后悔和颓废，但最终没有自暴自弃。一路下来，玩得还算安心愉悦。写小说确实是一件创造美好的事，其中的故事、人物、情节，还有语言、对话、喻义什么的，都能给人一种无穷的想象空间。在小说的世界里，我的心灵在成长，思想更丰满，生活有质感。我希望，读者也有一样的感受，因为你们是懂小说的人，也是懂我的读者。

近几年来，由于种种原因，我时常有想歇息的念头。然而，总是下不了决绝之心。特别是某些人真诚地希望我这个老作者能继续写下去，仿佛对我有着太阳照常升起般的期待。为此，我非常感动，所以我真的下了一个决绝的决心，那就是我要继续写下去。即使有一天我穷困到了一无所有，但我也要做一个内心富有的小说家。

乙未年立秋记于绍兴隔离斋

我看见的都是
不存在的